Brigitte Reimann

Ankunft im Alltag

Brigitte Reimann, geb. 1933 in Burg bei Magdeburg, war Lehrerin und seit ihrer ersten Buchveröffentlichung 1955 freie Autorin. 1960 zog sie nach Hoyerswerda, 1968 nach Neubrandenburg. Nach langer Krankheit starb sie 1973 in Berlin.

Lieferbar: *Ankunft im Alltag* (1961), *Die Geschwister* (1963), *Das grüne Licht der Steppen. Tagebuch einer Sibirienreise* (1965) sowie der unvollendete Roman *Franziska Linkerhand* (1974). Außerdem erschienen die Briefwechsel mit Christa Wolf, *Sei gegrüßt und lebe. Eine Freundschaft in Briefen 1964–1973* (1993), mit Hermann Henselmann, *Mit Respekt und Vergnügen* (1994), *Aber wir schaffen es, verlaß Dich drauf. Briefe an eine Freundin im Westen* (1995) und mit Irmgard Weinhofen, *Grüß Amsterdam. Briefwechsel 1956–1973*, sowie die Tagebücher *Ich bedaure nichts* (1997) und *Alles schmeckt nach Abschied* (1998). Aus dem Nachlaß: *Das Mädchen auf der Lotosblume. Zwei unvollendete Romane* (2003). Zuletzt erschien *Jede Sorte von Glück. Briefe an die Eltern* (2008).

Kaum war Brigitte Reimann Anfang 1960 nach Hoyerswerda gezogen, da begann sie schon, ein Manuskript über die neue Welt zu schreiben, die sich ihr dort aufgetan hatte. Es sollte ein Buch werden, in dem endlich einmal die wirklichen Probleme in einem Großbetrieb zur Sprache kamen: schlechte Arbeitsbedingungen, Schlampereien, bornierte Funktionäre, dürftige Wohnverhältnisse der Arbeiter. Vor allem aber wollte sie über Leute berichten, die sich nicht kleinkriegen ließen und all diesen Widrigkeiten zum Trotz mehr als das Nötige taten.

Ein Jahr später war das Buch fertig: Drei Abiturienten, Curt, Nikolaus und Recha, wollen vor dem Studium für ein Jahr in einem Industriebetrieb arbeiten. Auf die Schwierigkeiten, denen sie sich unvermutet gegenübersehen, reagiert jeder anders. Nikolaus handelt zielstrebig und ruhig, Recha ist begeisterungsfähig und streitbar, und Curt entpuppt sich als Zyniker. Als sich beide Jungen in Recha verlieben, muss sie sich entscheiden.

Der Roman rief vor allem unter Jugendlichen, die ihre Probleme wiedererkannten, erregte Diskussionen hervor, und sein Titel wurde zum Kennwort für eine ganze Literaturströmung, die »Ankunftsliteratur«.

Brigitte Reimann

Ankunft im Alltag

Erzählung

aufbau taschenbuch

ISBN 978-3-7466-2592-8

Aufbau Taschenbuch ist eine Marke
der Aufbau Verlag GmbH & Co. KG

1. Auflage 2010

Erstmals als Aufbau Taschenbuch 1999 erschienen
Umschlaggestaltung capa, Anke Fesel
unter Verwendung eines Fotos
von akg-images/Paul Almasy
Druck und Binden CPI – Clausen & Bosse, Leck
Printed in Germany

www.aufbau-verlag.de

Erstes Kapitel

1

Die drei waren am Abend mit demselben Zug gekommen, aber sie kannten sich noch nicht, und nachdem sie auf der kleinen Station ausgestiegen waren, stand jeder für sich allein und mit einem niederdrückenden Gefühl von Fremdheit auf dem Bahnsteig.

Recha blickte sich um: Der Bahnhof war grau und schäbig und spärlich erleuchtet, dünner Regen stäubte und verwischte die Umrisse der Gebäude. Sie war enttäuscht; sie hatte sich den Eingang zu dieser jungen Stadt anders vorgestellt, großartiger, glänzender. Sie nahm ihren Koffer auf und ging, vorbei an dem Schild mit den blockigen Buchstaben, über den regennassen Bahnsteig und zur Sperre.

Die wenigen Reisenden hatten sich schon verlaufen, und die Vorhalle, mit ihren nüchtern getünchten Wänden und den schmutzigen Fliesen, lag verödet. Hinter der Tür zum Lokal grölte eine betrunkene Stimme. Recha zog fröstelnd die Schultern hoch. Was für ein Empfang in der neuen Heimat, dachte sie und hatte schon jetzt, fünf Minuten in der fremden Stadt, ziehendes Heimweh nach der freundlichen Sicherheit ihrer Schule und der Burg mit den lärmerfüllten Korridoren, nach der blonden Betsy und dem dicken, jungen, korrekten Kramer, der heute morgen am Gittertor gestanden und ihr nachgewinkt hatte.

Er hat mich gewarnt, dachte Recha, er hat gewußt, daß ich bei der ersten Schwierigkeit kopfscheu werde. Gleichzeitig fiel ihr aber auch ein, was sie ihm geantwortet und wie sie sich vor ihm aufgespielt hatte, und sie war beschämt, als stünde sie in diesem Moment wieder vor seinem Schreibtisch, unter Kramers spöttischem Brillenblick.

Recha stellte den Mantelkragen hoch und trat auf die

Straße; sie vergaß ihre Enttäuschung vor dem weiten, von weißen und bunten Lichtern heiter überstrahlten Platz und vor den gestaffelten Reihen neuer Häuser mit Terrassen und zierlich verschränkten Balkongittern und mit vergnügten Neonbildern auf den Fassaden. Dies glich dem Bild, das ihre bewegliche Phantasie gemalt hatte und dessen Farben auch der unaufhörlich strichelnde Regen nicht verwischen konnte. Dann sah sie die beiden Jungen am Fuß der Treppe stehen. Wenigstens der eine von ihnen, ein Riese in derbem Kordanzug, Zimmermann vielleicht oder Maurer, schien hierherzugehören, und Recha ging auf ihn zu und fragte nach dem Weg zur H.-Straße.

Der Junge wandte ihr den Kopf zu, einen kleinen, schmalen Kopf mit kurzgeschorenem Haar, und sagte, unwirsch oder verlegen: »Keine Ahnung. Bin selbst fremd hier.«

»Zur H.-Straße?« fragte der andere, näher tretend. »Ich hab' denselben Weg. Wenn ich Sie begleiten darf?« Er war kleiner und schlanker als der Junge im Kordanzug, er war auch sorgfältiger gekleidet und gab sich gewandt und selbstsicher, sein Gesicht trug einen schwer bestimmbaren Ausdruck von Schläue oder rechnerischem Geist. »Ich kenn' mich aus«, sagte er, »ich hab' meine Bude schon vor 'n paar Wochen besichtigt.«

Er betrachtete abschätzend das dünne schwarzhaarige Mädchen, ihren Koffer, ihren weinroten Sommermantel (für den Recha mehr als einen Monat in der Konservenfabrik Beeren und Kirschen ausgelesen hatte), und er sagte: »Praktisches Jahr, stimmt's?«

»Ja, stimmt«, sagte Recha.

»Dann sind wir ja Kollegen.« Er reichte ihr die Hand, mit angedeuteter Verbeugung. »Curt Schelle, Curt mit C«, fügte er hinzu; er pflegte immer auf dieses C hinzuweisen, das seinem schlichten Namen ein wenig Glanz verlieh.

»Ich heiße Recha Heine«, sagte das Mädchen.

»Recha ...«, wiederholte Curt. »Lessing. ›Nathan der Weise‹.« Er grinste schmerzlich. »Der Nathan war mein

Thema beim Mündlichen. ›Erläutern Sie die Ringparabel‹ oder so. Hattest du auch so 'nen idiotischen Deutschpauker?«

Jetzt endlich tat der dritte den Mund auf, der die ganze Zeit nachdenklich und mit abwesendem Gesicht danebengestanden hatte, und sagte erstaunt: »Aber ich muß ja auch in die H.-Straße.« Er bemerkte, überempfindlich für die Reaktionen anderer, Curts plötzlich in Abwehr erstarrte Miene, und er beeilte sich zu erklären, daß er ebenfalls in diesem Jahr sein Abitur gemacht habe und nun im Kombinat arbeiten wolle, und wenn sie erlauben, würde er sich ihnen anschließen.

»Also schön, der dritte Mann«, sagte Curt, der sich nicht einmal die Mühe nahm zu verbergen, daß die Gegenwart dieses Dritten ihn störte. »Hoffentlich gehst du nicht so langsam, wie du denkst, sonst sind wir erst morgen früh da.«

Recha lachte, und Curt, ermutigt durch ihr Lachen, stichelte weiter gegen den unbeholfenen Jungen, der sich vorzustellen vergessen hatte: »Dein Name, Großer, ist doch wohl keine Verschlußsache, wie?«

»Nein«, sagte der gehorsam. »Nikolaus Sparschuh.« Er beobachtete die beiden mißtrauisch; er schien darauf zu warten, daß sie sich über seinen altmodischen Namen laut amüsierten. »Nikolaus ohne c«, setzte er dann hinzu.

»Haha«, sagte Curt. »Ein Bursche von unendlichem Humor.«

»Shakespeare. ›Hamlet‹«, sagte Nikolaus gelassen, und Curt, der jetzt das Gefühl hatte, er werde hier unziemlich parodiert, warf seinen Campingbeutel über die Schulter, kommandierte: »Los, haun wir ab!« und ging.

Nikolaus nahm wortlos Rechas Koffer und folgte Curt in kleinem Abstand. Recha deutete auf die schwarze Mappe, die Nikolaus an seinen Koffer gebunden hatte. »Zeichnest du?«

»'n bißchen«, sagte er, »mehr so zum Spaß.« Er verschwieg, daß er seit langem davon träumte, man werde ihn später zum Studium an einer Kunsthochschule zulassen.

»Und was zeichnest du am liebsten?« fragte Recha, um überhaupt etwas zu sagen.

»Ach, eigentlich alles«, murmelte Nikolaus, und damit war das Thema erschöpft, und sie gingen schweigend nebeneinanderher, unbehaglich unter dem zähen Regen. Bei der nächsten Lampe war Curt stehengeblieben und wartete auf sie; er hatte seine unbekümmerte Laune längst wiedergefunden.

Im bläulichen Licht sah Recha sein Gesicht, braungebrannt, hübsch, ein bißchen zu hübsch und zu glatt, fand sie, aber es gefiel ihr, dieser ganze bewegliche, dreiste, gut angezogene Junge gefiel ihr. Um den Hals trug er, nach der Manier gewisser Halbstarker, ein silbernes Kettchen, und Recha überlegte, ob eine Schaumünze an dieser Kette hinge oder etwa ein Medaillon mit dem Bild irgendeines Mädchens.

Der Weg bis zur Unterkunftsleitung war nicht allzu weit, und Curt nutzte die knappe Zeit, um die beiden auszuforschen, woher sie kämen; er selbst, berichtete er, sei aus D., sein Vater Werkleiter in einer volkseigenen Textilfabrik.

»Mein alter Herr hätte mich ja mit dem Wagen herbringen können«, sagte er. »Er fährt 'n Wartburg, und der Wartburg ist immer noch die sauberste Kiste, die wir bei uns laufen haben. Im Juni hab' ich die Fahrerlaubnis gemacht, aber denkt ihr, er gibt mir den Wagen? Ehe ich ihm mal 'n paar Liter Benzin aus den Rippen geleiert hab' –«

»Ich habe keine Eltern«, sagte Recha, ruhig und wie beiläufig.

Curt, ernüchtert, merkte endlich, daß diese für einfältige Gemüter berechnete Angeberei hier nicht verfing. Er lachte und sagte mit einem liebenswerten Ausdruck von Aufrichtigkeit: »Du hast recht; ich will bloß Eindruck schinden bei dir.« Er konnte von entwaffnendem Charme sein, wenn er wollte (und meistens wollte er), und er richtete jetzt seine dreisten grünen Augen auf Recha und sagte: »Aber ich bin schon verdammt froh, daß ich den Zug genommen hab'. Ich wär' sonst um eine reizende Bekanntschaft ärmer ...«

Lieber Himmel, der macht's aber billig, dachte Nikolaus, und er wünschte, das Mädchen würde diesen Burschen und sein Gewäsch so leicht nehmen, wie er es verdiente. Er wagte einen schüchternen Versuch, Recha von dem anderen abzulenken, und fragte, auf welche Schule sie gegangen sei.

»Ich war im Oberschul-Internat in H.«, sagte Recha. »Vor ein paar Jahren noch nannten die Leute unsere Schule die ›rote Burg‹. Das sollte ein Schimpfwort sein, und zuerst ärgerten wir uns darüber, dann gewöhnten wir uns daran, und schließlich redeten wir selbst nur noch von der ›Burg‹. In Wirklichkeit ist es bloß ein komisches kleines Schloß – aber wir fanden es schön, wir waren richtig zu Hause dort, weißt du –« Sie hatte auf einmal Lust, gerade diesem schweigsamen, schwerfälligen Nikolaus von Kramer zu erzählen und von Betsy, von ihrem Treibhaus und dem Park und der immer halbdunklen Bibliothek mit ihrem unverwechselbaren Geruch von Staub und Leder und der Druckerschwärze neuer Bücher und Zeitungen. Er sieht aus, dachte sie, als könnte er gut zuhören.

Curt jedoch, der es nicht ertragen konnte, nicht Mittelpunkt zu sein, zerriß mit einem Witz das schwache Fädchen Einverständnis zwischen Nikolaus und dem Mädchen, er drängte sich näher an Recha, erzählte, gestikulierte, machte sich über seine Lehrer lustig; er hatte eine scharfe Zunge und liebte es, die Schwächen anderer Leute boshaft und treffend zu karikieren.

Sogar Nikolaus lachte; irgend etwas an diesem Curt mit C gefiel oder imponierte ihm. Selbst unbeholfen bis zur Grobheit, bewunderte er Jungen in seinem Alter, die mit heiterer Selbstverständlichkeit Mädchen unterhalten und für sich einnehmen konnten. Er hätte gern diese großäugige, dunkelhaarige Recha für sich eingenommen; ihr Gesicht, mit der schmalen, vorspringenden Nase, erinnerte ihn an das Bild einer Frau, auf deren Namen er sich jetzt nicht besinnen konnte. Freilich wußte er recht gut, daß er gegen den geschmeidigen Curt nicht aufkommen würde, er trottete stumm neben ihm her, und nur einmal, direkt befragt, sagte er: »Ich wohne in M. Mein Vater ist Buchdrucker.« Alles andere, dachte er, geht sie nichts an – vorläufig wenigstens geht es sie nichts an.

Schließlich erreichten sie die Unterkunftsleitung.

Bevor sie sich verabschiedeten und ihre Zimmer in der Zwischenbelegung suchten, sagte Curt: »Wir könnten uns morgen früh treffen und zusammen ins Kombinat fahren.« Dies war, deutlich genug, nur für Recha bestimmt. Sie blickte Nikolaus an, der ein wenig abseits stand, sehr groß, ein bißchen plump in seinem abgeschabten Kordanzug, und er tat ihr leid. »Du kommst doch mit, ja?« fragte sie.

Nikolaus nickte. Er hätte dem Mädchen gern etwas Freundliches gesagt; er merkte, wie unruhig und furchtsam sie die dunklen Häuserfronten musterte, und er versuchte ihr zuzureden: »Du mußt nicht soviel an zu Hause denken, wenigstens nicht in der ersten Nacht. In der ersten Nacht ist das Heimweh am schlimmsten, weißt du, aber nachher gewöhnt man sich schnell –«

»Guter alter Onkel«, murmelte Curt ergriffen.

2

In Rechas Zimmer wohnte eine Tiefbauarbeiterin, ein stämmiges, untersetztes Mädchen Ende der Zwanzig. Sie saß, als Recha eintrat, auf ihrem Bett und stopfte Strümpfe; sie war nur mit einem rosa Hemd bekleidet, und Recha stammelte verlegen: »Entschuldigen Sie, daß ich so spät noch störe ...«

»Macht nichts«, sagte das Mädchen, ihre Stimme war männlich tief und rauh. Sie betrachtete Recha unbefangen vom Kopf bis zu den Füßen, dann gab sie ihr die Hand, eine schaufelbreite Hand mit zerspellten Nägeln, und fuhr fort: »Na, richt dich ein! Das Spind links gehört dir. Vertragen werden wir uns, was?«

»Ich glaube schon«, sagte Recha. Sie erkundigte sich, wo sie sich waschen könne, und sie vermied es, das Mädchen direkt anzureden, weil sie nicht sicher war, ob sie ebenfalls das »Du« gebrauchen durfte. Der korrekte Kramer hatte streng darauf geachtet, daß sich, trotz des engen Zusammenlebens im Internat, keine unpassenden Vertraulichkeiten im Umgang zwischen Schülern und Erwachsenen einschlichen.

Sie zog den Mantel aus und setzte sich aufs Bett; sie merkte jetzt erst, wie müde sie war, und sie hätte sich gern schlafen gelegt. Aber sie schämte sich vor dem fremden Mädchen: Dies war nicht Betsy, ihre rundliche blonde Freundin Betsy, vor der sie keine Heimlichkeiten gehabt und mit der sie, sechzehnjährig, abends vor dem Spiegel gestanden hatte (wir haben, entsann sich Recha – belustigt und zugleich geniert –, jeden Sonnabend gemessen, wer den größeren Brustumfang hätte, und Betsy hat mich immer um ein paar Zentimeter überrundet).

»Was machst du? Labor, hm?« fragte das Mädchen.

»Erdarbeiterin, denk' ich«, sagte Recha kühn.

»Erdarbeiterin«, wiederholte das Mädchen verächtlich. »Mit den Fingerchen? Eine Handvoll wie du ... Dünn bist du, daß ich dich mit einer Hand könnt' durchbrechen.«

Recha schielte auf die gewaltigen Muskeln der anderen, und sie glaubte ihr aufs Wort. Trotzdem reizte die skeptische Herablassung sie zum Widerspruch, und sie sagte, großspurig wie damals vor Kramers Schreibtisch: »Was andere schaffen, schaff' ich auch. Zu Anfang wird's kein Kinderspiel sein, klar. Aber man gewöhnt sich, und wenn man die Technik erst raus hat ...«

»Technik! Deine Technik mußt du hier sitzen haben«,

sagte das Mädchen und winkelte die stämmigen Unterarme.

Recha widersprach hitzig. »Blödsinn! Hier sitzt die Technik«, und sie pochte sich gegen die Stirn.

»Da sitzt höchstens dein Vogel«, rief das Mädchen, und ihre Stimme klang grollend und rauher als vorher. »Auf Schule bist du gegangen, was? Und das kommt her und redet von Technik ... Ich bin beim Tiefbau, Mensch, ich weiß Bescheid.« Sie sah Rechas bestürztes Gesicht und fügte freundlicher hinzu: »Wirst noch 'ne Menge einstecken müssen, Kleine.«

Recha nickte; es tat ihr leid, daß sie sich schon am ersten Abend mit dem Mädchen stritt, das für die nächsten Monate ihre Zimmergefährtin sein sollte. Nach einer Weile bat sie: »Könnten Sie sich mal einen Augenblick umdrehen? Ich möchte mich ausziehen.«

»Ich guck' dir nichts ab«, brummte das Mädchen, aber sie drehte sich doch um. Gegen die Wand sagte sie: »Hier redt man sich mit Du an. Du kannst Lisa zu mir sagen – wenn du dir nicht zu fein bist dafür.«

Nach einiger Zeit verließ Lisa das Zimmer. Recha lag im Bett, die Arme hinterm Kopf verschränkt, und starrte an die Decke, sie dachte: Das Zimmer ist scheußlich – kein Vergleich mit der Burg. Hier kann man nicht wohnen, hier kann man höchstens schlafen ... Die kahlen, blaß gemusterten Wände bedrückten sie, die spärlichen Möbel und die grelle weiße, nichts mild verschleiernde Milchglasglocke unter der Decke.

Dann kam Lisa zurück, sie holte Brot, Wurst und Butter aus ihrem Spind und machte ihre Schnitten für den nächsten Morgen zurecht. Einmal fragte sie über die Schulter: »Heulst du, Kleine?«

»Nein«, flüsterte Recha.

»Du bist zum erstenmal von Mutters Schürzenzipfel weg, was?«

»Ich habe keine Mutter.«

»Ach«, sagte Lisa und wandte sich um. »Gestorben?«

»Vergast«, sagte Recha laut, aggressiv und mit einem Ausdruck von Haß, der Lisa erschreckte.

»Ach«, sagte sie noch einmal. »Ich wollte nicht … Aber 'n Vater hast du doch, oder nicht? Ich meine bloß … du bist so schick angezogen, das muß doch wer bezahlt haben –«

»Vater? Weiß nicht. Muß wohl einen gehabt haben«, sagte Recha in bösartigem Ton, sie dachte – und sie gebrauchte, wenn sie an diesen unbekannten Vater dachte, immer ausgesucht derbe Wörter, die für gewöhnlich nicht zu ihrem Sprachschatz gehörten –: Abgehauen. Verduftet. Ich hoffe, er ist an der Front verschüttgegangen. Ich hoffe, er ist krepiert, der *Arier* …

Lisa, mitfühlend und neugierig, versuchte noch eine vorsichtige Frage anzubringen, aber Recha lag mit geschlossenen Augen, das Gesicht kalt und versperrt, und antwortete nicht mehr. Lisa knipste das Licht aus und tappte auf nackten Füßen zum Bett. Sie horchte eine Weile auf die Atemzüge ihrer Nachbarin. Sie hatte immer noch diese scharfe, haßerfüllte Stimme im Ohr, und sie empfand etwas wie Widerwillen gegen die sonderbare Fremde mit ihrer dunklen Herkunft.

Lisa stammte aus einer Arbeiterfamilie mit sieben Kindern, ihr Vater war unversehrt aus dem Krieg zurückgekommen – Krieg und Faschismus hatten keinen ihr nahestehenden Menschen vernichtet, und die Leiden anderer kannte sie nur aus Büchern und Berichten. Vergast, dachte sie, und: Muß wohl einen Vater gehabt haben … Sie fand keinen Zusammenhang, konnte sich aus den knappen Andeutungen keine Geschichte reimen, die ihr die Lebensumstände des Mädchens erhellt hätte, aber es nahm ihr den Schlaf (meinen sauer verdienten Schlaf – und morgen früh um vier ist die Nacht für mich rum).

Endlich sagte sie ins Dunkle: »Du, Kleine … Hast du was zu essen mit?«

»Nein«, sagte Recha erstaunt.

»Wenn du nichts zu essen hast«, sagte Lisa, »in meinem Spind ist genug.«

Sie lachte ein bißchen unsicher.

»Wurst und Butter, verstehst du, brauch' ich jede Menge.«

»Danke schön«, sagte Recha. »Das ist nett von dir.« Sie ahnte, was in Lisa vorging; sie hatte oft genug erfahren, wie verlegen andere Leute wurden, wie unbehaglich und unfrei sie sich plötzlich bewegten, wenn sie von Rechas Mutter hörten – als fühlten sie sich alle mitverantwortlich dafür, dachte Recha, daß in Deutschland einmal Gaskammern für Juden gebaut wurden.

»Ich habe dich vorhin vor den Kopf gestoßen, nicht wahr? Nimm's mir nicht übel«, sagte Recha nach einiger Zeit, aber es kam keine Antwort, und sie war nicht sicher, ob Lisa sie noch gehört hatte.

Rechas Vater war Architekt gewesen; er hatte sich, ein halbes Jahr nach Rechas Geburt, von seiner jüdischen Frau scheiden lassen; es war ein gefährliches Wagnis, noch im Jahre 1941 mit einer *Nichtarierin* zu leben – in der Tat waren die meisten *Mischehen* schon Jahre vorher geschieden worden –, er hatte Ruf und Stellung aufs Spiel gesetzt und, bedrängt, bedroht, getreten von den Nazi-Behörden, schließlich resigniert.

Recha entschuldigte nichts, und sie bürdete dem Mann, dessen Namen sie nicht einmal in den Mund nahm, die Schuld am Tod ihrer Mutter auf. Deborah Heine war nach Ravensbrück gebracht, der kleine *Bastard* in ein nationalsozialistisches Erziehungsheim gesteckt worden. Obgleich sich Recha an diese Zeit nicht mehr erinnerte, hatte sie Spuren in ihr zurückgelassen, die all die Jahre nach dem Krieg und die freundliche Fürsorge ihrer Lehrer und Heimleiter nicht verwischen konnten.

Recha war, trotz ihrer gelegentlichen Anfälle von Furchtsamkeit und krampfhafter Schüchternheit, von hitzigem Temperament, und manchmal malte sie sich aus, was sie jenem Mann sagen und antun würde, wenn er ihr eines Tages gegenüberstehen sollte. Sie wußte nicht, wie ihre Mutter ausgesehen, was für Haare und Augen sie gehabt hatte, aber sie war überzeugt, sie sei ihr ähnlich.

Eine polnische Genossin, die einmal das Internat besuchte, hatte ihr gesagt, sie sähe – mit ihren dunklen Augen und der schmalen, vorspringenden Nase – wie die junge Rosa Luxemburg aus, und Recha empfand, seit sie deren wunderbare Gefängnisbriefe gelesen hatte, diesen Vergleich als eine Auszeichnung.

Als sich ihre Augen an das Dunkel gewöhnt hatten, nahm sie wieder die Umrisse der Möbel wahr und das hellere Rechteck der Tür. Ein blasser Streifen Licht fiel durch den Spalt am Fenstervorhang. Wir müssen umräumen, dachte sie, wir müssen irgendwas Buntes reinbringen, ein paar Bilder, Blumen, eine Decke über das abscheuliche Wachstuch … Lisa scheint ein bißchen gleichgültig zu sein, es scheint ihr nichts auszumachen, wenn sie zwischen nackten Wänden haust, in einer Wohnung, die den Namen Wohnung noch nicht verdient. Sobald ich das erste Geld verdient habe …

Aber während sie noch Pläne machte, rechnete, entwarf – und sie wußte, daß sie es eigentlich nur tat, um sich abzulenken und ihr Heimweh schlau zu überspielen –, schweiften ihre Gedanken schon ab, zurück in den Park mit seinen von Löwenmaul und Astern und späten Rosen überwucherten Beeten, zurück in die Burg, und sie sah wieder die winklig verbauten Gänge und finsteren Treppen und ihr Zimmer, in das morgen oder übermorgen zwei fremde Mädchen einziehen würden. Vor zwei Jahren, als es den großen Wettbewerb zwischen den Heimschülern gab, hatten sie ihr Zimmer selbst ausgemalt, eifrig, liebevoll und nicht sehr geschickt, und als sie nur den dritten Preis bekamen, waren sie still für sich überzeugt gewesen, Kramer sei ungerecht oder habe zumindest keinen Geschmack.

Sie dachte auch an Betsy, die gestern früh nach Rostock

abgereist war, auf die Universität, und sie fragte sich zum hundertstenmal, ob es nicht gescheiter und bequemer gewesen wäre, ebenfalls nach Rostock oder nach Berlin zu fahren, statt hierher ins Kombinat, in ein unbekanntes und aufregendes Gebiet. Bequemer wär's bestimmt, dachte sie jetzt.

Sie erinnerte sich genau an den Tag im Juni, als Kramer sie zu sich rufen ließ. Es war sehr heiß, seit Wochen hatte es nicht geregnet, der Himmel war weißblau und die Erde grau und rissig vor Dürre. Sie waren eben vom Feld gekommen, schmutzig und verschwitzt, und in ihren Kleidern hing noch der Duft von Heu und wilden Kräutern.

Kramer saß an seinem Schreibtisch, dick, hellblond, noch jung, mit spöttischen grauen Augen hinter der Brille. Er sah aus, als ob ihm die Hitze nichts anhaben könnte, und Recha dachte belustigt: Er ist sogar zu höflich, als daß er in Gegenwart anderer schwitzte.

»Setzen Sie sich, Fräulein Heine«, sagte er. »Nun, haben Sie es sich überlegt?«

»Ja«, antwortete Recha. »Wenn Sie's für richtig halten, würde ich am liebsten ein Jahr praktisch arbeiten.«

»Irgendwelche Sonderwünsche?«

»Schwarze Pumpe«, sagte Recha.

»Sie könnten doch hier in der Nähe arbeiten, im Persilwerk in G. vielleicht. Warum so weit weg, Fräulein Heine? Warum ausgerechnet in die Schwarze Pumpe?«

Sie zögerte einen Moment, dann sagte sie, verlegen lächelnd: »Unter anderem deshalb, weil es so romantisch klingt ...«

»Romantisch, du lieber Himmel ... Die Romantik wird Ihnen bitter ankommen, wenn Sie acht Stunden in der Erde herumgekratzt haben.«

»... und gerade deshalb, weil es so weit weg ist«, vollendete Recha.

Kramer sah sie aufmerksam an. »So. Kleiner Selbständigkeitstick bei Ihnen, nicht wahr?«

»Nennen Sie's, wie Sie wollen«, sagte Recha und errötete vor Ärger.

Nach einer Pause fuhr Kramer fort: »Sie wissen, daß ich es für gesund und nützlich halte, wenn die Abiturienten für ein Jahr in die Produktion gehen. Aber Sie, liebe Recha – für Sie sehe ich schwarz – entschuldigen Sie, daß ich Ihnen das ohne Umschweife sage.« Er griff nach seiner Zigarettenschachtel, ließ die Hand aber wieder sinken; er vermied es, im Beisein seiner Schüler zu rauchen (obgleich er so gut wie jeder andere Lehrer das »Raucherkollegium« kannte und den Winkel, in dem sich die Jungen und ein paar Mädchen zu treffen pflegten). »Ich fürchte, Sie werfen die Flinte ins Korn, wenn nicht alles so glatt und – romantisch vor sich geht, wie Sie es sich vorstellen.«

»Ich werf' die Flinte nicht ins Korn«, widersprach Recha heftig. »Ich bin stark genug; ich arbeite auf dem Feld wie die anderen – oder? Und ich will selbständig werden, klar, und ich will nicht ewig Angst haben vor fremden Menschen ...« Sie unterbrach sich, sie suchte vergebens nach Worten, mit denen sie ihre Gründe erklären könnte.

»Sie wissen, niemand zwingt Sie«, setzte Kramer noch einmal an.

»Ich mag nicht immer auf meinen VdN-Ausweis reisen«, sagte Recha, leise und entschieden. »Ich mag nicht immer bedauert und gehätschelt werden und aus der Reihe tanzen –«

»Gut, gut«, sagte Kramer schnell. »Ich werde also das Nötige veranlassen ... Sie können dann wieder zu den anderen gehen.« –

Die letzten Wochen im Internat hatte Recha in dem Bewußtsein gelebt, daß diese Zeit eine strenge und rasch ablaufende Frist war, nach der sie etwas Köstliches und Unwiederbringliches verlieren würde: eine Heimat, Freundschaften, eine Kindheit und die Geborgenheit in einer festgefügten Gesellschaft.

Heute morgen hatte Kramer sie zum Tor begleitet, er hatte ihr seine dicke, kurze Hand gereicht, blinzelnd hinter den Brillengläsern, und in einem ungewohnt herzlichen Ton gesagt: »Ich bin nicht so anmaßend zu glauben, daß unser Internat so etwas wie ein Elternhaus für Sie war, Recha. Immerhin ...«, und er gebrauchte plötzlich das verpönte Du, »wenn du einmal ernsthaften Kummer hast, dann schreib oder komm her ...« Er schien noch etwas hinzufügen zu wollen, schwieg aber und begnügte sich damit, ihr die Hand zu drücken und zu winken, als sie die Straße hinabging, langsam, allein und immer wieder den Kopf nach ihm umdrehend.

Vielleicht, dachte Recha jetzt, fürchtete er, ich könnte seine Abschiedsrede für rührseliges Geschwätz nehmen und später darüber lachen ...

Lisa hatte sich auf den Rücken gewälzt und schnarchte. Es muß bald Mitternacht sein, dachte Recha, und nun endlich, als sie mit geschlossenen Augen und hochgezogenen Knien dalag und auf den Schlaf wartete, fiel ihr ein, wie sie Kramer damals im Juni ihren Entschluß hätte erklären sollen.

Ich habe nüchternen Verstand genug – hätte sie sagen sollen –, um meine Schwächen zu erkennen: Mangel an Ausdauer, Angst vor jeder Veränderung, Unbeständigkeit der Gefühle – ach, ein ganzes Register von schädlichen Eigenheiten –, und ich nehme dutzendmal im Jahr einen Anlauf, mit ihnen fertig zu werden. Das hier, Herr Kramer, diese gewagte Fahrt ins Neuland, ist solch ein Anlauf, und diesmal will ich nicht auf halbem Weg stehenbleiben oder unbeherzt wieder umkehren. Ja ... Und das ist schon alles, was ich Ihnen sagen wollte, glaube ich.

Auf der betonierten Straße ratterte ein schwerer Lastwagen vorüber, und die Scheinwerfer schleuderten ihr starkes Licht durch den Vorhang und in einer breiten, schnell abwärts gleitenden Bahn über die Zimmerdecke. Curt mit C und sein Wartburg, dachte Recha amüsiert, und dieser komische maulfaule Nikolaus ... Schon zwei Bekannte oder Kameraden oder wie immer man es nennen will – und zwei sind beinahe mehr, als man sich für die erste halbe Stunde in einer fremden Stadt wünschen darf.

Recha war jetzt ganz zufrieden mit sich: Sie hatte eine Menge guter Vorsätze gefaßt und nahm, wie so oft, den guten Willen schon für die Tat, und so schlief sie schließlich ein, ein bißchen getröstet, sehr müde und mit sanft ineinanderfließenden Bildern von regenfeuchten Gesichtern und einem grauen Bahnhof und dem zitternden Widerschein bunter Lichter auf nassem Asphalt.

3

Nikolaus schaltete das Licht ein; sein Blick fiel, wohin er sich auch wandte, auf Kakteen, ein paar Dutzend Töpfchen mit kugelrunden und stäbchenförmigen und grotesk gegliederten Kakteen, mit wulstigen Hahnenkämmen und schmalen grünen Zungen und weißflockigen Greisenhäuptern, und in jedem Topf steckte ein flaches Holztäfelchen, das den lateinischen und den deutschen Namen trug.

Sie standen, auf hölzernen Gestellen zu Pyramiden getürmt oder in doppelt gestaffelten Reihen, auf den Fensterbänken und Nachttischen und sogar auf der Schrankkante, und Nikolaus sah sie sich an und seufzte.

Ein Mann mit Hobby, dachte er. Na gut, wenigstens hat er mein Bett noch nicht als Blumenständer benutzt.

Er erinnerte sich an die Abende mit einem alten Freund seines Vaters; der Mann hatte sich, seitdem er Rente bekam, der Kakteenzucht zugewandt und betrieb sie mit erschreckender Leidenschaft. Wenn er nicht gestoppt wurde, dachte Nikolaus, konnte er fünf Stunden lang pausenlos von seinen Kakteen reden; sie standen, wenn man ihm glauben wollte, immer kurz vor einem sensationellen Blütenausbruch.

Nikolaus packte seinen Koffer aus und begann sich einzurichten.

Er ließ sich Zeit; sein Nachbar hatte vermutlich Nachtschicht und würde nicht vor sechs Uhr zurückkommen.

Die Kargheit seines Zimmers störte Nikolaus nicht, er war genügsam und gleichgültig gegen Äußerlichkeiten, und er pflegte unbekümmert so lange in demselben Anzug herumzulaufen, bis seine Mutter das abgetragene Stück versteckte und ihm mit Gewalt einen neuen Anzug aufzwang. Zu Hause hatten sie sehr beengt gewohnt – drei Personen in Stube und Küche; Nikolaus hatte in einer Art Abstellkammer gehaust, und es war ihm recht gewesen. Wenn er nur ein Bett besaß und einen Tisch, an dem er zeichnen konnte, war ihm alles recht.

Auf die gelbe Wand neben seinem Bett heftete er drei ungerahmte Kunstblätter, Reproduktionen von Landschaftsbildern van Goghs, und er trat ein paar Schritte zurück und betrachtete sie, mit der gleichen Ehrfurcht, dem gleichen Entzücken wie stets. Er hatte sie hundertmal so angesehen, er hatte sie gleichsam auswendig gelernt – jeden blühenden Baum, jedes sonnenüberstrahlte Kornfeld, jede zärtlich verschwimmende Wolke am überschwenglich blauen Himmel –, und er war in diesen Landschaften zu Hause, als wäre er wochenlang unter der Sonne von Arles spazierengegangen, auf jenen Wegen, die van Gogh gegangen war.

Mein Gott, so malen können, dachte er, diese ekstatischen Farben sehen und für andere sichtbar machen können ... Er hatte vorhin, als er eintrat, flüchtig die Fremdheit des Zimmers gespürt – jetzt, mit seinen Bildern an der Wand, erschien es ihm schon vertraut, und er bedauerte, daß er das Licht ausschalten und die leuchtenden Landschaften aufgeben mußte.

Erst als er im Bett lag, begann er den vergangenen Tag zu überdenken: den Abschied von seinen Eltern (seine Mutter hatte geweint; sie hatte eher als Nikolaus begriffen, daß dies ein endgültiger Auszug war und daß von nun an ihr Sohn nur noch ein gelegentlicher Gast sein würde, für den man, wie für jeden anderen willkommenen Besuch, Kuchen bäckt und ein Bett frisch überzieht), die Fahrt durch das flache, von Kiefernwäldern und rötlichvioletter Heide bedeckte Land, die Ankunft im Regen und die Begegnung mit den beiden, die über seine Begriffsstutzigkeit gelacht hatten.

Sie hat auch gelacht, dachte Nikolaus beschämt. Wahrscheinlich habe ich mich furchtbar dämlich benommen ... Was für Augen! Und ihr Haar: unter der Laterne schimmerte es wie Mahagoni. Vielleicht darf ich sie malen, irgendwann, später. Wir haben ja noch ein ganzes Jahr vor uns ... Aber diesen warmen Mahagoniton kriege ich doch nicht raus, das weiß ich jetzt schon, und dann werde ich mich wochenlang über mich selbst, über meine Stümperei ärgern.

Sie hat gefragt, was ich am liebsten zeichne. Vielleicht zeige ich ihr mal 'n paar Arbeiten ... Aber sie interessiert sich bestimmt gar nicht, hat nur so aus Höflichkeit gefragt. Vermutlich ist sie blöd wie alle Mädchen: Sie fragen dummes Zeug und kichern 'n bißchen, oder – und das ist beinah noch schlimmer – sie bewundern einen und schreien oh und ach und begreifen nicht, daß ein Porträt durch die bloße fotografische Ähnlichkeit noch kein Menschengesicht wird ...

Nikolaus' Vater, ein Mann Ende der Fünfzig, war Buchdrucker und hatte viele Jahre in einem Kunstverlag gearbeitet. Vor 1933 war er Sozialdemokrat gewesen, aber er hatte sich politisch nie hervorgetan, und während der Nazizeit verhielt er sich still und wartete ab. Er hatte jedoch genug gelernt in jenen zwölf Jahren, und als sich nach 1945 die beiden Arbeiterparteien zusammenschlossen, trat er ohne gewichtige Vorbehalte der SED bei.

Während seiner Freizeit malte er, ohne Selbsttäuschung und ohne große Ansprüche an sich selbst. Er wußte, daß es für ihn zu spät war, jemals mehr zu werden als ein geschickter Dilettant, und desto eifersüchtiger wachte er über Nikolaus' Begabung.

»Lern, Junge, verdien dir dein Studium«, pflegte er zu sagen. »Als ich so alt war wie du, hätt' ich sonst was drum gegeben, wenn man mir solche Chancen geboten hätte wie euch heutzutage.« Nikolaus, der auch ohne Ermahnung ein fleißiger und gewissenhafter Schüler war, fand Predigten dieser Art recht überflüssig und auf die Dauer langweilig, aber er hörte geduldig zu und hielt den Mund. Er nahm, wie die meisten jungen Leute, diese hundertmal herausgestrichenen Chancen mit gelassener Selbstverständlichkeit hin.

Seine Mutter bestand darauf, er sollte nach dem Abitur in einen Betrieb gehen, »damit du nicht vergißt, woher du gekommen bist«, sagte sie. Sie blickte auf seine langen, empfindlichen Hände, sie sagte nachdrücklich: »Und damit du kapierst, wer dein Studium bezahlt. Wir können's nicht.«

Nikolaus dachte an seinen geduldigen Überdruß bei Vaters Vorhaltungen, und er fühlte sich durchschaut. »In Ordnung«, sagte er, und damit war über das nächste Jahr entschieden.

Nikolaus gähnte, streckte sich und stieß derb gegen das Kopfteil seines Bettes. Es war ein solides, braungestrichenes Metallbett, aber offenbar nicht für Leute von außergewöhnlicher Länge konstruiert.

Er rieb sich den Kopf. Teufel, ich habe meine schöne Schiebermütze vergessen, dachte er, und, mit einem Gedankensprung: Ich glaube, das Mädchen hat mich für einen Maurer gehalten oder jedenfalls für einen, der schon lange dazugehört.

Sie sieht aus, als ob sie einen brauchen könnte, der ein bißchen auf sie achtgibt. Schade, daß ich kein Talent habe, den Ritter zu spielen ...

In der Tat war Nikolaus von hartnäckigem Mißgeschick verfolgt: Wenn ihm wirklich einmal ein Mädchen gefiel, zauderte er so lange, erwog mit solcher Gründlichkeit jeden Schritt seiner Annäherungstaktik, daß sie sich längst einem anderen zugewandt hatte, ehe er sich endlich schlüssig geworden war. Er sah sie dann, resigniert und zugleich erleichtert, mit dem anderen über den Schulhof spazieren, und eigentlich fand er es bequemer und erfreulicher, ein Mädchen aus der Ferne zu bewundern.

Über sein Tanzstundendrama lachte die ganze Schule: Der Tanzlehrer hatte ihm ein Mädchen zudiktiert, siebzehnjährig, scheu und mäßig hübsch; sie war nach der 10. Klasse abgegangen und Verkäuferin in einem verstaubten Privatladen geworden. Acht Monate nach dem Abschlußball bekam sie ein Kind, und obgleich es bald ruchbar wurde, daß der Ladenbesitzer, ein geachteter älterer Herr, sein Lehrmädchen mißbraucht hatte, konnte sich Nikolaus wochenlang nicht retten vor dem Gespött seiner Klassenkameraden.

Er verteidigte sich, stotternd und errötend, und er verteidigte das Mädchen, und sicherlich begriff keiner der anderen, wie nah ihm diese Geschichte ging und warum er nichts Komisches oder auch nur Belächelnswertes darin finden konnte.

Auch in diesem Augenblick, als ihm die fatale Begebenheit wieder einfiel, sagte er sich: Und wenn es auch Quatsch sein sollte – ich mache mir Vorwürfe – heute noch. Ich habe doch gemerkt, wie bedrückt die Kleine immer war; natürlich hat der ekelhafte alte Kerl ihr damals schon nachgestellt. Sie hatte Angst vor ihm. Ich hätte mich um sie kümmern sollen, ich hätte sie ausfragen sollen, vielleicht wäre ihr noch zu helfen gewesen. Immer ist man im falschen Moment taktvoll. Nicht taktvoll – gleichgültig, verbesserte er sich.

Dieses Mahagonimädchen … Sie liebäugelt schon mit dem Affen. Mädchen fallen so schnell rein …

Er lag zusammengekrümmt, friedlich dösend, und manchmal horchte er auf die nächtlichen Straßengeräusche: unbekümmert lärmender Gesang, selig und falsch; ein Auto bremste scharf, und die Reifen schrillten; irgendwo im Block dudelte noch ein Radio.

Nikolaus, mit gelassener, durch keine Anfängerfurcht getrübter Vorfreude, malte sich den nächsten Tag aus, die Fahrt zu dritt und das Kombinat; er kannte es nur von Bildern und aus einem Film, und Erwartung spannte ihn, ungezügelte Neugier auf Menschengesichter und auf Eindrücke, die sich in Zeichnungen und Aquarelle umsetzen ließen.

Immer wieder aber, bis in den Schlaf hinein, umkreisten seine Gedanken Recha, für die er sich aus einem schwer bestimmbaren Grund verantwortlich fühlte. Es war eine seiner Schwächen, sich stets für irgendwelche Menschen verantwortlich zu fühlen, auch wenn sie nichts davon ahnten oder keinen Wert darauf legten – und ganz gewiß war es seine liebenswerteste Schwäche.

4

Curt warf seinen Campingbeutel auf den Tisch. Aus einem Knäuel von Kissen und Decken fuhr ein Kopf hoch, fuchsrot und stichelhaarig. »Ruhe, verdammtes Volk!«

»Guten Abend«, sagte Curt vergnügt.

Der Fuchs öffnete ein Auge, er fragte mit schlafdicker Stimme: »Willsten hier, Mensch?«

»Zunächst mal schlafen, wenn's gestattet ist.«

»Ist gestattet«, sagte der Fuchs und bekam nun, mühsam und blinzelnd, auch das zweite wasserblaue Auge auf. »Dachte schon, es wär'n wieder so 'n paar Verrückte, die ins falsche Zimmer gelatscht sind.« Er fiel auf sein Bett zurück, aber er blieb wach und beobachtete Curt, der nach seinem Schlafanzug fischte.

»Miese Bude«, bemerkte Curt und schleuderte geschickt seine Schuhe von den Füßen.

»In der Neustadt gibt's Junggesellenwohnungen mit

Küche und Bad und allen Raffinessen. Bewirb dich doch«, sagte der Fuchs.

Curt hob ausdrucksvoll die Schultern. »Wenn ich unbedingt wollte … Mein alter Herr ist Werkleiter, verstehst du, er hat 'n langen Arm –«

»Ein langer Arm ist schneller verstaucht als ein kurzer«, sagte der Fuchs.

Er sah Curt an, aufmerksam, ein bißchen abschätzig, dann fügte er aufrichtig hinzu: »Leute mit Beziehungen sind nicht mein Geschmack.«

Curt hatte zum zweitenmal an diesem Abend das fatale Gefühl, er habe die falsche Platte aufgelegt. Scheint, als müßte man sich hier umstellen, dachte er – und mit einem leichtsinnigen kleinen Lächeln: Na schön, stellen wir uns um … Tatsächlich bereitete ihm der Gedanke, er werde hier gleichsam in eine neue Haut schlüpfen müssen, keineswegs Beklemmungen. Er war sicher, daß ihm auch diese neue Haut ausgezeichnet sitzen würde; er kannte seine Anpassungsfähigkeit und kultivierte sie mit Behagen.

Ich habe, sagte er sich, das glückliche Talent, mich sofort in jede Situation reinzufinden, und ich kann mit jeder Sorte Menschen umgehen. Ich werde auch mit diesem Rotkopf klarkommen. Er ist nicht viel älter als ich …

Er schwieg eine Weile, er taxierte das sommersprossige, gescheite Gesicht seines Zimmergenossen und versuchte dessen Beruf zu erraten; der andere aber, gutmütig und arglos, baute ihm schon eine Brücke, er sagte: »Wenn du einen väterlichen Rat vertragen kannst: Hau nicht auf den Putz, mein Sohn, und renommier nicht mit deiner großmächtigen Verwandtschaft, sonst kriegst du hier kein Bein auf die Erde.« Er lächelte (und es erheiterte Curt, zu sehen, wie seine rostbraunen Sommersprossen auseinanderflossen, sobald er das Gesicht verzog), er sagte: »Vor 'nem Jahr habe ich angefangen wie du – eben von der Schulbank weg und dicke Rosinen im Kopf …«

»Wie denn – auch Oberschüler?«

»Na, eine Sprosse höher sind wir schon geklettert. Jungingenieur ... Aber wie ich dir sagte: Keine Rosinen, Verehrtester; deiner Brigade kannst du nicht mal mit einem Ministervater imponieren.«

»Okay«, sagte Curt, der sich jetzt für die Rolle des bescheidenen, aber munteren Greenhorns entschieden hatte. »Wenn ich mal 'nen guten Tip brauche, kann ich dich interviewen, ja?«

Der andere nickte, und dann machten sie sich ganz förmlich miteinander bekannt, und der Fuchs sagte, er heiße Heribert Hübner – »aber«, setzte er gleich hinzu, »das i laß besser weg. Meine Eltern sind furchtbar nette Leute, und ich weiß bis heute nicht, warum sie mir diesen Majoratsherrennamen angehängt haben.« Seine Stimme nahm einen tragischen Ton an. »Dieses i hat einen Schatten über meine ganze Kindheit geworfen ...«

»Gott ja, wie das Schicksal so spielt«, sagte Curt, schmalzig und voll Mitgefühl, und sie grinsten sich an und waren jetzt bereit, einander ganz sympathisch zu finden.

Trotzdem dachte Curt, er habe noch eine Scharte auszuwetzen, um den Rotkopf vollends für sich zu gewinnen, und er begann von seinem Vater zu sprechen, während er im Schlafanzug auf seinem Bett kauerte und seine Abendzigarette rauchte – in einem köstlichen Unabhängigkeitsgefühl, weil keine gluckenhaft besorgte Mutter hereinkommen und seine verwerflichen Angewohnheiten tadeln konnte.

Er hatte das unersättliche Bedürfnis, sich vor anderen hervorzutun, und er war in seinen Mitteln nicht wählerisch. Wo er mit seinem Motorboot und dem tomatenroten Wartburg, mit der Villa am Stadtrand und einer elektrifizierten Hausbar und ähnlichen unerläßlichen Requisiten eines gehobenen Lebensstandards nicht Eindruck machen konnte, bemühte er die Vergangenheit seines Vaters, dessen Verdienste er unbekümmert auf sich übertrug.

»Du mußt verstehen, daß ich mit ihm angebe und stolz auf ihn bin«, sagte er, und das war nur zur Hälfte geschwindelt; manchmal empfand er wirklich Bewunderung für seinen Vater. »Früher war er Textilarbeiter mit ich weiß nicht wieviel Pfennigen Lohn in der Stunde. Mit achtzehn ist er in die KPD gegangen, und er ist dabeigeblieben, auch nach dreiunddreißig. Bei den Nazis hat er ein paar Jahre im Zuchthaus gesessen, und sie haben ihn gefoltert und zusammengeschlagen ..., aber er hat keinen verpfiffen. Dreiundvierzig ist er dann doch noch Soldat geworden, aber er war keine zwei Tage an der Front, da ist er getürmt – hat keinen einzigen Schuß abgegeben. Mensch, nicht einen Schuß, ist einfach abgehauen, und sie haben hinterhergeknallt. Er muß ein toller Bursche gewesen sein, damals ...«

Curt schwieg einen Moment, er war selbst überrascht und ein wenig befremdet, als er sich diesen Mann, den er eben einen tollen Burschen genannt hatte, vorstellte: wie er am Tisch saß – sie sahen sich nicht häufiger als zwei- oder dreimal in der Woche –, schon beleibt und in schlechter Haltung, die von ständigen Rückenschmerzen herrührte, oft müde und reizbar, immer in Eile, immer irgendwelche Tabletten schluckend ..., ein Mann, der nur für seine Arbeit lebte und sich für die Annehmlichkeiten seines Hauses nicht interessierte, ja sie vermutlich gar nicht wahrnahm.

»Eigentlich kennen wir uns kaum«, sagte Curt, erstaunt, als fiele ihm das heute zum erstenmal auf.

Er erzählte dann weiter: »Drüben, in der SU, war er Bataillonspropagandist in einem Kriegsgefangenenlager. Als er zurückkam, fing er an zu studieren – in dem Alter noch, mein lieber Mann ... Er hat seinen Diplom-Ingenieur gemacht und leitet jetzt ein großes Textilwerk.«

»Teufel, Teufel«, sagte Heribert, und dies war sein Ausdruck uneingeschränkter Anerkennung. Jedoch ließ er sich nicht leichtfertig bestechen, und er betrachtete mit einiger Skepsis das glatte, hübsche Bürschchen, das rauchend, mit lässig gekreuzten Beinen auf dem Bett saß; er sagte: »Na, hoffentlich sammelst du auch mal eigene Lorbeeren, mein Sohn.«

Curt drückte seine Zigarette aus, er sagte nichts; es enttäuschte und ärgerte ihn, daß seine Geschichte keine freundlichere Wirkung hatte, und er dachte an seine Schule zurück, wo er – als Sohn eines Bezirkstagsabgeordneten – von Lehrern und Schülern respektiert worden war, umschwärmt von den Mädchen, gefeierter Held seiner Klasse, von dem man nur in Superlativen sprach: Curt Schelle, der eleganteste Tänzer, der amüsanteste Unterhalter, der verwegenste Sportler und begabteste Laienspieler – kurz, ein junger Mann mit einer Menge gesellschaftlicher Talente.

Er war sogar ein guter Schüler, wenn er wollte – und ein paar Wochen vor den Zeugnissen wollte er. Er quälte sich mühsam durch das schriftliche Abitur; die mündliche Prüfung bestand er mit Glanz und Glorie.

Später, im Dunkeln, sagte er plötzlich: »Hör mal, gibt es in eurem Nest 'ne anständige Bar oder wenigstens 'n Kino?«

»Natürlich. Warum?« sagte Heribert in abweisendem Ton; es kränkte ihn, daß sich dieser grüne Junge nicht nach dem Kombinat erkundigte; er war in der Aufbauleitung und hätte bereitwillig und enthusiastisch tausend Fragen beantwortet, wenn sie nur seine Arbeit betrafen.

»Warum? Ich hab' heute ein zauberhaftes Mädchen kennengelernt.«

»So?« sagte Heribert uninteressiert.

»Sieht 'n bißchen infantil aus, Typ Dornröschen vorm ersten Kuß«, sagte Curt, angestrengt schnoddrig; in Wahrheit beunruhigte ihn das fremdartige Gesicht des Mädchens. »Aber sie hat ägyptische Augen – falls du dir was darunter vorstellen kannst.«

»Mensch, verschon mich mit Weibergeschichten«, murrte der andere. »Ich mach mir nichts draus, ich mag sie nicht, Verehrtester, ich mag sie nicht mehr, und ich kann mich auch nicht für ägyptische Augen erwärmen.«

Curt lachte in sich hinein, er dachte: Eher nehme ich an, sie mögen dich nicht, mein sommersprossiger Freund, oder du hast eine unglückliche Liebe. Nun schmecken unserem hübschen Fuchs die Weintrauben sauer ...

»Weibergeschichten«, wiederholte Heribert, immer noch mißmutig, weil das Bürschchen nach einer Bar gefragt hatte statt nach dem Kraftwerk West. »So eine Heuschrecke! Möchte wissen, warum du hergekommen bist.«

Das möchte ich auch wissen, dachte Curt, und: Na, was willst du denn hören? Willst du hören, daß ich begeistert bin, weil ich ein Jahr in einem Betrieb abreißen darf, statt in der Uni zu sitzen? Er sagte, vorsichtig und fast wahrheitsgetreu: »Unter anderem aus Abenteuerlust, glaube ich, mal was anderes sehen als Schulbänke und Paukergesichter, mal was Spannenderes erleben als Prüfungsaufsätze und Klassenfeste.« Bei uns in der Schule, fiel ihm ein, nannten sie die Pumpe das »Messerstecher-Kombinat«.

»Du hast dich verspätet, mein Sohn«, sagte Heribert. »Die Goldgräberzeiten sind vorbei, ein für allemal.« Er schränkte aber diese optimistische Behauptung gleich wieder ein. »Natürlich gibt's an Zahltagen immer noch Rabatz, und wenn du darauf aus bist, kannst du deinen Bedarf an Abenteuern in der Kneipe decken oder bei uns in der Zwischenbelegung. Es gibt Prügeleien, und es gibt auch mal 'ne Razzia, bei der sie Mädchen aus den Betten fischen ... Trotzdem, die Ordentlichen sind in der Mehrzahl.«

»Du hast eine ziemlich schlichte Auffassung von Abenteuern«, sagte Curt, und seine Stimme hatte einen Klang von nachsichtiger Überlegenheit. »Ich meine nicht Prügeleien, und ich meine nicht, daß ich Mädchen auf die Bude bringen will ...«

»Da würde ich auch verdammt sauer werden, Verehrtester.«

»... ich meine die Arbeit«, fuhr Curt fort; er fühlte jetzt wieder Boden unter den Füßen und sprach zuversichtlich und mit Schwung. »Du arbeitest mit deinen Händen und siehst, was du schaffst; du gehörst dazu, als einer unter Tausenden, du schlägst dich mit all den Schwierigkeiten rum, von denen du bis jetzt bloß in der Zeitung gelesen hast – und wenn du weggehst, kannst du sagen: An der Halle da habe ich mitgebaut, und für das Dach dort habe ich die Platten geschleppt ... Du mußt es doch am besten wissen, Mensch, wie sie angefangen haben, in den Wäldern, auf der nackten Heide, und es waren keine Straßen da und keine Häuser, und heute, vier Jahre später – vier Jahre, mein lieber Mann! –, heute steht ein Riesenwerk, und du kannst zusehen, wie es wächst ...«

Er redete sich in Feuer, er berauschte sich an seiner Beredsamkeit, und Heribert nickte und sagte: »Das stimmt, mein Sohn, das ist verdammt richtig«, und er vergaß, überwältigt von Erinnerungen, daß dieser flinkzüngige Curt noch keinen Stein für das besungene Riesenwerk getragen hatte.

»Am 1. Mai hättest du dabeisein sollen«, sagte Heribert, und er hätte dem Jungen gern von diesem 1. Mai erzählt: wie er auf dem sandigen, von hundert Reifen aufgewühlten Weg gestanden hatte, eingekeilt in einer festlich bewegten Menge, und wie zum erstenmal aus den hohen weißen Schornsteinen der Rauch gestiegen war, hellgrau und schwadig und träge zergehend in der dünnen blauen Mailuft, und wie er der Rauchfahne, dieser schönsten, stolzesten Fahne über seinem Kombinat, zugeschrien, zugejubelt hatte. Er stand neben Männern und Frauen, die noch jene heißen Augusttage des Jahres 1955 miterlebt, die ersten Bäume gefällt, die ersten Gräben gezogen hatten, und er sah Tränen in ihren Augen, ergreifendes Zeichen ihrer Verbundenheit mit dem Werk, das sie in vier Jahren aufgebaut hatten.

Es war eine der wenigen Stunden, die er zu seinen unverlierbaren Erlebnissen rechnete, und Heribert fand jetzt, als er zurückdachte, man könne doch nicht gut darüber reden, nicht zu einem Fremden, Unbeteiligten, der vielleicht mit einem Witz oder bestenfalls mit einem verwunderten Schulterzucken antworten würde.

Er sagte ohne Übergang: »Na, dann – gute Nacht« und drehte sich zur Wand.

»Wünsch dir süße Träume«, sagte Curt munter, in Wahrheit aber fühlte er sich gar nicht mehr munter und selbstsicher, und er gestand sich, mit flüchtigem Unbehagen, daß sein Gerede nichts als ein Versuch gewesen war, den mißtrauischen Rotkopf und sich selbst zu täuschen. Er entsann sich recht gut einer gewissen ärgerlichen Szene zu Haus, an einem Abend im März, als er sich entschlossen hatte, das kleinere Übel zu wählen und in einem Betrieb zu arbeiten, während sein Vater noch darauf bestand, er solle für zwei Jahre zur Volksarmee gehen.

Curt weigerte sich; er schmeichelte, er bot alle seine Überredungskünste auf und ließ, als sein Vater beharrte, jede Rücksicht fahren und wurde heftig und bösartig.

»Ich lass' mich nicht kommandieren«, schrie er, »nicht von dir und nicht von irgendeinem Unteroffizier, und mir reicht's, wenn ich ein Jahr vertrödle.«

Frau Schelle, getreues Echo ihres bewunderten Sohnes, nahm seine Partei; sie lehnte, elegant, blondiert und etwas fett, in einem Sessel, und Curt setzte sich zu ihr auf die Lehne und hörte mit unbewegtem Gesicht dem Streit seiner Eltern zu. Er kannte die Schwäche seiner Mutter und nützte sie zärtlich und bedenkenlos aus.

»Ihr nennt es vertrödeln«, sagte Schelle, und es war ihm anzusehen, daß er den zähen Streit schon satt hatte. »Ich habe von meinem Sohn mehr Einsicht erwartet. Manchmal frage ich mich, warum gerade mein Sohn wie ein Kleinbürger reagiert ...«

Curt unterbrach ihn, er sagte kalt: »Früher ist dir das nicht aufgefallen, was? Warum fängst du jetzt damit an? Sonst hast du dich doch nicht um mich gekümmert.«

Schelle schwieg; er sah auf einmal grau und alt und sehr müde aus, und nun tat er Curt beinahe leid. Er stand dann auf und verließ das Zimmer, und er sprach an diesem Abend und an allen folgenden Abenden nicht wieder über Curts

Pläne. Er, der sonst vor keiner Schwierigkeit kapitulierte, hatte vor seiner Frau und seinem Sohn kapituliert, und vielleicht hatte er erst in dem Augenblick, als er die Tür hinter sich zuschlug, begriffen, wie fremd ihm der Junge geworden war und wie wenig ihn noch mit der gepflegten Blondine verband, die früher ein lebhaftes Mädchen mit aufgerauhten Fingerkuppen gewesen war, eine mutige und geduldige Gefährtin während seiner Haftjahre ...

Sie ist ganz schön verspießert, seit Vater 'ne Masse Geld verdient, dachte Curt, und er empfand, wenn er sich ihr zart getöntes, ein wenig gedunsenes Gesicht vorstellte, eine Art liebevoller Verachtung für sie. Natürlich hat sie es nicht nötig, arbeiten zu gehen, und aus ihrem Haushalt macht sie eine Kultstätte.

Aber sie bringt sich um für mich, und wenn sie mit Vater nicht mehr klarkommt, dann hat Vater auch sein Teil Schuld daran. Nur immer seine Planziffern im Kopf ... Familie ist nicht, und es wär' ihm egal, glaube ich, ob er auf der Gardinenstange oder im Kohlenkasten schläft.

Der Rotkopf atmete sanft und leise, und aus irgendeinem Grund stimmte es Curt traurig, diese friedfertigen Atemzüge zu hören, und er sehnte sich nach Lärm und Bewegung, das Haus war ihm zu still, das Zimmer zu dunkel, Stille und Dunkelheit wirkten beklemmend, er brauchte Leben und Gelächter, er brauchte – manchmal, selten, jetzt, gerade jetzt – einen Menschen, dem er von sich und von zu Haus erzählen konnte. Er hätte geschwindelt, aufgeschnitten, maßlos übertrieben – aber er hätte doch wenigstens reden können, agieren, sein Alleinsein zerreden; er haßte es, mit sich allein zu sein, nachts, in einem viel zu stillen Zimmer, schlaflos Gedanken ausgeliefert, die er sich tagsüber leichtfertig fernhielt.

Im Grunde ist man doch immer allein, dachte er, und er bedauerte sich sehr. Hundert Bekannte und keinen richtigen Freund, und zu Haus ewig dicke Luft, seit Jahren schon, und einen Vater, der mit seinem Betrieb verheiratet ist, und 'ne Mutter, die einem Visitenkarten drucken läßt (Curt mit C, klar, darunter tun wir's nicht) und feine Klamotten kauft und sich grämt, weil sie von den Arztgattinnen nicht eingeladen wird, und –

»Ach, scheiß drauf!« sagte er laut und drehte sich zur Wand. Alles in allem, sagte er sich, bin ich schon verdammt froh, daß ich endlich von zu Haus weg bin. Morgen werden wir weitersehen. Morgen werden wir die kleine Schwarze besehen und diesen langen Laban, der vielleicht gar nicht so doof ist, wie er sich benimmt, und – na schön, immer rankommen lassen, alles rankommen lassen, wir werden das Kind schon schaukeln.

Zweites Kapitel

1

Der Himmel war blaßblau und hoch, ein müder Herbsthimmel mit ein paar träge schwimmenden Wolken; manchmal sprang Wind auf und drückte Recha den Rock in die Kniekehlen.

Sie standen zu dritt an der Straßenecke und warteten auf den Bus: Curt, braungebrannt und adrett, im hüftlangen Floridahemd, eine Zigarette im Mundwinkel; Nikolaus ein bißchen schlampig, Ärmel aufgekrempelt, Hände in den Hosentaschen, mit zusammengekniffenen Augen die Straße hinabspähend; Recha im kniekurzen Sommerkleid, das Haar zu einem dicken schwarzen Zopf geflochten, der über die rechte Schulter nach vorn fiel und sich frech und kindlich über die Brust schlängelte.

Der sonnige Morgen hatte die Ängste und Vorbehalte der Regennacht ausgelöscht. Sie freuten sich alle drei auf die Fahrt ins Kombinat wie auf einen sorglos lustigen Schulausflug – vorläufig wenigstens noch, in diesen Minuten an der Haltestelle.

»Menschenkinder, hab' ich eine primitive Höhle«, sagte Curt. »Die Badewanne läuft, und in der Küche steht 'n halbes Dutzend Fahrräder, und ab fünf kriegst du kein Auge mehr zu. Mackie Messer scheint Nummer eins zu sein.« Er lachte. »Heute morgen ist die Gardinenstange runtergefallen, dem Ritter Heribert auf den Kopf.«

»Wer ist Ritter Heribert?« fragte Recha, und Curt entwarf ein boshaft verzerrtes Bild seines stichelhaarigen Nachbarn, befriedigt von dieser verspäteten Rache für das schroffe »Gute Nacht« und plötzliche Verstummen des unbestechlichen Heribert.

Nikolaus, mit seiner schleppenden Stimme, erzählte:

»Mein Kakteenzüchter kam um sieben von der Nachtschicht, ganz aufgelöst, weil er Sorge hatte, seine Königin der Nacht könnte aufgeblüht sein. Aber sie war noch nicht aufgeblüht, Gott sei Dank.« Er sah erleichtert aus; gutmütig und aufrichtig nahm er Anteil an dem bauchigen alten Mann, den die Schicht vielleicht um den glücklichsten Triumph eines Züchters betrügen würde. »Morgens, wißt ihr, ist von der schönen Königin nur ein armseliges Strünkchen übrig.«

»Denk mal an, nur ein Strünkchen ...«, sagte Curt abwesend und betrachtete Rechas nackte Beine. Die Fesseln sind zu schmal, dachte er, und, mit aufwärts wanderndem Blick: überhaupt zu mager. Eine Taille, die ich mit zwei Händen umfassen kann, kleine Brust, Löcher überm Schlüsselbein, aber das wächst sich noch aus. »Wie alt bist du, Recha?«

»Siebzehn. Ich habe eine Klasse übersprungen.«

»Tüchtiges Mädchen«, sagte Curt.

Dann kam der Bus, schlank, gläsern und flachschnäuzig; Curt zertrat seine Zigarette, und Nikolaus nützte den Augenblick, um vor ihm einzusteigen und Recha die Hand zu reichen und ohne aufdringliche Hast den Platz neben ihr zu nehmen. Der Bus schaukelte über das gebuckelte Pflaster, durch die engen Kleinstadtstraßen mit ihren geduckten, schorfig verwitterten Häusern, vorbei an einem tröstlich grünen Park und einem Teich, gesprenkelt mit dem blendenden Weiß gelassener Schwäne.

Noch fühlten sich die drei als neugierig beobachtende Gäste in ihrem Glasgehäuse, das einer Flugzeugkanzel glich oder – ferne Erinnerungen an einen nachmittäglichen Fluß und gemächlich vorübergleitende Ufer hervorrufend – einem der luftigen weißen Sommerdampfer.

Sie fuhren durch schwärzlichgrünen Kiefernwald, den hin und wieder eine Lichtung unterbrach, gerodet für einen künftigen Tagebau, und der Schienenstrang einer Grubenbahn, und nun kam doch das Abenteuer auf sie zu, und Recha sagte: »Ich bin so froh, daß ich euch getroffen habe.«

»So?« meinte Nikolaus und blickte an ihr vorbei aus dem Fenster.

»Vielleicht haben wir Glück und kommen zusammen in eine Brigade.«

»Ja, vielleicht«, sagte Nikolaus, und Recha fand, es sei recht schwierig, sich mit diesem schläfrigen Klotz zu unterhalten. Sie drehte nun auch den Kopf zum Fenster, und Nikolaus betrachtete ihr Profil und versuchte es sich einzuprägen, bis er sicher war, er werde es aus dem Gedächtnis zeichnen können, und schließlich sagte er: »Jetzt ist mir eingefallen, an wen du mich erinnerst.«

»Na?«

»An Rosa Luxemburg.«

»Ich bin auch jüdisch«, sagte Recha stolz, »von meiner Mutter her.«

»Ich hab's gleich gesehen. Deine Augen –« Er unterbrach sich und fügte dann hinzu: »Sie war eine schöne Frau.«

Recha lächelte, und Nikolaus fühlte sich ermutigt und sagte: »Ja, es wär' ein Glück, wenn wir zusammenbleiben könnten.« Sie wandten einander das Gesicht zu. Nikolaus wurde rot.

Die Chaussee stieg hügelan, zur Brücke hinauf, die breit und wuchtig über den Gleisen der Industriebahn stand. Sie sahen das Kombinat und seine vom Wind bewegten Fahnen aus Dampf und blauem Rauch: die drei Schornsteine, im schrägen Sonneneinfall leuchtend, und die stumpfen Kegel der Kühltürme, das Gewirr der Baracken und Baukräne und verstreute Gruppen von Kiefern vor dem betongrauen Massiv des Kraftwerks West.

Recha griff nach Nikolaus' Arm, und er spürte ihre Fingernägel auf seiner Haut. Er sagte leise:

»Du mußt dich nicht aufregen, Recha. In einer Woche oder in zwei Wochen wird es wie eine zweite Heimat sein, glaubst du?«

Recha schüttelte den Kopf; sie sah sich wieder in dem

Abteil sitzen und hörte die Stimme der Männer ... Damals hatte sie den unbekannten Geruch des fetten schwarzen Qualms geschmeckt und über gedrungenen Schloten den Totentanz der Aschegewordenen gesehen.

Nikolaus berührte vorsichtig ihre Hand, und Recha sagte: »Vor ein paar Jahren, im Zug, hörte ich zwei Männer über einen gewissen Schriftsteller sprechen, und einer von ihnen sagte: ›Die Nazis haben seine ganze Familie durch den Schornstein gejagt.‹ Deshalb.«

Nikolaus sagte ruhig und ein bißchen schleppend wie immer: »Es ist eine Redensart, eine rohe und gedankenlose Redensart. Kein Grund zu erschrecken, Recha. Bei uns wird es niemals Verbrennungsöfen geben, das weißt du so gut wie ich.«

»Nein, bei uns nicht«, sagte Recha. Sie sah erstaunt Nikolaus' Gesicht: seine blauen Augen, unter geraden schwarzen Brauen, waren nicht mehr schläfrig; sie blickten jetzt scharf, aufmerksam, mit dringlicher Neugier.

Der Bus hielt an den Baracken der Aufbauleitung. Curt drängte sich durch den Gang, übersprang die drei Stufen und streckte Recha die Hand entgegen. Sie verfehlte die letzte Stufe und fiel Curt in die Arme. Er rief: »Hoppla, Fräulein!« und hielt sie einen Augenblick fest, und seine grünen Augen lachten; er hatte immer, ohne eigentlich schadenfroh zu sein, Spaß an den Ungeschicklichkeiten anderer.

»Danke, du Esel«, sagte Recha. »Und jetzt kannst du mich loslassen.«

Er neigte den Kopf. »Immer Ihr ergebener Curt.« Er hatte, als Recha ihm in die Arme stolperte, unter dem dünnen Stoff ihre Haut und die zarten Rippenbögen gespürt; sein Gesicht blieb glatt.

Nikolaus, wie er die beiden da stehen sah, hob die Schultern, halb verwundert, halb enttäuscht, er dachte: Sonderbares Mädchen. Eben war sie noch traurig, und zwei Minuten später kichert sie mit dem kleinen Casanova. Aber was verlangst du? Sie ist siebzehn ... (Er war seit einem knappen halben Jahr achtzehn.)

Sie gingen zusammen die lange Straße hinab, zum Verwaltungsgebäude. Die Wege rechts und links der Fahrbahn waren noch nicht gepflastert, und Recha, in ihren hochhackigen roten Sandalen, stapfte mühselig durch den knöcheltiefen Heidesand. Das Land war tellerflach, scharfer Wind pfiff und wirbelte Wolken von Flugsand über die Wege.

Auf dem grauen Band der Straße rollte eine dröhnende, schrill hupende Kette von Lastwagen, schwere H 6 und G 5, und von Dumpern und Autokränen und kleinen, eiligen, emsigen Muldenkippern. Manchmal schrie einer der Fahrer ein Witzwort herüber, und die drei begannen sich unbehaglich zu fühlen in ihrer Gästerolle; ihr Schlenderschritt erschien ihnen unpassend oder sogar ärgerniserregend in dem zielstrebigen Getriebe des riesigen Bauplatzes, und sie gingen rascher und mit Anschein von Geschäftigkeit.

Curt erläuterte fachmännisch die Wagentypen; er kannte sich mit allem aus, was sich in Pferdestärken messen ließ. Er hatte es nicht nötig zu prahlen, sein Interesse war ungeheuchelt, und sein Ton kennerischer Sachlichkeit gefiel Recha. Sie hörte ihm mit der Bewunderung des Laien zu, und sie war überzeugt, sie werde dies alles – Hubraum und Drehzahl und Übersetzungsverhältnis – niemals auseinanderhalten können.

Der schmale Weg zwang Nikolaus, ein paar Schritte hinter den beiden herzugehen, und es war ihm recht. Lautsprecher schleuderten Musik über die Ebene, Windböen rissen die Melodie in Fetzen. Was für eine Landschaft! dachte Nikolaus, und sein Gesicht, mit den sehr wachen blauen Augen, war fast töricht vor Ergriffenheit, denn nun endlich durfte er die Bilder jenes Films suchen und seine Farben (diese blauen Schatten unter den flach gewölbten Brückenbögen!), und seine eigenen künftigen Bilder kamen auf ihn zu und umgaben ihn: der Wald von Hebezeugen und Lichtmasten und Überlandleitungen, vielfach gegliedert und filigranhaft vor dem Himmel; die im gelben Heidesand hockenden Kühltürme; die weißen Schornsteine; das Gesicht einer Zimmermanns, bräunlich und kühn unter der abenteuerlichen Hutkrempe, das feierliche Grün einer einsamen Kiefer (und vergiß nicht: wohin du auch siehst, war nur Wald und Öde); das rote Kopftuch einer Erdarbeiterin ...

Dies ist die neue Romantik, dachte er überschwenglich, und ich wußte, daß ich sie wiederfinden würde. Dies ist die Poesie der Technik, und der Film hat mich nicht betrogen. Was mir in Büchern trocken und bezweifelbar erschien, ist hier schöne Wirklichkeit.

Aber er wußte noch nichts von den Wintertagen mit eisigem Wind und Schnee unter einem grauen Himmel, von frosterstarrten Händen und eingefrorenen Leitungen; er wußte auch nichts von der Mühsal der Hochsommertage, von halbnackten, schweißüberströmten Erd- und Betonarbeitern; er kannte noch nicht die prasselnden Regenstunden im Spätherbst, wenn die Bauleute in ihren Buden hockten, fluchend, weil ihre Prozente dahinschwammen.

Am Fuß der Treppe warteten die beiden auf ihn. »Sieht er nicht aus wie Jung-Parzival? Der tumbe Tor ...«, flüsterte Curt dem Mädchen zu. »Hallo, Großer, machst du Gedichte?«

»Nein. Wieso?« sagte Nikolaus und drehte verlegen den Kopf, und Curt dachte: Er ist wirklich so doof wie lang. Ich wette, er macht doch Gedichte.

Mit ihren Passierscheinen stiegen sie in den ersten Stock hinauf, zum Kaderleiterbüro. Der Korridor war leer und blank gebohnert, und Nikolaus und Recha schlichen zögernd, eingeschüchtert von der strengen Nüchternheit dieses langen Ganges, an den vielen Türen vorüber.

Curt beobachtete vergnügt ihre befangenen Mienen. »Keine Angst vor Kaderleitern!« sagte er, und dann marschierte er voran, hingebungsvoll und mit parodistischen

Zuckungen auf einer imaginären Gitarre spielend, und er sang, laut und respektlos: »When the Saints go marching in ...«

Er hatte Glück. Der Kaderleiter war auf einer Sitzung in einem anderen Flügel des Gebäudes, und die Indignation seiner Sekretärin konnte den großen Mann Schelle nicht aus dem Gleichgewicht bringen.

2

Sie hatten zweieinhalb Stunden gewartet, ehe der Kaderleiter zurückgekommen war. Curt, als selbsternannter Wortführer, hatte erstaunliche Fähigkeiten gezeigt: Ernsthaft, höflich, gewandt, mit großer Überzeugungskraft von seinen und den Plänen seiner beiden Freunde redend, hatte er auf den Kaderleiter Eindruck gemacht, trotz seines Halbstarkenhabits, trotz des silbernen Halskettchens.

Vor der Tür sagte Recha halb mißbilligend, halb bewundernd: »Meine Güte, den hast du aber eingewickelt.«

»Das Blauhemd macht's nicht immer, Kindchen«, sagte Curt.

Nikolaus zog die Brauen zusammen, er sagte heftig: »Du bist einfach ein politischer Schönschwätzer.«

»Halt die Luft an, Mensch«, sagte Curt, noch freundlich; sein Triumph war aber schon zergangen vor der Schärfe in Nikolaus' Stimme.

»Du bist ein Schönschwätzer, sage ich«, wiederholte Nikolaus, und er war jetzt nicht mehr der sanfte und unbehilfliche Bursche wie sonst. »Es widert mich an, wenn einer großartige Reden schwingt und hinterher dumme Witze darüber macht. Es widert mich an, Tatsache!«

»Ich hätte ja sagen können: ›Lieber Herr Kaderleiter, ich hab' zwar keine Lust, hier ein Jahr abzureißen, aber wenn's schon sein muß, dann geben Sie mir wenigstens einen hübschen, bequemen Job.‹ Hätte ich sagen sollen, was?« Curt merkte plötzlich, daß er sich verrannt hatte, er rief: »Woher willst du denn wissen, daß ich mit zwei Zungen rede? Das ist doch 'ne glatte Unterstellung, Mensch! Wenn ich nicht die Liebe zur Sache hätte, wenn ich nicht das Bewußtsein hätte, wär' ich nicht hier, das müßte dir eigentlich dein Verstand sagen. Wirklich, ich weiß nicht, wie du dazu kommst, mich zu beleidigen.«

Er sah sehr gekränkt aus, er war auch gekränkt, er glaubte sich selbst alles, was er da redete, und Nikolaus wurde schon wieder unsicher. »Na schön, es war vielleicht nur so ein Gefühl ...«, murmelte er, allzu friedfertig bereit einzulenken.

»Du kannst ja wieder umkehren«, sagte Curt. »Du kannst ja den Kaderonkel bitten, er soll dich in eine andere Brigade versetzen. Na?«

Nikolaus schwieg; er blickte hinüber zu Recha, die etwas abseits stand. »Blödsinn. Ich mache mich doch nicht lächerlich«, knurrte er; er dachte: Aber es ist ja gar nicht wegen der Lächerlichkeit. Es ist – gib es ruhig zu – wegen des Mädchens ...

Sie gingen wieder hinaus in die Sonne, nicht mehr als Gäste und müßige Zuschauer: seit einer Viertelstunde waren sie die jüngsten Mitglieder der Brigade »8. Mai«, einer Brigade von zwanzig Rohrlegern und Schweißern.

Sie liefen eine Weile schweigend und verdrossen nebeneinander her, und plötzlich blieb Curt stehen und sagte, wieder versöhnt und unbefangen: »Hör schon auf übelzunehmen, Mensch! Du bist sauer, weil ich 'ne große Klappe hab', du nennst mich einen Schwätzer ...«

»Ich habe mich genauer ausgedrückt«, sagte Nikolaus.

»Aber du hast ja recht«, sagte Curt schnell, »ich hab' wirklich 'ne große Klappe.« Er lachte. »Ich kann mich einfach nicht stoppen, mach was dagegen ... Keine schlechte Absicht dahinter, verstehst du?« Er hielt Nikolaus die Hand hin. »Alles wieder okay?«

»Ja«, sagte Nikolaus und gab ihm die Hand, mit einer

Spur Unbehagen, weil ihm diese Friedensgeste etwas zu pathetisch vorkam.

Es war ein Uhr durch und höchste Zeit, die Brigade zu suchen; die Frühschicht war um zwei zu Ende. Jedoch gab es Hunderte von Brigaden hier, und die drei irrten eine Stunde lang auf dem unübersehbaren Gelände umher, erhitzt und müde vom beschwerlichen Wandern in dem zähen Sand.

Sie waren wieder auf der F 97, nahe dem Gasthaus »Schwarze Pumpe«, wo in herbstlichen Gärten längs der Chaussee kleine backsteinerne Bauernhäuser stehen, wunderlicher Gegensatz zu den gewaltigen Industriebauten ringsum.

Sie zeigten ihre Ausweise an einer bewachten Schranke, liefen über Gleise, vorbei an Verladerampen und zwischen einer Unzahl von Lagerschuppen hindurch. Ein Volkspolizist zeigte ihnen schließlich den Weg zu einer Baracke, in der sie den Meister ihrer Brigade finden würden.

Curt ging voran, durch einen dunklen Gang mit knarrenden Bodenplanken, und öffnete auf gut Glück eine Tür. Der schmale Raum war fast ausgefüllt mit einem langen, wachstuchbelegten Tisch, zwei Fenster wurden verdeckt durch Tafeln, auf denen sich ab- und aufsteigende Kurven kreuzten. In einer Ecke stand neben schadhaften Transparenten eine zusammengerollte Fahne. Blauer Zigarettenrauch hing schwadig unter der niedrigen Decke.

An der Schmalseite des Tisches saßen drei Männer; einer von ihnen, der jüngste, blaß, mit schwarzfleckigem Gesicht, weinte. Er trug eine dicke Brille. Hastig drehte er den Kopf zum Fenster, als Curt ins Zimmer trat.

»Wir möchten zu Meister Hamann«, sagte Curt.

»Hier ist er«, sagte der Mann, der in der Mitte saß, und die drei fanden, als sie näher kamen und sein Gesicht sahen, daß dieser Mann nicht nur räumlicher Mittelpunkt war; er sah aus wie einer, der immer ruhender Pol ist, um den sich andere sammeln. Er fragte, mit einem Blick auf den blassen, feucht schnuffelnden Jungen an seiner Seite: »Was wollt ihr?«

»Uns vorstellen«, sagte Curt. »Wir sind die Neuen.«

Der Mann seufzte; um seine Augen standen Fältchen. »Noch drei Frischlinge ... Ist ja herrlich. Na, setzt euch.« Er wandte sich wieder dem Blassen zu und sprach leise und eindringlich auf ihn ein, und die drei hatten Zeit, ihren Meister zu beobachten. Er mochte Mitte der Dreißig sein, er war groß und korpulent und wirkte behäbig oder sogar gemütlich, wenn er mit einer langsamen, gleichsam gründlich überlegten Bewegung den Kopf drehte oder eine Hand hob. Seine Augen aber, unter der breiten, hochgewölbten Stirn, waren gar nicht behäbig und gemütlich; es waren die raschen, scharfen, ironischen Augen eines Mannes, dem man nichts vormachen kann.

»Gut, heute schreibe ich dir keine F-Schicht an«, sagte Hamann schließlich. »Das nächstemal mache ich's nicht so billig, da bist du Mode auf der Brigadeversammlung.« Dies war keine leere Drohung, und sicher wußte das auch der schnuffelnde Junge. Er sah sehr niedergeschlagen aus. Er schneuzte sich. »Danke«, murmelte er in sein schmutziges Taschentuch.

»Schwirr ab!« sagte Hamann. »Morgen tanzt du Punkt sechs bei mir an – und nicht bloß morgen. Wir haben uns verstanden, ja?«

»Wenn uns doch keiner weckt ...«, brummte der Blasse, und dann angelte er unter dem Tisch nach seinem schäbigen Schulmäppchen und ging, ohne jemanden zu grüßen.

Hamann sah auf einmal bedrückt aus, er sagte: »Die Schuld liegt ja nicht mal bei Erwin ... Die Bengels werden zu spät geweckt. In letzter Minute kriegen sie ihren Topf Kaffee, brühheiß, daß ihn keiner trinken kann.« Er wandte sich an den kleinen, geiernäsigen Mann in gelber Lederjacke, der neben ihm saß und auf einem kalten Stumpen kaute. »Hat er wenigstens jeden Tag Frühstück mit?«

Der andere hob die Schultern. »Hab' nicht darauf geachtet.«

»Dann wirst du eben von morgen an darauf achten«,

sagte Hamann gelassen. »Wie soll so 'n kleiner Quark arbeiten, wenn er nichts in der Figur hat?«

Der Gruppenrat, erinnerte sich Recha, hatte auch zuweilen Schüler vorgeladen, die sich irgendeines Verstoßes gegen die Heimordnung schuldig gemacht hatten, und die Verhandlungen vor diesem selbstbewußten kleinen Schülergericht wurden mit schonungsloser Strenge geführt. Recha hatte aber noch niemals einen Jungen weinen sehen, und sie empfand Mitleid für den Blassen mit seiner dicken Brille, obgleich ein Ausdruck von Verschlagenheit in seinem Gesicht sie abstieß. Voreilig und allzu gefühlvoll, verdächtigte sie Hamann einer übertriebenen Härte, und schließlich überwand sie ihre Schüchternheit und sagte: »Bei uns im Internat waren wir auch nicht zimperlich – aber so weit haben wir keinen getrieben, daß er zu heulen anfing.«

Hamann kniff lächelnd die Lider zusammen. »Seine Taktik, Herzchen. Wenn ich Tränen sehe, werde ich schwach, und darauf reist der kleine Affe. Wenn ihn die Brigade auseinandernimmt, möcht's wohl ein bißchen rauher zugehen.« Er erzählte, der Erwin wohne in einem Jugendheim für Schwererziehbare, er komme häufig zu spät und sei verschlossen und verstockt. »Aber es ist nicht nur seine Schuld«, wiederholte er. »Irgendwas stinkt da ... Man wird seine Nase mal reinhängen müssen.« Er schwieg einen Moment, er nickte und sagte: »Na freilich –«, und dies war seine erprobte Formel, der Punkt, den er, bedächtig und zufrieden, hinter seine Entschlüsse zu setzen pflegte, und in jedem Fall konnte man sicher sein, daß die Sache dann in Ordnung ging.

»Ihr seid unsere ersten Oberschüler.« Er gab jedem die Hand, und sie nannten ihre Namen, und Hamann musterte sie mit einem Blick, unter dem sich sogar der große Mann Schelle unscheinbar zu fühlen begann. »Laß deine Hundemarke ruhig zu Haus«, sagte er, »du bekommst einen Betriebsausweis.«

Curt lachte und zerrte den Hemdkragen über das silberne Halskettchen, er dachte: Das fängt ja heiter an. Schließlich schreibt mir dieser kleine Brigade-Napoleon noch vor, was für Hemden ich tragen darf.

Hamann zeigte auf Rechas staubige rote Sandalen. »Morgen ziehst du feste Schuhe an; das ist hier keine Modenschau. Arbeitskleidung gibt euch der Magaziner. Na, der Franz wird schon für euch sorgen.« Er deutete mit dem Kopf auf den kleinen, schweigsamen Mann in der gelben Lederjacke. Franz war der Brigadier und vierfacher Aktivist, und er war ein tüchtiger und umsichtiger Brigadier, wenn er das Reden auch lieber seinem Meister überließ.

»Wir kämpfen um den Titel«, sagte Franz stolz mit seiner leisen, singenden Stimme. »Wir sind eine gute Brigade.«

»Ökonomisch, Franz, ökonomisch«, sagte der Meister. »Aber kulturell hinken wir auf beiden Füßen.« Er streichelte sein fleischiges Kinn, er erzählte – und er schien Spaß daran zu haben, wenn er sich selbst zum besten hielt –: »Nehmen wir mal die Oper. Man ist ja nicht gerade der Dümmste, nicht wahr? Aber es reicht eben nicht zu, wenn auf dem Bücherbrettel ein Dutzend Wälzer über Rohrleitungsbau stehen ... Neulich bekomme ich eine Prämie. Na schön, denke ich mir, du wirst mal auf besinnliche Art deinen verhinderten Nationalpreis verbraten. Tu was für deine Bildung, fahr in die Staatsoper ... Gut, ich fahre nach Berlin. ›Fidelio‹ ... Was wußte ich denn von Beethoven? Was wußte ich denn von ›Fidelio‹? Für Musik, meine Liehen, braucht man keinen Erklärer, aber ein Textbüchel wär' schon recht gewesen ... Da kommt ein Mann auf die Bühne, und ich seh' natürlich gleich, daß es 'ne Frau ist, und ich denke mir: Ist ja fein ... Das nennt sich nun Staatsoper – nicht mal genug Sänger haben sie!«

Curt und Recha lachten.

»Leonore«, sagt Curt.

»Natürlich Leonore, mein schlaues Kerlchen«, sagt Hamann. »Ihr lacht. Jeder blamiert sich, so gut er kann.«

Nikolaus hat bis dahin unbewegt hinter den beiden gestanden, mit verschlossenem Gesicht, aber verschlossen nicht aus Gleichgültigkeit oder sogar Hochmut, wie der Meister argwöhnte, er war damit beschäftigt, die Bilder des fremden Raums und der fremden Menschen, ihre Züge und gewisse ihnen eigentümliche Gesten, in sich aufzunehmen und in seinem Gedächtnis zu sammeln.

»Vielleicht können wir helfen«, sagte er bedächtig. »Jeder von uns kann mal eine Buchbesprechung machen, glaube ich, und ... ich verstehe ein bißchen von der Malerei.« Er wurde rot. »Es ist nur so ein Vorschlag –«

Der Brigadier nickte, und Hamann sagte erleichtert: »Na, großartig! Das ist ein guter Vorschlag«, und er war auch deshalb erleichtert, weil er sein Urteil über den hölzernen Burschen korrigieren konnte.

Als sie die Baracke verlassen hatten, fragte Curt: »Wie findet ihr den dicken Boß?«

»Fabelhaft«, sagte Recha unbedenklich.

»Ich glaube, er ist ein guter Mensch«, sagte Nikolaus.

Curt, der die Hundemarke noch nicht verschmerzt hatte, zuckte die Schultern. »Euern Enthusiasmus möchte ich haben, Kinder«, sagte er in spöttischem Ton, aber sein Spott war nicht echt, er dachte mit Anflug von Bitterkeit: Ich möchte wirklich ihren Enthusiasmus haben. Fabelhaft ... Ein guter Mensch ... Vielleicht haben sie recht. Aber warum, fragte er sich beunruhigt, warum kann ich mich niemals richtig für einen anderen Menschen begeistern? Er sagte hitzig: »Der drückt doch seinen Brigadier glatt an die Wand.«

An der Aufbauleitung mußten sie lange warten; jetzt, zum Schichtschluß, brodelte die Straße, Kolonnen von leeren Schichtbussen jagten vorüber, ein SIM glitt schwarz und geräuschlos durch die dreisten, flinken Rudel der Motorräder (die jungen Männer, mit Sturzhelmen und martialischen Lederjacken, würden erst jenseits der Brücke ihre wilden, knatternden Privatrennen auf der schnurgeraden Chaussee fahren), und um die Haltestelle drängten sich

Mädchen aus der Verwaltung, schwarzsamtene Zimmerleute und Frauen in plumpem blauem Arbeitszeug.

Es war kühler geworden, Wind bewegte die schweren dunkelgrünen Kiefernzweige. Es roch nach Staub und Rauch und schwach nach Wald, und Nikolaus dachte: Daß ich den Anfang versäumt habe ... Damals saß ich in der neunten Klasse. Vier Jahre in eine Schulbank geklemmt, und inzwischen wächst dieser Gigant, und all die Zeitungsberichte sind nur ein blasser Abklatsch der Wirklichkeit. Hätte ich dies hier eher gesehen, ich glaube, ich wär' von der Penne ausgerückt ... Er betastete verstohlen seine mächtigen Muskeln, und er träumte sich, voll verschwommener Sehnsucht, in eine noch ungeordnete Landschaft, in ein romantisches, schweißriechendes Leben unter verwegenen Männern, die mit schweren Äxten gegen den Wald kämpften – und er vergaß, daß es Motorsägen und Planierraupen gab.

Curt stieß ihn in die Rippen. »Los, Dichter! Ellbogen raus und drauf!« Ein Bus hielt, schon überfüllt, und Curt stieß und drängte sich hinein, Recha am Arm mit sich ziehend. Nikolaus ließ höflich noch einigen Frauen den Vortritt, und dann schlug die Schaffnerin die Tür zu, der Bus fuhr ab, und Nikolaus blieb zurück, ein bißchen verwundert, aber gleichmütig: Na, wennschon ... Irgendwann muß ja der nächste fahren.

3

Sie standen eng zusammengepfercht, irgend jemand bohrte Recha seinen Ellbogen in den Rücken. Sie hob sich auf die Zehen. »Wo ist denn Nikolaus?«

»Abgehängt«, sagte Curt, er blickte lächelnd auf Recha hinab. »Warum fragst du? Er steht da und bedichtet das Kombinat. Er gehört zu der Sorte von Leuten, die immer zu spät kommen.«

»Du kommst immer rechtzeitig, ja? Du läßt dich nicht

abhängen, wie?« sagte Recha leise und bösartig, und Curt, der ihre Augen nicht sehen konnte, bestätigte vergnügt: »Nee, ich nicht. Ich bin immer an Deck, ich lass' mir nicht die Butter vom Brot nehmen.«

Vor der Geräuschkulisse von Motorenlärm und Stimmengewirr schrumpften Rechas Worte zu einem Flüstern zusammen. »Wie schäbig du bist«, sagte sie leise, »wie du mir auf die Nerven fällst mit deiner Hemdsärmligkeit. Immer an Deck, klar, und andere abhängen …«

Curt beugte den Kopf zu ihr, weil er sich verhört zu haben glaubte, und seine blonden Haarsträhnen fielen ihm über die Stirn.

»Dein ganzes blondes Siegergesicht ist mir zuwider.«

Zuerst war er nur verblüfft und reagierte so grob und unerwachsen wie irgendein Junge, er sagte: »Du bist wohl verrückt geworden?«

Dann sah er ihr Gesicht, ein mageres, bräunliches, plötzlich verwildertes Gesicht, und in diesem Augenblick verliebte er sich in sie (jedenfalls glaubte er später, er hätte sich zu diesem genau bestimmbaren Zeitpunkt in das Mädchen verliebt). Er versuchte ihren Blick festzuhalten, er war jetzt beinahe glücklich, weil sie ihn beschimpfte. Meinetwegen soll sie mir das Gesicht zerkratzen, dachte er, immer noch besser, als wenn ich ihr gleichgültig wäre.

Er sagte, schon eifersüchtig: »Ich hab' ja nicht geahnt, daß dir so viel an Nikolaus liegt.«

»Du verstehst alles falsch, und sicherlich verstehst du es absichtlich falsch«, sagte Recha, aber sie dachte mit einem Anflug von Zärtlichkeit an den großen, schlampigen Burschen, der nun allein dort an der Straße stand und wartete.

»Der ist doch froh, wenn er uns los ist«, sagte Curt unbeirrt. »Der hat doch keine Augen für andere.« Recha schwieg.

Die Stimmen und Gespräche ringsum kamen wieder auf sie zu, ein begeistert lärmender Streit, der quer durch den Wagen und über ihre Köpfe hinweg geführt wurde.

»Wieviel Fehlschichten habt ihr unterschlagen, Bert Brecht?«

»Haben keine Fehlschichten.«

»He, ihr da, Bert Brecht! Wo sind die 5 Mark geblieben? 65 haben sie gespendet, und 60 stehen bloß auf der Postanweisung.«

»Spesen«, schrie der andere zurück.

»Versoffen habt ihr die 5 Mark!«

Der andere, drüben an der Tür, zog grinsend die Schirmmütze über die Augen und sagte nichts mehr. Aber sie gaben ihm keine Ruhe, sie lachten und lärmten: »Ihr müßt noch viel lernen, Bert Brecht! 16,4 Wassergehalt, hört euch das an ...«

»Warum nennen sie ihn Bert Brecht?« fragte Recha.

»Es ist der Name der Brigade«, erklärte Curt. »Brikettfabrik, nehme ich an.«

Sie hörten dem Gefrotzel zu und vergaßen darüber Nikolaus und ihren Zank, und als sie an der Ecke ihrer Straße ausstiegen, drückte Curt Rechas Hand und sagte: »Dein schönes Kleid ist ganz zerknittert.«

»Macht nichts.« Sie gingen zusammen die nachmittäglich belebte Straße hinab; aus offenen Fenstern gellte Radiomusik, Männer in Turnhemden lehnten überm Fensterbrett, die Ellbogen aufgestemmt, und manche pfiffen nach den vorübergehenden Mädchen.

»Heut' ist mir schon ein bißchen so zumute, als ob ich nach Hause käme«, sagte Recha.

Als sie aber den Hausflur betreten hatte, diesen kühlen, dämmrigen Hausflur mit den vielzelligen Waben der Briefkästen rechts und links der Tür, graute ihr plötzlich vor dem kahlen Zimmer, vor den Metallbetten und rohen Spinden und dem fremden Neubaugeruch, und sie blieb zögernd am Fuß der Treppe stehen.

Curt starrte durch die Glastür, und er bemerkte, wie das Mädchen den Kopf wandte; der schwarze Zopf schlenkerte über ihre Brust. Sie dreht sich nach mir um, dachte er –

wünschte er. Sie blickten sich eine Sekunde lang an, durch die Glasscheibe, und dann stieß Curt die Tür auf, er rief: »Recha!« Er umfaßte ihre Schultern, er sah dicht vor sich ihre Augen, funkelnd vor Schreck oder vor Wut, er ließ sie los, seine linke Wange brannte. Sie hatte ihm ins Gesicht geschlagen.

Recha lief die Treppe hinauf, und auf dem nächsten Treppenabsatz blieb sie stehen, sie beugte sich übers Geländer und blickte hinab auf Curt, der beschämt dastand, die linke Gesichtshälfte war rot.

Sie begann zu lachen, sie setzte sich auf die oberste Treppenstufe und drückte ihr Gesicht zwischen die Geländerstäbe und lachte.

»Endlich hörst du mal auf zu strahlen«, sagte sie. »Jetzt gefällst du mir schon viel besser.«

Sie ist völlig verrückt, dachte Curt. Er stieg langsam die Treppe hinauf und setzte sich neben Recha. »So eine Katze ...«, sagte er. »Das ist mir auch noch nicht passiert.«

»Dann wurde es ja höchste Zeit.«

»Und das Blödeste dabei ist, daß ich dich wirklich gern habe«, sagte er nach einer Weile.

»Du kennst mich erst einen Tag.«

Er sah sie an. »Es kommt nicht auf den Zeitraum an. Ein Tag oder eine Stunde ...« Er wickelte ihren Zopf um seine Hand. »Du mit deinen ägyptischen Augen –«

Unten klappte die Tür, Lisa kam die Treppe herauf, noch breiter, noch stämmiger in ihrem blauen Arbeitszeug. Als sie an den beiden vorüberging, sagte sie mit ihrer tiefen Stimme: »Männer raus!«

Curt stand auf. »Weißt du was? Wir gehen zusammen essen, irgendwohin. Ich komm' dir nicht wieder zu nahe, Ehrenwort!«

»Gut, gehen wir«, sagte Recha.

Drittes Kapitel

1

Der Schichtbus schnurrte über die F 97; es war noch diesig, Nebelfetzen schwammen zwischen den Kiefernstämmen. Manchmal flüsterte Curt mit Recha, und einmal sah Nikolaus, wie Curt ihre Hand nahm. Nikolaus blickte zu Boden, er spürte erstaunt den kurzen scharfen Schmerz in seiner Brust, er dachte: Ich hätte gestern den Bus doch nicht versäumen dürfen.

Die dünne Decke Grau unter dem Himmel riß auf, und als die drei, unbeachtet und beklommen in der breiten Woge von Schichtarbeitern, zu den Hallen hinübergingen, brachen sich funkelnd die ersten Sonnenstrahlen in den Sheddächern von E-Lok- und Wagenbau. Ein Tor schlug auf. Recha blieb stehen.

»Bißchen bange, wie?« fragte Curt.

Recha schüttelte den Kopf. Ihr Herz klopfte, sie suchte Nikolaus' Gesicht, seine verläßliche Ruhe, und flüchtig dachte sie an die Burg und den Park. Nikolaus ging voran, unerschüttert, mit seinen langen Schritten, und die Halle nahm sie auf: Glas und Stahl, Hitze, eine hochgebockte E-Lok, Kabel wie dünne schwarze Schlangen auf dem Betonboden, ein zweites Tor, eine zweite Halle, Lärm schlug auf das Trommelfell. Nikolaus riß Recha am Arm. »Paß doch auf, Mädchen!« Eine Dieselameise ratterte vorbei. Ein paar Männer lachten, sie riefen Recha etwas zu, sie verstand nicht; steif vor Befangenheit ging sie zwischen den Jungen.

In seinem Zimmer lehnte der Meister über dem Schreibtisch; er winkte den Neulingen zu. »Glück auf!« Er hielt den Telefonhörer mit der hochgezogenen Schulter. »Ich kann mir keine Schweißzeuge aus den Rippen schneiden … Frag den Dispatcher, manchmal weiß der auch was, Schluß!«

Er wählte eine neue Nummer, sprach rasch, knapp, lachte, machte einen Witz, er legte auf und rief den nächsten an: »Wir brauchen Elektroden. Sofort. Wir brauchen einen Wagen.« Franz brachte Skizzen, Schweißer kamen, sie fragten, forderten, schimpften, das Telefon schrillte – Hamann schrieb, telefonierte, beschwichtigte gleichzeitig, seine Stimme behielt unverändert den Klang freundlicher Geduld.

»Der Boß hat Nerven«, sagte Curt. »Findet ihr nicht, daß er aussieht wie Napoleon vor der Schlacht?«

Eine friedliche Schlacht, fügte Nikolaus in Gedanken hinzu, und ein friedlicher, kluger Feldherr, für den es kein Waterloo geben wird. Er betrachtete das schöne, kräftige Profil des Meisters; Andeutung von Härte in seinen Zügen wurde liebenswürdig gemildert durch das runde Doppelkinn.

Die drei standen entlang der Wand, sie horchten auf den lauten Wortwechsel und die Dutzende von Fachausdrücken und versuchten zu verstehen, worum es hier ging. Wenn die eiserne Tür aufgerissen wurde, fiel für Sekunden das Dröhnen der Werkstatt über sie her, und wenigstens Nikolaus und Recha fühlten sich überflüssig, peinlich überzeugt, sie stünden jedermann im Weg.

Curt zündete sich eine Zigarette an, er ging auf die Gruppe um Hamann zu und sagte: »Eigentlich müßten Sie doch Elektroden vorrätig haben, Chef.«

Hamann kniff die Lider zusammen, der herausfordernde Ton behagte ihm nicht, aber jedenfalls nahm er die Frage ernst und nahm auch den Neuen ernst und erklärte ihm gewisse ärgerliche Schwierigkeiten bei der Materialbeschaffung. »Wir arbeiten mit hochlegierten Stählen, die einem ungeheuren Druck ausgesetzt sind«, sagte er. »Wir sind, vorläufig noch, auf Elektroden aus Westdeutschland angewiesen. Aber bei uns laufen Versuche, verstehst du, und unsere Brigade experimentiert mit diesen ersten DDR-Elektroden.«

»Allerhand«, sagte Curt, und der Meister sah, daß sein Gesicht einen Ausdruck von Beteiligtsein zeigte; er setzte hinzu: »Du kannst dir ausrechnen, was wir der DDR sparen, wenn die Versuche gelingen.«

»Dicke Prämie fällig, wie?« sagte Curt und lachte, und er rieb Daumen und Zeigefinger aneinander.

»'n paar Brausen möchten wohl rausspringen. Aber darum geht es nicht«, sagte Hamann kühl und wandte sich ab. Hinter seinem Rücken grinste Curt, er dachte: Sieh mal an, Napoleon mimt den Idealisten, und die Rolle steht ihm nicht mal schlecht. Darum geht es nicht ... Das kann er seinem Parteisekretär erzählen, aber nicht mir. Als ob es nicht auch ihm darum ginge, möglichst viel Geld zu verdienen, Prämien einzustecken, einen Wagen zu fahren, wenn's reicht ...

Er starrte auf den breiten Rücken des Meisters, er dachte mit einer Regung von Haß: Wie sie mich anstinken, diese verdammten heuchlerischen Idealisten! Arbeit als Selbstzweck – was für ein Leben ...

Dann kam der Schweißingenieur Augustin ins Zimmer, ein magerer Mann im Tweedanzug, Baskenmütze auf dem grauen Haar. Er sagte, er habe einen Wagen und werde nach Cottbus fahren, um Elektroden zu holen, er habe aber noch keinen Fahrer auftreiben können.

»Ich kann Sie fahren«, sagte Curt schnell.

»Fahrerlaubnis?«

»Schon lange. Ich bin ein sicherer Fahrer, mit 'nem starken Wagen fahr' ich 110 im Schnitt, und Sie riskieren nichts«, sagte Curt flehend.

»Patenter Junge«, sagte Hamann. »Wenn ich schlachte, kriegst du 'n Stück Kuchen. Also los, ab geht die Post.«

Augustin blieb vor Recha stehen, er sagte: »Ich muß Sie immer anschauen. Wissen Sie, daß Sie wie meine erste Liebe aussehen? Das schwarze Haar, diese Augen ...«

»Du wirst lyrisch, Genosse Augustin«, sagte Hamann. »Warum hast du sie nicht geheiratet?«

»Sie wollte mich nicht. Ich war ein armer Teufel damals. Studiert habe ich erst nach fünfundvierzig ... Ich habe sie auch mal wiedergetroffen. Sie hat drei Kinder.« Er lächelte verlegen. »Na ja, das sind so alte Geschichten ...« Er nickte Recha zu und verließ mit Curt das Zimmer.

Später erfuhren die drei, daß dieser Mann einer der fähigsten Schweißingenieure des Kombinats war und daß er an einer Erfindung arbeitete, auf die auch das Ausland mit Spannung wartete.

Die beiden standen nun ein paar Schritte entfernt voneinander, mit ausdruckslosem Gesicht. Aus irgendeinem Grund fühlte sich Recha gekränkt, als Curt verklärt hinausspazierte (»Hab' 'nen erstklassigen Job erwischt, du!«), sie vermißte ihn schon, sie hatte immer einen Menschen gebraucht, an den sie sich halten, bei dem sie sich anklammern konnte: vier Jahre lang war Betsy dieser Mensch gewesen und, zuweilen, der korrekte junge Kramer, und seit gestern Abend war es Curt. Ein Zufall, eine halbe Minute Zögern, eine zugeschlagene Tür, nichts sonst – Recha hätte sich auch mit dem anderen auf die Treppe gesetzt, sie wäre auch mit dem langsamen, verläßlichen Nikolaus zusammen weggelaufen vor ihrem Heimweh und vor dem tristen Zimmer.

Jetzt aber, glaubte sie, war es schon zu spät, und sie empfand etwas wie schlechtes Gewissen: als habe sie Nikolaus hintergangen oder ihm einen üblen Streich gespielt.

Sie war erleichtert, als Hamann sie beide zu sich rief. »Ich muß wohl keine feierlichen Worte murmeln«, sagte er. »Worum es in unserem Kombinat geht, wißt ihr, wenn ihr's auch nur aus Schulbüchern wißt. Wir bauen das größte Braunkohlenveredlungswerk der Welt«, seine Stimme hatte nun doch einen feierlichen Klang, »und eines Tages werdet ihr stolz darauf sein, daß ihr euren Teil dabei geleistet habt. Wir machen Geschichte hier ..., wenn wir selbst es auch manchmal vergessen.« Er sah von einem zum anderen. »Es möchte sein, eure Reifeprüfung fängt heute erst an.«

Sie nickten, sie nahmen seinen nachdenklichen und freundlichen Blick als Mahnung und zugleich als Ermunterung, und in diesem Moment sahen sie nicht mehr nur den dicken, behäbigen Mann in seiner abgetragenen blauen Bluse: sie empfanden ihn als einen Teil der Kraft, die hier am Werk war.

»Wir werden uns Mühe geben«, sagte Nikolaus.

»Sperrt die Augen auf«, sagte Hamann abschließend, »und turnt nicht unter schwebenden Lasten rum. Die Brigade hat sich verpflichtet, unfallfrei zu arbeiten.«

Sie stiegen dann in den Keller hinab, um Arbeitszeug zu holen. Auf der Treppe fragte Recha, die Nikolaus' hartnäckiges Schweigen nicht mehr ertrug: »Was hast du gestern abend gemacht?«

»'n bißchen rumgelaufen«, sagte Nikolaus; er verschwieg, daß er, ziellos in den trüb beleuchteten Straßen umherstreifend, Curt und Recha gesehen und nicht gewagt hatte, sich ihnen zu nähern. Sie waren aus einem Café gekommen, ein wenig beschwipst, argwöhnte Nikolaus.

Sie standen im Licht, dachte er, und ich trat rasch in eine Toreinfahrt, ins Dunkle. Sie lachten. Aber es macht mir nichts aus, sagte er sich und wußte dabei, daß er sich belog und daß es ihm doch was ausmachte.

Im Magazin waren Kolonnen von Gummi- und Filzstiefeln aufgereiht; die bis zur Decke geschichteten Arbeitsanzüge strömten den strengen Geruch von Dieselöl und groben Waschmitteln aus. Der Magaziner gab den beiden Hosen und Jacken, und Recha zwängte sich in eine Gasse zwischen hohen Regalen und zog sich um. Die Hose rutschte ihr über die Hüfte, und die Jackenärmel baumelten bis über die Fingerspitzen. Sie fand sich scheußlich in dem schlotternden Zeug.

Nikolaus war schon gegangen. Ein schwarzlockiger junger Schlosser saß auf dem Tisch, er musterte Recha mit zudringlichen Blicken.

»Ich seh' aus wie eine Vogelscheuche«, klagte sie.

»Ein so hübsches Mädchen sieht auch im Kartoffelsack hübsch aus«, sagte der Schlosser. Er zog einen Bindfaden aus der Tasche und knotete ihn um Rechas Taille. Er ließ seine Hand einen Augenblick auf ihrer Hüfte liegen. »Auf solche Figürchen ist das Lager nicht eingestellt.«

»Bei der DHZ scheinen sie zu denken, im Kombinat arbeiten lauter Bullen«, sagte der Magaziner.

»Apropos Bullen«, sagte der Schlosser. »Ich hab' da einen Witz gehört –« Und er erzählte, genießerisch ausmalend, eine Zote, und die Männer lachten, und Recha glaubte sich verpflichtet mitzulachen, sie dachte: Warum muß ich mir so schmutzige Sachen anhören? Aber wenn ich sie mir nicht anhöre, wenn ich jetzt einfach rausgehe, halten sie mich für affig, und ich bin gleich unten durch.

»Da kommt ein junger Mann zur Heiratsvermittlerin«, begann der Schlosser, und jetzt sah der Magaziner das rote, unglückliche Gesicht des Mädchens, er sagte: »Hör auf zu schweinigeln! Die junge Dame ist noch nicht mündig.«

Der Jüngere zog die Brauen hoch. »Und ich dachte, du bist unsere neue Kranführerin.«

»Die Kleine ist Studentin«, sagte der Magaziner.

Der Schlosser pfiff durch die Zähne, und seine Stimme klang nun gar nicht mehr nett. »Ach so ... Man ist was Besseres, wie? Man will mit Glacéhandschuhen angefaßt werden, wie?«

Recha begriff endlich, daß sie sich ihrer Haut wehren mußte, sie schämte sich auf einmal ihrer Feigheit, sie sagte hitzig: »Du spinnst ja, Mensch! Ich mag deine Dreckswitze nicht, das ist alles, und sie sind genauso unappetitlich und beleidigend, ob du sie deiner Kranführerin erzählst oder mir.«

»Immer ran, Kleine!« sagte der Magaziner. »Er ist der schlimmste Schürzenjäger in der Mechanischen.« Er grinste schadenfroh. »Wenn Meister Hamann erfährt, was du hier seiner Studentin vorquatschst, staucht er dich ganz schön zusammen, verlaß dich drauf.«

»Der mit seiner Musterbrigade«, murrte der Schwarzlockige. »Die sollen sich mal nicht vollmachen mit ihrer Moral.« Er war aber schon kleinlauter geworden, und Recha entkam unangefochten aus dem Lager.

2

An diesem ersten Tag arbeitete Recha in der Armaturenschlosserei. Durch die Fenster der Sheddächer fiel bernsteinfarbenes Licht. Die stählernen Aufbauten in der Halle schimmerten lindgrün und grau, schmale Eisentreppen stiegen, ein vielverzweigtes Netz von Rohrleitungen überspann die Wände, und dies alles, umspült von hundertstimmigem Lärm, erschien Recha unüberschaubar und funktionslos, und sie beneidete die Männer, die sich mit vertrauter Sicherheit zwischen den Maschinen und Schweißzeugen und den rostbraunen Hügeln von Flanschen und Ventilen bewegten. Ich bin einfach ein technischer Idiot, dachte sie, und bestimmt werde ich nie lernen, wozu dieses ganze Zeug taugt und wie man damit umgeht, ohne sich die Finger abzuklemmen.

Von einem zierlichen Brückchen unterm Hallendach stiebte ein Regen rotgoldener Funken. Recha schlug einen Bogen um den feurigen Katarakt und stieg behutsam über Knäuel von Kabeln und Drähten, von mißtrauischer Furcht erfüllt gegen Kräfte, deren Ursprung sie niemals begriffen hatte.

Sie fand endlich ihren Arbeitsplatz und ihre Kollegin Friedel, die bis heute die einzige Frau in der Brigade gewesen war, hellblond, sehr blaß, mit mageren Kinderhänden. Sie trug ein schwarzes Kopftuch, das seinen Schatten über ihr noch junges Gesicht warf. »Gut, daß du kommst«, sagte Friedel, und ihr neugieriger Blick lief flink an Recha hinab. »Manchmal steht man bloß rum, und jetzt ist so 'n Haufen Arbeit da, daß ich allein nicht durchkomme.«

Auch das noch, auch noch 'n Haufen Arbeit, dachte Recha erschrocken. Hoffentlich stelle ich mich nicht gar zu blöd an ... Sie war aber zugleich froh, weil hier jemand auf sie gewartet hatte und weil sie gebraucht wurde, und sie nahm sich vor, schülerhaft brav zu lernen und aufmerksam zu sein und (»Heben Sie doch den Zeigefinger, wenn Sie etwas nicht verstanden haben, Fräulein Heine!«) lieber eine Frage zuviel zu stellen als eine zuwenig. Sie sagte: »Ich war noch nie in einem Betrieb. Wir haben bloß auf dem Feld geholfen.«

Die Schüler von der Burg hatten schlecht und recht in einer kleinen, noch ungefestigten LPG gearbeitet: eine kümmerliche Art von polytechnischem Unterricht, die Kramer mit Mißbehagen verfolgte, ohne daß er vorerst hätte Abhilfe schaffen können.

Recha hatte die Arbeit in den Ställen und auf den Feldern gern gemacht – Arbeit, die eine liebliche, sanft gehütete Landschaft rings um die Burg poetisch verklärte; sie liebte den Duft der Heuwiesen und die heiße, trockene Luft über Julifeldern und die Morgen im Spätherbst, die den ersten Rauhreif aufs Kartoffelkraut legten. Mechanisierung war kaum mehr als ein Fremdwort für sie, und den Mähdrescher der LPG und die Traktoren, deren Scheinwerfer nachts mit milchweißen Lichtfingern über die Äcker tasteten, betrachtete sie staunend.

Dies hier aber war eine andere, härtere Landschaft, und ihr Himmel war die strenge Kolonne gezackter Sheddächer. Die Luft zittert in langen, lauten Wellen, wenn die Vorschlaghämmer auf den Stahl krachten, Preßluft jaulte, und der Hallenkran glitt mit einem dünnen, scharfen Geräusch unter der Decke entlang. Recha duckte sich. Friedel lachte. Sie mußten schreien, wenn sie sich verständigen wollten.

Sie schliffen Ventile, und Friedel erklärte die Handgriffe, und wenigstens in der ersten Stunde schien es Recha, ihre Arbeit sei weder kompliziert noch sonderlich anstrengend.

Freilich waren die Ventile sehr schwer, und Recha sah erstaunt, mit welcher Leichtigkeit die kleine Friedel hantierte, unerwartete Kraft in den mageren Armen. Recha hatte bis dahin nur Fahrradventile gekannt, und sie hätte gern gefragt, wozu man diese wuchtigen Eisenklötze brauchte, aber sie fürchtete, sich zu blamieren. Mit der Zeit werde ich das schon mitkriegen, dachte sie.

Einmal kam Hamann zur ihr, sein fleischiges Kinn streichelnd, sah er zu, wie Recha die Matrize zwischen die stählernen Backen des Schraubstocks spannte. Sie wurde unsicher, sobald sie sich beobachtet fühlte, und sie verschmierte die Schleifpaste über die ganze Matrize.

»Immer mit der Ruhe, Herzchen«, sagte Hamann. Er gab ihr die Blechbüchse mit Diamantstaub. »Noch ein bißchen Pfeffer und Salz drauf ... Na, großartig! Heute wird die Norm gebrochen, wie?« Er blinzelte ihr zu.

Er ging dann um den Tisch herum, zu Friedel, und sagte zu ihr: »Wir beide haben noch ein rohes Ei zu bekakeln, denke ich –«

Friedel zuckte die Schultern, sie schwieg; ihr Gesicht war plötzlich verschlossen und abweisend.

»Jedesmal kannst du ja nicht krank werden, wenn ich mit dir reden will.«

»Meine Privatsache«, sagte Friedel. Sie drehte ihm den Rücken zu und bückte sich, um ein Ventil hochzuheben. Sie schwankte und stützte sich mit einer Hand auf die Tischkante. Ihre Lippen waren ganz weiß.

Hamann umfaßte ihre Schulter, er sagte: »Du kannst eine Stunde Urlaub haben.«

»Weiß nicht, wozu«, sagte Friedel und rückte ihr schwarzes Kopftuch in die Stirn.

»Ich würde mal zum Arzt gehen«, sagte Hamann. Er sah sie an. »Wir haben uns verstanden, ja?«

Recha blickte beunruhigt von einem zum andern, nur dunkel ahnend, wovon die beiden sprachen. Sie fragte, als Hamann weggegangen war: »Sind Sie krank?«

»Ach, Quatsch«, sagte Friedel, jedoch war es ihr anzusehen, daß sie nur auf eine Ermunterung wartete, um über ihre Sorgen reden zu können. Recha aber, allzu schüchtern und ohne eine Spur von Menschenkenntnis, wagte nicht weiterzufragen, überzeugt, Friedel werde es taktlos oder sogar unverschämt finden, wenn sich eine Fremde in ihr Vertrauen zu drängen versuchte.

Während der Frühstückspause stand Recha für sich allein und würgte an den Broten, die Lisa ihr morgens auf den Tisch gelegt hatte. Sie forschte mit den Augen nach Nikolaus, konnte ihn aber nirgends entdecken, sie dachte: Wenigstens in der Pause könnte er mal herkommen. Er ist wirklich ein Klotz. Wenn Curt schon wieder hier wäre ... Sie bemühte sich, sein hübsches, dreistes Gesicht zurückzuholen und diesen Augenblick im kühlen Treppenhaus, als er beschämt, die linke Wange rot, zu ihr aufgeschaut hatte. Er ist ein furchtbarer Angeber, dachte sie ... Und dabei habe ich Herzklopfen, wenn ich mir nur seine Augen vorstelle und sein Lachen – ich weiß nicht mal, ob ich ihn leiden mag, aber ich habe Herzklopfen ... Wenn ich bloß nicht so scheußlich aussähe!

Sie blickte an ihrem schlotternden Anzug hinab und auf die Hände, die bis zu den Gelenken grau und klebrig von Schleifpaste waren, mit dicken Schmutzrändern unter den Fingernägeln. Der Diamantstaub hatte sich schon in die Haut gefressen und stach mit winzigen Splittern, wenn sie die Finger aneinanderrieb.

Friedel saß ein Stück entfernt auf einem Hocker, den Kopf zurückgelehnt und mit geschlossenen Augen. Sie hatte das schwarze Tuch abgestreift, und ihr helles Haar leuchtete in dem bernsteinfarbenen Licht.

Nach einer Weile kam der schwarzlockige junge Schlosser, der morgens im Magazin gewesen war, durch die Halle geschlendert. Er setzte sich neben Friedel. Sie flüsterten miteinander. Friedel lächelte die ganze Zeit, ihre Augen glänzten, sie schien sehr glücklich zu sein.

»Wie die Täubchen«, sagte ein Mann neben Recha. Er setzte sich auf den Tisch. »Du bist die neue Kollegin? Du hast aber 'nen hübschen Pony.« Er zupfte mit zwei Fingern an ihren Stirnhaaren.

Recha fuhr zurück. »Laß dir selbst 'nen Pony wachsen, wenn er dir so gut gefällt.«

»Du bist 'ne hübsche kleine Giftnudel«, sagte der Mann. Er gab ihr die Hand. »Ich heiße Heinz. Und du?«

»Recha Deborah Heine.«

»Komischer Name ... Wie buchstabiert man den?«

Recha schrieb ihren Namen auf eine leere Zigarettenschachtel.

Heinz wurde auf einmal verlegen, er drehte die Schachtel hin und her, er murmelte: »Schlecht zu lesen ... Meine Augen wollen nicht mehr so recht ...«

»Kein Wunder, wenn du's verkehrt hältst«, sagte Recha boshaft. Sie hörte auf zu lachen, als sie sein gequältes Gesicht sah, sie sagte schnell: »Ich hab' wirklich eine schlechte Schrift.« Vielleicht stimmt es, dachte sie, vielleicht sind seine Augen tatsächlich nicht in Ordnung. Er ist ein alter Mann.

Sie betrachtete sein zerfurchtes, lederhäutiges Gesicht mit den schwarzen Schatten unter den Backenknochen, und sie empfand schon Mitleid mit ihm, bevor sie wußte, daß der *alte Mann* Mitte der Dreißig war. Sie hätte ihm auch gern gezeigt, wie froh sie darüber war, daß er sich zu ihr gesetzt hatte und auf sie einredete, als gehöre sie schon lange zur Brigade. Im Internat, im Kreis Gleichaltriger, war sie manchmal bis zur Wildheit ausgelassen; fremden Erwachsenen gegenüber – mit ihren Problemen, die sie nicht berührten und die sie nicht einmal verstand – verschloß mißtrauische Scheu ihr den Mund.

»Warum ißt du deine Stullen trocken?« fragte Heinz. »Ich hole dir Tee.« Er stand auf. »Der Meister hat gesagt, ich soll mich ein bißchen um dich kümmern.«

Er brachte Recha Tee in einem Aluminiumbecher, und er

blickte auf ihr Haar, während sie trank; er sagte: »Ich hab' immer Pech gehabt im Leben. Ich wollte 'ne Frau, die wo schwarze Haare hat. Nu hab' ich 'ne Blonde. Und stricken sollt' sie können – für die Kinder, weißt du? Wie sie mit dem zweiten ging, hat sie sich die Augen verdorben. Nischt mehr mit Stricken ...«

Du lieber Himmel, das ist natürlich tragisch, dachte Recha. Sie schwieg aber und nickte nur, und Heinz schlug sich auf die flache Brust und sagte: »Immer Pech, Mädchen. Ich hab's mit dem Herzen, grade jetzt, wo ich anständig verdiene. Früher war ich volkseigener Nachtwächter – Betriebsschutz, falls du das besser verstehst – mit zweihundertfünfzig Piepen. Der Meister hat mich rausgeholt. Jetzt stimmen die Kohlen, wir kriegen Prämie noch und noch, man kann sich was anschaffen ...«

Er erzählte rasch und eifrig und ohne zu lamentieren; er schien eher belustigt über sein beharrliches Pech. Er hätte mit demselben gutmütigen Eifer die Geschichte seiner Kindheit erzählt, die Recha später erfahren sollte.

Recha nickte zuweilen, aber es genügte Heinz, daß sie ihm überhaupt zuhörte. Er beschrieb ihr, mit beiden Händen fuchtelnd, seine Wohnungseinrichtung, und Recha, die sich niemals um Möbel hatte sorgen müssen, hörte nur mit halbem Ohr zu, nicht begreifend, warum sich jemand wegen einer Polstergarnitur in solche Begeisterung steigern konnte.

»Ich hab' meine Familie noch nicht hier. Ich wohne im Lager, mit dem Meister zusammen.« Er fügte mit einem Ausdruck von Stolz hinzu: »Er ist – ich will mal sagen: mein Freund ... Aber mit der Zeit, verstehst du, kriegt man den Barackenkoller.«

»Herr Hamann könnte doch längst eine richtige Wohnung haben«, sagte Recha.

Heinz stutzte; er ruckte unruhig die Schultern, nach einer kleinen Pause entgegnete er vorsichtig: »Er hat – wie soll ich sagen – nicht direkt 'ne Familie ... Na, nun wollen wir mal wieder, was?« Er lief dann gleich fort, dünn, beweglich, ein wenig hinkend, die verbeulte Schiebermütze schräg auf das linke Ohr gestülpt.

Recha blieb verwirrt zurück, bewegt von Empfindungen, die sie bis heute nur selten und flüchtig gestreift hatten. Die Arbeit am Schraubstock ließ ihr Zeit genug, nachzudenken – und vorläufig wenigstens dachte sie nicht über sich selbst nach, nicht über ihre eigenen Ängste und den Verlust ihrer Schulfreundschaften.

Einmal stand sie neben Friedel am Wasserbottich; sie spülten die Ventile in der trübgrauen, ölig schimmernden Brühe. Friedel sagte: »Wie findest du ihn?«

»Wen?«

Friedel machte eine unbestimmte Kopfbewegung.

»Ach, der Schwarze? Na, das ist vielleicht ein Ekel«, sagte Recha unbedacht.

Friedel beugte sich noch tiefer über den Bottich, sie sagte leise und hastig, als müsse sie sich bei Recha entschuldigen: »Er ist gar nicht so. Er kann einem leid tun: Seine Frau haut mit anderen ab. Ein Flittchen ...«

»Der ist doch selbst nicht besser. Als ich im Magazin war ..., er ist gleich frech geworden.«

Friedel warf ihr einen bösen Blick zu. Recha biß sich auf die Lippe, sie dachte: Ich mache alles falsch. Ihre Sache, wenn sie in den Schwarzen verknallt ist ... Warum soll ich mich einmischen? Sie wollte irgend etwas Versöhnendes sagen, aber Friedel winkte ab: »Ach, was weißt du denn, du Kücken ...«

Recha schlenkerte ihren Zopf zurück. »Wieso denn Kücken? Denkst du, ich war noch nie verliebt?«

»Verliebt ...«, sagte Friedel verächtlich. »Verlieben kannst du dich hundertmal im Leben. Aber wenn einer kommt, für den du alles wegschmeißt – aber alle, du ..., und es ist dir egal, was die anderen von dir denken –«

Recha schwieg. Sie entsann sich all ihrer stachligen Liebesgeschichten, die den Namen Liebesgeschichte gar nicht verdienten: Sie hatte sich häufig und heftig verliebt und niemals länger als auf ein paar Tage – unbeständige Gefühle, die so schnell erloschen, wie sie aufgeflammt waren, und bald wieder in Gleichgültigkeit oder sogar Abneigung umschlugen. Sie hatte niemanden schlechter behandelt als die Jungen, die sie beim Schülerball öfter als dreimal zum Tanz holten oder abgeschmackte Briefchen in ihre Bücher schmuggelten (»Kannst du heute abend um acht in den Park kommen? Ich habe dir was zu sagen ...«).

Gegen Mittag ging Friedel fort. »Ich leg' mich 'n bißchen hin – falls Hamann fragt.« Sie ging aber nicht in den Ruheraum, sondern durch das Tor in die angrenzende Halle. Sie kam nicht zurück, und Recha, gewöhnt an strenge Disziplin, dachte mit Unbehagen an Hamann wie an einen strengen Lehrer, bei dem man eine Schulschwänzerin entschuldigen soll.

Sie spürte jetzt, wie ihre Arme ermüdeten und die Handgelenke zu schmerzen begannen.

»Eine Quälerei, was?« sagte Hamann, der schon eine ganze Zeit hinter ihr gestanden hatte, die Arme über der Brust verschränkt, mit nachdenklich zusammengerückten Brauen.

»Diese alberne Dreherei kann auch 'ne Maschine machen«, sagte Recha.

»Wir können ja eine erfinden«, schlug Hamann gelassen vor. »Ich hab' sowieso noch paar Verbesserungsvorschläge im Schubkästel, das wär' ein Aufwaschen, und wenn 'ne Mark rausspringt, teilen wir. Einverstanden?«

»Einverstanden.« Recha lachte, sie glaubte noch an einen Scherz, da sie Hamann erst einen Tag kannte.

Er fischte nach seinem zerknitterten Notizbuch und kritzelte, er sagte: »Das machen wir schon, Mädchen. Na freilich!« Er nahm ihren Arm. »Aber jetzt flattern wir erst mal in die Küche und ziehn uns den Schweinebraten durch die Zähne. Der Maßanzug paßt sowieso nicht mehr.«

Unterwegs trafen sie Nikolaus, der gemächlich durch

den gelben Sand stakte. Er fuhr zusammen, als Hamann ihn ansprach. »Wie schmeckt die Arbeit, junger Eber?«

Nikolaus winkte schweigend ab.

»Kommst du mit unserem Karl nicht zurecht?«

Nikolaus sagte hastig: »Doch, doch.« Er sah bedrückt aus.

»Unsere Aktivistin hat schon den ersten Verbesserungsvorschlag gemacht«, sagte Hamann.

Nikolaus senkte den Kopf.

»Glaub das bloß nicht«, widersprach Recha. »Ich hab' nur gesagt, meine Arbeit kann auch 'ne Maschine machen. Aber in Wirklichkeit hab' ich keine blasse Ahnung, wie die Maschine aussehen soll.« Eigentlich habe ich ja bloß gemeckert, weil ich schon müde war, dachte sie beschämt.

»Das Konstruieren ist meine Hochzeit«, sagte Hamann. »Auf die Idee kommt es an: man muß sehen können.« Er ging jetzt zwischen den beiden Abiturienten, er hatte trotz der spätsommerlichen Hitze seine blaue Arbeitsjacke bis zum Hals zugeknöpft. Er reichte Nikolaus nur bis zur Schulter, und trotzdem fühlte sich der Junge sehr klein und schmächtig neben ihm, er dachte: Aber ich sehe Arbeit erst dann, wenn ich darüber gefallen bin …

Hamann sagte: »Manchmal sieht ein Betriebsfremder mehr als wir … Aber es hat keinen Nährwert, wenn einer bloß im Betrieb rumlatscht und 'nen Haufen dämlich quatscht, weil irgendwas nicht hinhaut. Tüfteln muß man, verändern … nicht wie 'n blindes Huhn durch die Geographie laufen.«

»Sie sammeln glühende Kohlen auf mein Haupt«, sagte Nikolaus mit trübem Lächeln, aber er erklärte nichts, und Hamann fragte nicht; er konnte abwarten, und er dachte, der Junge werde schon selbst die Zähne auseinanderkriegen, wenn er allein nicht mehr zu Rande kam. Er hatte Nikolaus dem Schweißer Karl Lehmann zugeteilt, einem wortkargen alten Mann und zuverlässigen Facharbeiter, der sich, wenn er einmal den Mund auftat, durch erstaunliche

Grobheit auszeichnete – eine Grobheit, hinter der er Hilflosigkeit und Kummer zu verstecken suchte. Lehmann besaß ein kleines Anwesen in der Lausitz, drei Morgen Wind hinterm Haus, und zwei Söhne und zwei Schwiegertöchter, mit denen er wegen gewisser ärgerlicher Erbgeschichten beständig einen zähen Kleinkrieg führte. Wenn er mal nach Hause fährt, dachte Hamann, freut sich bloß sein Hund ...

In dem bunten, großfenstrigen Speisesaal fanden sie Heinz und die sieben oder acht Brigadekollegen, die heute im Pressenkeller der Brikettfabrik Rohrleitungen auswechselten. Hamann machte sie mit den Neulingen bekannt, Namen schwirrten über den Tisch, Gesichter hoben sich ins Helle: jung und großnäsig Schachowniak; der Student Mewis mit runden roten Wangen; verkniffen und zahnlückig der Mund des vierzigjährigen Jackmann; glatte und faltige Gesichter, geschwärzt, manche einprägsam, andere so gleichgültig, daß sie aus dem Gedächtnis fielen, sobald man die Augen abwandte.

Die beiden nickten, drückten Hände, wurden gemustert, kurz, aufmerksam, nie unfreundlich, und sie vergaßen sofort die zwischen zwei Bissen gemurmelten Namen.

»Trockner 6 ist ausgefallen«, sagte Hamann. »Wir müssen 'ne zweite Schicht anhängen, denke ich.«

»Termin?« fragte Jackmann.

»Termin: vorgestern«, sagte Hamann. »Wer macht mit?«

Heinz hob zuerst die Hand. »Was sein muß, muß sein«, sagte Schachowniak. Die anderen meldeten sich dann auch.

Sie verständigten sich mit ein paar Sätzen, sachlich und ohne dramatischen Aufwand, obgleich ihnen diese zweite Schicht gewiß irgendwelche Pläne durchkreuzte: den Feierabend mit einem Mädchen, mit einem Fernsehspiel oder der Skatrunde in der Bierschwemme. Sie ließen Skat und Mädchen fahren mit der unheroischen Selbstverständlichkeit von Leuten, die Überraschungen eingeplant haben: sie waren Reparaturbrigade, sie waren, Hamann an der Spitze, verantwortlich für das Rohrleitungsnetz im Kombinat, und es gab hier Nächte genug, in denen ein Dispatcher-Jeep vor der Haustür hielt.

Der milchbärtige Student fluchte, er errötete dabei, aber es schien ihm doch Spaß zu machen, eine lange, kunstvolle Periode origineller »Pumpen«-Flüche zu bilden.

»Immer sachte, mein Sohn«, sagte Hamann. »Der Aufbau ist Nervensache, unter anderem ...«

»Ich wollte die Kleine aus dem Konsum treffen«, sagte der Student bedauernd; er hatte sich aber schon entschlossen wie die anderen.

Hamann setzte sich mit Nikolaus und Recha an einen kleineren Tisch. Er schnupperte mißbilligend an seiner Vorsuppe.

Recha sagte: »Dieser Heinz ... Er kam in der Frühstückspause. Er ist ein bißchen – ulkig.«

»Das angebrochene Viertelpfund.« Hamann lachte. Sein Lachen verlief sich gleich wieder. »Du nennst es ulkig, Mädchen«, sagte er. »Vielleicht erzählt er dir mal sein Leben. Er ist unehelich. Die Nazis haben ihn fertiggemacht in einem ihrer *Waisenhäuser*.«

Hamann hatte Rechas Lebenslauf noch nicht gelesen, er fügte hinzu: »Aber das könnt ihr wohl nicht verstehen, ihr habt ja die Nazizeit nicht mehr erlebt.«

Nikolaus hob den Kopf und sah Recha über den Tisch hinweg an. Nach einer Weile sagte sie: »Nein, wir haben das nicht mehr erlebt.« Sie dachte mit einiger Erleichterung: Nicht mich allein, es hat nicht mich allein getroffen ...

Nachmittags kam Curt zurück. »Der Bengel fährt wie der Teufel«, sagte Augustin. Curt lachte; er trug heute bescheidenen Stolz, er hatte sich dem Ingenieur gleich angepaßt.

Unterwegs, auf der von Birken gesäumten Chaussee, hatten sie sich über Schweißtechnik unterhalten – dies war der einzige Gesprächsstoff, mit dem man den zurückhaltenden Augustin aus seiner Reserve locken konnte –, und dem Ingenieur gefiel die Wißbegier des Jungen und seine rasche Auffassung.

Später, im Meisterzimmer, sagte Curt: »Sie wollten mir noch Ihr UP-Schweißgerät zeigen, Herr Augustin. Gehen wir?«

Der Brigadier, der rechnend über einem Normenblatt saß, einen kalten Stumpen in den Mundwinkel geklebt, hob den Kopf. Seine Geiernase hackte gegen Curt. »Frag gefälligst erst den Meister.«

»Steck die Hände in die Taschen, Franz, das beruhigt«, sagte Hamann und, über Curt hinweg: »Eine Stunde, Genosse Augustin. Dann kannst du den kleinen Schelm daran erinnern, daß er nicht als Delegationsmitglied hier ist. Haben wir uns verstanden?«

Curt sagte durch die Zähne: »Jawohl, Chef.« Er dachte, als er neben Augustin durch das Hallenschiff schlenderte: Immerhin habe ich den ersten Tag ganz angenehm herumgebracht, und wenn ich auf Draht bin (und ich werde auf Draht sein, großer Boß und Meister, ich werde ...), dann brauche ich mir auch in Zukunft kein Bein auszureißen.

Er winkte leutselig dem schwitzenden Nikolaus, der nicht zurückwinkte und ihn wahrscheinlich nicht einmal bemerkt hatte.

Am Vormittag war eine Grubenbahn entgleist; mittags hatten sie die grotesk verbogenen, schlangenhaft gekrümmten Fahrleitungsmaste in die Halle geschleppt: an einem Ende keuchend der alte Lehmann, am anderen Nikolaus, kaum gebeugt unter der Last und in verwegener Hochstimmung, weil er dieses eine Mal seine Ungeschicklichkeit durch Muskelkraft wettmachen konnte. Er stand jetzt neben Lehmann, der einen Mast erwärmte, das kleine spitzige Greisengesicht mit den eulenäugig-runden Schutzgläsern bläulich überzuckt von der Schweißflamme.

»Hau zu, Bettelstudent«, sagte Lehmann.

Nikolaus hämmerte den hellrot glühenden Stahl. Der Hammer wog fünfzehn Pfund. »Wenn du fünfzigmal damit zugedroschen hast«, hatte Lehmann gesagt, »dann weißt du abends, was du getan hast.« Vielleicht wartete Lehmann darauf, daß er müde wurde und um eine Pause bat, aber ich werde nicht müde, sagte sich Nikolaus. Er schlug eifrig und unrhythmisch, Technik und kluge Sparsamkeit durch rohe Kraft ersetzend. Er hatte sein Hemd aufgeknöpft; Schweißtropfen standen auf der glatten weißen Haut unterhalb des Halses. Er schwitzte nicht so sehr vor Anstrengung als vielmehr aus Furcht vor seiner eigenen Unbeholfenheit und den kurzen, mürrischen Befehlen seines Schweißers.

»Genug!« schrie Lehmann, und Nikolaus trat zurück und wischte mit dem Handrücken über die Stirn, dann starrte er, die Lider zusammengekniffen, das Hallenschiff hinab, wie er es dutzendmal heute getan hatte, und er vergaß einmal mehr seinen Schweißer und seine Arbeit, unwiderstehlich angezogen und verzaubert vom Anblick der in verstreutes Nachmittagslicht getauchten Halle mit schrägen zitronengelben Strahlenbündeln unter den Sheddächern und mit dem Farbenspiel der Schweißfeuer, getönt von reinem Blau bis zu Violett, von Gelb bis zu tiefem Rot. Was für wundervolle Effekte, dachte Nikolaus, was für unerhörte Farbkreise vor dem neutralen Stahlgrau ... Landschaft ohne Himmel und Bäume, und die Menschen kraftvoll bewegte Silhouetten vor einem verrückten Goldrot ...

»Schlaf nicht ein, Bettelstudent«, sagte Lehmann. »Steht da und glotzt wie ein Mondkalb ...« Er hatte sich den ganzen Tag über seinen Helfer geärgert; eine leise Regung von Sympathie für das *Mondkalb* gestand er sich nicht ein.

»Ich bin noch kein Student«, sagte Nikolaus sanft. »Ich hab' erst das Abi gemacht.«

»Egal. Alles dieselbe Sorte.« Vor zwei Jahren hatte Lehmann mit einem Studenten gearbeitet. Sie waren ganz gut miteinander ausgekommen, solange Lehmann, mit seinen jahrzehntealten Erfahrungen, der Lehrende gewesen war.

Jetzt war der Student als Schweißingenieur ins Kombinat zurückgekommen. Er hatte seinen alten Schweißer im Bus getroffen. Er hatte ihn nicht einmal gegrüßt.

»Ich kenn' eure Sorte«, sagte Lehmann. Jene Begegnung im Bus wurmte ihn heute noch, und der angestaute Ärger machte ihn gesprächig. »Erst ankratzen und ›Karl‹ hinten und vorn, und wenn Karl 'n Bier zahlt, ist er ja gut genug. Aber wenn man erst mal Ingenieur geworden ist, kennt man Karl nicht mehr ...«

Nikolaus wußte nicht, welch trübe Erfahrung Karl hier zur Regel erhob; er glaubte sich verteidigen zu müssen, er sagte: »Aber ich will doch gar nicht Ingenieur werden. Ich werde Maler.«

»Brotlose Künste«, brummte Lehmann.

Sie sprachen dann nicht mehr miteinander. Nikolaus hätte nun doch gern um eine Pause gebeten. Seine Hände schmerzten, er dachte: Heute abend werde ich nicht mal einen Bleistift halten können ... Seine Finger schienen sich in den letzten Stunden ungeheuer vergrößert und vergröbert zu haben, er fand aber, es sei jetzt keine Zeit, sich zu bedauern. Er versuchte, nicht an eine gewisse Porträtskizze zu denken, die er – vielleicht – heute abend beginnen würde; er versuchte, nur an diesen rostigbraunen Mast zu denken statt an den unerreichbaren Mahagoniton im Haar eines Mädchens.

Es war nicht seine Schuld, daß ihm an diesem Nachmittag doch noch ein Mißgeschick widerfuhr – ausgerechnet unter den Augen des Meisters, der seinen zweiten Kontrollgang durch die Halle machte. Der starke Hammerstiel splitterte, und der Hammerkopf schlug einen Schritt neben Nikolaus auf den Boden. Nikolaus blickte verwundert auf den Stumpf, er sagte: »Das hätte ins Auge gehen können, Tatsache!« Er erschrak nachträglich, als er Lehmanns plötzlich verfärbtes Gesicht sah.

Dann kam der Meister heran, er stieß mit dem Fuß gegen den Hammerkopf und sagte: »Dieses hübsche kleine

Spielzeug wiegt fünfzehn Pfund.« Damit schien der Zwischenfall für ihn erledigt zu sein, und er wandte sich an Lehmann. »Die Maste müssen heute noch raus. Werdet ihr fertig?«

Lehmann schwieg.

»Na, wie denn?« fragte Hamann. »Läufst du Reklame für 'ne Essigfabrik?«

Lehmann deutete mit dem breiten schwarzen Daumen auf Nikolaus. »Fertig werden – mit dem Döskopp?« Nikolaus wurde rot. Lehmann sagte grob: »Der soll den Pinsel schwingen, aber nicht 'nen Hammer.«

»Das ist doch kalter Kaffee, Karl.« Hamann hatte den beiden eine Zeitlang zugesehen, er dachte: Der Junge verausgabt sich zu sehr. Er leckte sich über die Lippen, er sagte in seinem liebenswürdigsten Ton: »'n paar kleine Kniffe, Karl. Aber wenn du's nicht bringst ..., ich kann den Jungen morgen zum Trapp-Alfred geben. Einverstanden?«

Er drehte nachdenklich den abgebrochenen Hammerkopf und ließ Lehmann Zeit, die Pille zu schlucken. »Das Holz taugt nicht«, sagte er.

»Quatsch«, knurrte Lehmann, und der Meister verstand und nickte. »Wie du meinst, Karl.« Er fuhr prüfend über die splittrige weiße Bruchstelle. »Etwas solider möchte so'n Schaft schon sein für den Kleinen da.«

Nikolaus stand mit hängenden Armen, schwitzend und schuldbewußt, und auf einmal faßte Hamann nach seinen schmalen, dünnhäutigen Händen und drehte sie mit der Handfläche nach oben, er sagte spöttisch: »Jeder Zoll ein Held, na freilich!«

Die Handteller waren mit weißlich aufgequollenen Blasen bedeckt, und zwischen Daumen und Zeigefinger war die Haut aufgeplatzt und blutig.

Lehmann starrte mit einem sonderbaren Ausdruck auf Nikolaus' Hände, und nach einer Weile sagte er: »Ich hab's doch gewußt: er ist ein Spinner ...«

3

»Los, gehen wir in die ›Schwarze Pumpe‹«, kommandierte Curt. Zu Nikolaus: »Du bist natürlich eingeladen.«

»Kann ich nicht annehmen.«

»So eine Mimose! Wenn ich Geld hab', schmeiß' ich es raus – am liebsten mit anderen«, sagte Curt, und das war nicht übertrieben: er war großzügig und konnte es sich leisten, großzügig zu sein. Während seiner Schulzeit hatte er oft seine Anhänger und Bewunderer nach Hause eingeladen – wohlweislich nur dann, wenn sein Vater auf einer Dienstreise war – und lärmende Gesellschaften veranstaltet, wilde, gliederschlenkernde Tanzereien nach Rock-'n'-Roll-Tonbändern, es gab Wein und Kognak, und noch vor Mitternacht zog sich seine Mutter zurück, nicht vermutend, wie wenig harmlos sich die *Kinder* nach zwölf Uhr amüsierten.

Hier aber gab es nicht einmal am späten Nachmittag eine wächterliche Mutter, hier wehte die scharfe Luft der unbeschränkten Freiheit, glaubte Curt, und er war entschlossen, sie auszukosten. Er war desto fester entschlossen, weil schon wieder ein anderer Mensch mit dem Anspruch, eine Art Erziehungsberechtigter zu sein, sich ihm in den Weg zu stellen versuchte und mahnend den Zeigefinger, diesen verdammt langweilig lehrhaften Zeigefinger, erhob.

Vor der Waschkaue hatte Hamann die drei abgefangen, er hatte gesagt:

»Es möchte sein, ein paar Kollegen hauen euch an wegen Einstand. Wir haben immer noch welche, die gern das Brauereisoll übererfüllen. Laßt euch nicht das Geld aus der Tasche ziehen.«

»Keinen Groschen, Chef«, sagte Curt treuherzig, aber er ärgerte sich, weil der Dicke ihm nach Feierabend noch Vorschriften machen wollte; nun erst recht überredete er die beiden zur »Schwarzen Pumpe«.

Das Gasthaus hatte einen großen, sehr hohen Saal, vollgestopft mit Tischen und Stühlen; neben der Theke hockte ein silberfarbener Ofen. Die Luft war dick und blau von Zigarettenrauch, die meisten Gäste waren junge Leute, Maurer und Maschinisten in ölverschmierter Kombination und trinkfeste Zimmerleute mit talergroßen Knöpfen auf den schwarzen Manchesterjacken. Einige bunte Blusen leuchteten, sparsam verteilte Farbflecken auf dem schwärzlichblauen Grundton.

Sie setzten sich an einen Tisch nahe beim Eingang, und Curt bestellte Kaffee und Wodka. Er hob sein Glas. »Trinken wir auf den Tag eins!« sagte er und sah Recha an, und sie tranken. Recha schüttelte sich, der scharfe Schnaps trieb ihr Tränen in die Augen. »Ich bin's nicht gewöhnt«, sagte sie entschuldigend. »Beim Klassenfest durften wir höchstens mal einen Likör trinken.«

»Ein Internat ist wahrscheinlich ein besseres Gefängnis, wie?« sagte Curt. »Los, gleich den nächsten, damit du dich gewöhnst.«

Sie wollte ablehnen, sie dachte mit ein wenig Schuldbewußtsein an Kramer (ach, die schönen mutigen Vorsätze unter seinem sanftspöttischen Brillenblick), sie lehnte nicht ab, und sie vergaß nach dem dritten Wodka endgültig ihr Schuldbewußtsein; sie fühlte sich glücklich beschwingt, heiter gaukelnde Schleier verdeckten ihr das Bild der Burg, sie sagte: »Heut hab' ich zum erstenmal kein Heimweh.«

Das kommt wieder, mein armes Mädchen, dachte Nikolaus. Wenn du in dem Tempo weitertrinkst, wirst du hübsch sentimental werden ... Er hatte die ganze Zeit wortlos dagesessen, unablässig sein Glas drehend. Er war sehr niedergeschlagen. Er hatte am ersten Tag schon versagt, und sicherlich war Karl im Recht, wenn er ihn einen Döskopf und Spinner schimpfte. Er hörte nur mit halbem Ohr auf Curts Geschwätz, er dachte: Noch eine halbe Stunde, und er wird mit seiner Lebensmüdigkeit prahlen.

»... aber eigentlich war ich immer allein«, sagte Curt, »'ne Menge Freunde, sicher –«

»Und Freundinnen«, sagte Recha, sie lachte.

Curt wischte mit einer verächtlichen Handbewegung die Erinnerungen an seine Freundinnen weg; ein halbes Dutzend Wodka provozierten die Lust zum Geständnissemachen, er sagte: »Die meisten kriegt man zu schnell rum. Langweilig. Bei uns zu Haus ..., ach, Mensch, Eltern sind doch doof, Eltern bilden sich ein, wir glauben mit achtzehn noch an den Klapperstorch ... Spätestens um eins gingen sie ins Badezimmer und kotzten –«

Nikolaus hob den Kopf. »Du bist ein Schwein, Tatsache!«

»Gut, ich bin ein Schwein«, sagte Curt. Er beugte sich über den Tisch, und Nikolaus sah, befremdet und mitleidig, einen Ausdruck von Trauer oder sogar Verzweiflung in seinem Gesicht. »Denkst du, ich möcht' nicht auch lieber anständig sein und sauber und 'n guter Kerl wie du? Aber das Leben ist dreckig, sage ich dir, und wo du hinfaßt, machst du dir die Pfoten schmutzig.«

Nikolaus drehte sein Hände, er sagte so ruhig wie möglich: »Mag sein, es gibt noch allen möglichen Schmutz. Aber man kann ihn wegräumen. Vielleicht schnüffelst du am liebsten in Ecken herum, wo's stinkt.«

»Langweilig«, sagte Curt. »Leg 'ne andere Platte auf. Heilsarmee zieht nicht bei mir.«

»Du bist ja blau«, sagte Recha auffahrend. »Du weißt ja nicht, was du redest. Spuckst auf die ganze Welt ... Was hast du denn auszustehen, daß dir alles zum Ekel ist? Du kriegst, was du dir wünschst, alles fällt dir in den Schoß.«

»Darum. Nichts ist langweiliger, als wenn einem alles in den Schoß fällt.«

Ihre Augen wurden schwarz vor Zorn. »Ich hätte Lust, dir ein paar runterzuhauen!«

»Danke. Die eine Ohrfeige reicht mir.«

Gott, wie schön! Sie hat ihm gestern eine geknallt, dachte Nikolaus. Er stellte sich diese Szene vor, und die Vorstellung gefiel ihm. Seine Stimmung sank wieder, als er sah, wie Curt Rechas Handgelenk umfaßte und wie er sie anlächelte, spöttisch und zärtlich.

»Man kann umlernen«, sagte Curt. »Daran glaubst du doch, nicht wahr? Das haben sie dir sicher beigebracht in deinem Internatsgefängnis.«

Sie nickte ernsthaft.

Seine Stimme klang auf einmal anders, dringlich, mit Anschein von Aufrichtigkeit; er schien vergessen zu haben, daß ein Dritter am Tisch saß. »Warum willst du es nicht versuchen, Recha? Ich brauche einen Menschen, der nicht zu allem, was ich tue, ja und amen sagt ...« Er flüsterte (und er wußte, wie so oft, selbst nicht mehr die Grenze zwischen Lüge und Wahrheit): »Ich hab' nie jemanden richtig gern haben können. Aber dich –«

Nikolaus, gepeinigt und rot vor Verlegenheit, stieß plötzlich seinen Stuhl zurück, er sagte grob: »Kannst du mit deinen rührenden Geständnissen nicht warten, bis ich weg bin?«

In diesem Augenblick brachte die Serviererin ein Tablett mit drei Gläsern. »Schicken welche von da drüben.« Sie deutete mit dem Daumen dorthin, und die drei entdeckten jetzt erst, einige Tischreihen entfernt, zwei Brigadekollegen, den rotbäckigen Studenten Mewis und den schlanken, großnasigen Schach, der eigentlich Schachowniak hieß.

»Die wollen ihren Einstand«, sagte Curt. »Los, marschieren wir rüber.«

Nikolaus hielt Recha am Arm fest. »Wollen wir nicht lieber abhauen?«

»Jetzt schon?« Sie war enttäuscht. »Jetzt fängt's gerade an, mir Spaß zu machen. Und – es ist auch wegen Curt ...«

»Seine Sache, wenn er sich besäuft.«

»Ich bleibe jedenfalls hier«, sagte Recha bockig. »Ich hab' lange genug in meiner muffigen Penne gehockt.« (Die geliebten Bilder der Freunde, der kühlen Schulkorridore und duftenden Rosenbeete – weggeschwemmt von zweihundert Gramm Schnaps.) Sie lachte, ihr Gesicht war heiß und aufgeregt. »Wie du mich ansiehst ... Man muß alles mal mitgemacht haben – auch das hier. Was ist schon dabei?«

Diese Weisheit hat sie von Curt bezogen, dachte Nikolaus, er sagte streng: »Ich glaube, auf dich muß man mehr aufpassen als auf Curt.«

»Der ewige Moralist«, sagte Recha, sie schlenkerte frech ihren Zopf über den Rücken und kehrte sich ab, und Nikolaus ging ihr nun doch nach.

Sie zwängten sich durch die Tischreihen. Es war sehr laut im Saal geworden, alkoholisch animierte Stimmen stritten und schrien, einer sang: »... sie hat Dynamit im Blut ...«

Jemand warf einen Bierdeckel nach Recha. Sie drehte sich um, sie sah den schwarzlockigen jungen Schlosser. Er war betrunken, er wollte sie um die Hüfte fassen.

»Hände weg!« sagte Nikolaus finster.

»Willst du was?« lallte der Schlosser. Er stand auf, schwankend, seine Augen glitzerten streitsüchtig.

Nikolaus spannte die Muskeln, seine aufgespeicherte dumpfe Wut kehrte sich jetzt gegen den Schlosser. Er war einen Kopf größer als der andere, und er wußte nicht, wie gefährlich sein schläfriges Jungengesicht aussehen konnte. Er sagte: »Komm dem Mädchen nicht zu nahe, Kleiner, sonst heb ich dich aus dem Anzug, Tatsache!«

Der Schlosser wich zurück. »Wußte nicht, daß es deine Puppe ist.«

»Dann weißt du es jetzt«, sagte Nikolaus, er dachte: Wenigstens zum Beschützer bin ich gut genug. Trottel! Ich finde Prügeleien blödsinnig, aber für Recha würde ich mich mit allen möglichen Leuten prügeln.

Curt hatte schon für die anderen bestellt. »Revanche – ihr gestattet doch.«

»Deshalb haben wir nicht –«, sagte der Student Mewis. Er stieß beim Sprechen mit der Zunge an; sein kindlich gerundetes Gesicht wurde dunkelrot, wenn ihn jemand eine Zeitlang fest ansah. Eine Disziplinarstrafe hatte ihn ins Kombinat verschlagen. Er habe sich aber, erzählte er dem neugierigen Curt, in seiner Brigade gut eingelebt. »Sie haben mich erzogen.« Er errötete, als er Curts ungläubiges Lächeln sah. Er sagte eifrig, und er lispelte sehr: »Ich weiß nicht, warum man es Bestrafung nennt.«

Schach hatte noch die nachträglich mit Legenden geschmückten *Goldgräberzeiten* erlebt, und sein Gedächtnis bewahrte hundert schöne, ergreifende Geschichten und derbe Anekdoten. »Damals ...«, sagte er; jede seiner Geschichten begann mit »damals«, als gehörten sie heute schon zur Historie, und in seiner Stimme klang Stolz und die mitleidige Überlegenheit des mit allen Hunden gehetzten alten Bauhasen gegenüber den drei ahnungslosen Laien.

»Damals gab es nichts hier, keine Straßen, keine Häuser – aber das könnt ihr euch ja gar nicht vorstellen, ihr Anfänger«, sagte der Veteran Schach. Er war dreiundzwanzig. »Hier im Gasthaus kampierte der Aufbaustab, und auf der Bühne saß die Kaderleitung. Den ersten Sack Zement haben zwei Kumpel mit dem Fahrrad aus Spremberg rübergeholt. Damals konntest du bei deinem Brigadier einen Kubikmeter Erde für 'ne Pulle Bier kaufen.«

Schach kannte den Namen seines Vaters nicht. Seine Mutter nahm ihm den Lehrlingslohn bis auf den letzten Pfennig ab; sie vertrank das Geld mit ihren Freunden. Einen Tag nach seinem achtzehnten Geburtstag rückte Schach aus, ein magerer, linkischer Junge, jämmerlich gekleidet, belastet mit den grauen Bildern allzu früher Erfahrungen. Er war mißtrauisch und scheu; angezogen von dem glänzenden Magneten Großbaustelle, suchte er zuerst nur den Verdienst und Dinge, die für Geld zu haben waren: eine Lederjacke, Boxcalfschuhe, ein Motorrad.

Irgendwann begann er nach Menschen zu suchen. Er fand ein Mädchen, das bei ihm blieb; er fand den Meister Hamann, und Hamann machte es ihm nicht leicht: Er bürdete Schach Verantwortung auf, er stellte ihm knifflige Aufgaben, die seinen matten Ehrgeiz anstachelten. Schach begann zu lernen. Er besuchte jetzt die Technische Betriebsschule. Er war seit wenigen Wochen Kandidat der Partei.

»... aber damals«, erzählte er, »konntest du rasch unter den Schlitten kommen. Wir hatten Leute hier, die irgendwo rausgeflogen waren; Leute, die auf leichte Art viel Geld verdienen wollten; Normenschaukler, die von einer Baustelle zur anderen ziehen und die Sahne abschöpfen ... Und am Zahltag kamen die Nutten – entschuldige, Mädchen, aber ich sag's, wie es ist –, und sie holten den Kumpeln das Geld aus der Tasche, und du konntest Sachen sehen, Sachen ..., das zog dir die Schuhe aus. Und trotzdem ... Manchmal geh ich die F 97 runter und unterhalt' mich so mit mir, und ich sag' mir: Mensch, Schach, das hättest du nicht geglaubt – damals, als das erste Aggregat kam –, daß wir nach vier Jahren die erste Baustufe geschafft haben ... Wir haben das Land umgekrempelt. Wir haben uns selbst umgekrempelt.« Er malte mit dem nikotingelben Zeigefinger nachdenklich auf der Tischplatte, er sagte: »Irgendwie, versteht ihr, ist man selbst besser geworden.«

Der Student wetzte unruhig auf seinem Stuhl herum. »Schach ..., wir müssen früh raus. Hamann mag's nicht, wenn man zu spät kommt.«

»Pfeif auf deinen Hamann!« rief Curt, er war aufgebracht: Der Brigade-Napoleon spukte anscheinend in jedermanns Privatleben. »Mich würd's nicht kratzen, wenn er tobt.«

Schach zog verwundert die dünnen blonden Brauen hoch. »Hamann tobt nicht. Ich kenn' ihn jetzt drei Jahre, und ich hab' noch kein lautes Wort von ihm gehört.«

»Es ist nicht, weil ich Schiß vor ihm habe«, sagte der Student; er verschwieg, daß er auf der ersten Seite seines Tagebuchs eine Liste guter Vorsätze niedergeschrieben hatte, die er sein »Wiedergutmachungs-Programm« nannte, und Pünktlichkeit stand an dritter Stelle im Programm.

Die beiden brachen dann auch gleich auf. Schach, in seinen sehr engen schwarzen Niethosen, hatte den hüftwiegenden Gang gewisser moderner Eckensteher, die angestrengt die müde Nonchalance westlicher Halbwelt imitieren, Curt sah ihm nach und sagte: »Ulkig, er sieht aus wie ein Halbstarker –«

»So kann man sich irren«, sagte Recha spitz.

Nikolaus trank nun nicht mehr, und die leichte Benommenheit wich, die vorhin seine Gedanken getrübt hatte, er schämte sich jetzt der Szene mit dem Schlosser. Er saß mit aufgestemmten Ellbogen am Tisch und beobachtete, ernüchtert und bedrückt, die im Rauch wogenden Gesichter, die aufgerissenen Münder, jene vier in der Ecke, die ihre leeren Biergläser unter den Tisch schmetterten, den lallenden alten Mann, den ein riesiger Maurer singend durch den Saal trug; er dachte: Warum ist das so und wie lange wird es noch so sein?

Nein, spiel nicht den Moralisten! redete er sich zu. Heul nicht um deine schönen romantischen Vorstellungen, und bedenke, daß hier nur ein winziger Bruchteil der Leute sitzt, die das Kombinat aufbauen. Dieselben Leute, die tagsüber den Plan erfüllen und die Norm brechen und gute Arbeiter sind, hundertmal besser als du selbst ... Schwer zu verstehen.

Noch schwerer zu verstehen war für den biederen Nikolaus die Verwandlung seiner beiden Gefährten, die am ersten Abend schon die eingebildeten Fesseln ihrer Erziehung abschüttelten, berauscht von einem Abenteuerersatz, dessen schalen Nachgeschmack sie den ganzen nächsten Tag im Mund haben würden. Curt hatte Recha den Arm um die Schultern gelegt, er brach eine Tafel Schokolade in schmale Streifen und steckte sie dem Mädchen in den Mund, und seine Fingerspitzen berührten ihre Lippen. Sie lachten, und Nikolaus begriff nicht ihre grelle Lustigkeit, er dachte: Sie tun, als wäre ich Luft. Ich könnte ebensogut gehen.

Er blieb sitzen, er legte seine Hand auf Rechas Glas. »Du hast genug.«

»Recha braucht kein Kindermädchen!« schrie Curt. »Du kannst verduften.«

»Ich brauche kein Kindermädchen«, sagte Recha mit schwerer Zunge. »Ich bin total nüchtern ..., total nüchtern.« Ihr Gesicht war verwildert, schiefäugig beim Lachen, schwarze Haarsträhnen hingen in die Stirn.

Sie versuchte aufzustehen, und der Saal begann um sie zu kreisen, widerwärtig langsam, mit schräg geneigten Wänden, sie dachte verschwommen: Betrunken ... Bin ich betrunken? Sie fand es sehr komisch, betrunken zu sein, es machte ihr nichts aus, daß andere sie sahen, schwankend, mit verzotteltem Haar; die krampfige Schüchternheit war von ihr abgefallen (wovor hab' ich denn jemals Angst gehabt?), und das Leben war leicht und freundlich. »Kinder, ich bin völlig hinüber.« Zwei Nikolaus-Gesichter schwebten auf sie zu. »Laß mich los ... Curt!« Sie fiel Nikolaus an die Schulter.

Curt stand auf seinem Stuhl, die imaginäre Gitarre im Arm, er sang, seine Schultern zuckten ekstatisch. »Rock around the clock.« (Bill Haleys unförmiger Schädel, die grotesken Propellerschleifen seiner »Comets«, zweitausend heulende Teenager blockieren die N.-Straße, vergiß doch, was morgen sein wird, Lippenstift-Gekritzel auf einem weißen Rolls Royce, Gehirn überschwemmt von synkopisch zerhackten Rhythmen ...)

Nikolaus hob ihn vom Stuhl. »Raus!« Er preßte Curt die Arme an den Leib und schleppte ihn vor die Tür.

Draußen wurde Recha übel.

Das Kindermädchen Nikolaus brachte die beiden in die Stadt, pflichtbewußt und unter Flüchen, die ihm sonst nicht geläufig waren.

Er setzte die bleiche Recha auf die Treppe und führte Curt in dessen Zimmer.

Heribert, im gestreiften Pyjama, öffnete die Tür; er war sehr ungnädig. Dann merkte er, daß Nikolaus stocknüchtern war, und er half ihm, Curt auf sein Bett zu legen. Sie zogen ihm die Schuhe aus. Er schlief sofort ein, das hübsche Gesicht gelblich und gedunsen.

»Diese Heuschrecke«, sagte Heribert. Er wühlte grimmig mit beiden Händen in seinem wirren fuchsroten Haar. »Nicht mal vernehmungsfähig ... Ein herrlicher Start für den Kollegen Oberschüler!«

»Es wäre nett von Ihnen, wenn Sie ihn morgen rechtzeitig wecken würden«, sagte Nikolaus; er fühlte sich auf einmal müde und kraftlos.

»Verlaß dich drauf, Verehrtester – ich hau ihn raus, wenn's sein muß.« Sie blickten beide auf den schlafenden Curt, und nach einer Weile sagte Heribert: »Mit dem Bürschchen werden wir noch unsere Sorgen haben.«

Nikolaus gab ihm die Hand. »Höchste Zeit für mich«, murmelte er. »Ich muß noch sein Mädchen nach Hause bringen. Sie sitzt unten und hat das heulende Elend, wissen Sie.«

Heribert sah ihn aufmerksam an, er wiegte den Kopf, der schlampige Riese gefiel ihm immer besser. Er sagte: »Wenn du auf einen erfahrenen alten Mann hören willst, mein Sohn: Anstand kann auch in Dummheit ausarten.«

Nikolaus hob verlegen die Schultern; er schwieg. An der Tür drehte er sich um. In seinen gutartigen blauen Augen flackerte noch etwas von der verbissenen wütenden Energie, die ihn unterwegs erfüllt hatte, auf der nächtlichen Landstraße und im schaukelnden Omnibus, zwischen seinen jammervoll würgenden Gefährten. »Man ist so anständig, wie man kann«, sagte er. »Aber es war das letztemal bei solcher Drecksgelegenheit, Tatsache!«

Viertes Kapitel

1

Zum zweitenmal in dieser Woche kamen Curt und Recha verspätet zur Arbeit. Sie liefen zwischen den Baracken der Aufbauleitung hindurch. Es war ein Viertel nach acht. »Los, gehen wir über die Gleise!« kommandierte Curt, obgleich er wußte, daß dies verboten war. Sie sprangen die Böschung hinab, durch hüfthohes Unkraut und grellgelben Ginster, und über die Schienen und zur Ringstraße, und plötzlich blieb Curt stehen, er sagte: »Ich bin doch nicht verrückt, so zu rennen. Wir kommen ja doch zu spät.«

»Aber Hamann«, sagte Recha. Ihr Gesicht war bleich, mit tabakbraunen Schatten unter den Augen. Sie hatten bis nach Mitternacht an der Bar im »Kastanienhof« gehockt, und sie verwünschte jetzt diese in warme, rotstichige Halbschatten getauchte Bar mit ihren gefährlich milden Flips, und sie verwünschte Curt, der um jeden Preis der letzte Gast sein mußte, und sich selbst, weil sie schwach genug war, sich von ihm beschwatzen zu lassen. »Und Franz«, sagte sie. »Du weißt doch, wie Franz ist.«

»Ich weiß.« Er sang: »Soviel Wind und keine Segel ...« Er verfiel in fröhlichen Bummelschritt. »Wenn der Napoleon dich anpfeift, denk an gestern abend«, sagte er und drückte zärtlich ihren Arm. »Wir haben uns großartig amüsiert, nicht wahr? Sag, daß du dich amüsiert hast.«

»Du verstehst nichts, du verstehst nichts«, sagte Recha unwillig. »Wie soll ich dir das erklären? Ich hab' Latein nie leiden mögen, es war mir zu kalt, zu logisch, mehr Mathematik als Sprache. Aber ich war immer die Beste, weil ich für unsere Lehrerin so wahnsinnig geschwärmt hab'.«

Gott ja, wahnsinnig geschwärmt, dachte Curt belustigt. Sie ist ein zauberhaftes Mädchen, aber manchmal redet sie wie eine Vierzehnjährige. »Und was haben deine Lateinstunden mit Napoleon zu tun?«

»Es gibt Menschen«, sagte sie, »denen zuliebe man fleißig und mutig ist – überhaupt anständig sein möchte.« Sie dachte: Er ist immer so selbstsicher und überlegen – aber manchmal muß man ihm die einfachsten Dinge auseinanderpflücken wie einem Zwölfjährigen.

Sie versuchte darüber hinwegzudenken, daß Curt sie im Hausflur geküßt und daß sie sich eingebildet hatte, sie sei glücklich. Eine komische Sorte Glück, dachte sie, das nur für Minuten vorhält ... Vor der scharfen weißen Helligkeit des Morgens bestand der vergangene Abend nicht, und angesichts der schon vertrauten Werklandschaft mit ihrer lauten Betriebsamkeit erschien ihr alles, was sie gestern nacht gesagt und getan hatte, dumm und unpassend und eigentlich sinnlos.

Die Brikettfabrik stand in einem wogenden, vom Wind schwach bewegten Mantel von weißem und bräunlichem Rauch. Über den Kühltürmen, wuchtigen Kegeln auf unglaublich spinnenbeinigen Fundamentstützen, lagerten Dampfbäuche, die Recha an Zuckerwatte und Jahrmarkt erinnerten und an köstliche Feriennachmittage im Riesenrad und Kettenkarussell. Jedoch war jetzt keine Zeit für solche Erinnerungen. Recha sagte: »Wie sollen wir uns bloß entschuldigen? Das zweitemal in dieser Woche –«

»Sei nicht albern«, sagte Curt, und Recha biß sich auf die Lippe und schwieg. Er hatte sich diese Redensart in den letzten Tagen angewöhnt und gebrauchte sie gegen alle schüchternen Bedenken Rechas, in einem halb verächtlichen, halb liebevollen Ton, als rüge er belächelnswerte Dummheiten eines Kindes. »Sei nicht albern«, sagte er, mit einer schon geläufigen wegwerfenden Handbewegung, und dann widersprach Recha nicht mehr, obgleich sie sich schrecklich gedemütigt fühlte, weil sie nicht widersprach.

Hamann stand am Fenster. Er winkte den beiden, und sie gingen in sein Zimmer. Der Brigadier kaute stumm und wütend auf einem kalten Stumpen. Von Hamanns Gesicht war nichts abzulesen. »Feuchter Abend gestern, was?«

»Nein, geregnet hat es nicht«, sagte Recha artig.

Hamann leckte sich die Lippen. »Ich dachte mehr an das Brennereisoll«, sagte er. Zu Franz: »Hast du was gehört, Schwager, daß die Normalschicht neue Anfangszeiten hat?«

»Hab' nichts gehört.«

Hamann blickte auf seine Uhr, er schüttelte bekümmert den Kopf. »Halb neun ... Dann möchte meine Uhr wohl kaputt sein, Schwager?« Und er erging sich eine ganze Weile, immer an Franz gewandt, in erstaunlichen Spekulationen darüber, wann und wo er seine teure Armbanduhr ruiniert haben könnte, und die beiden standen daneben, unbeachtet und in peinlicher Verlegenheit. Schließlich unterbrach ihn Curt, er sagte obenhin: »Soll nicht wieder vorkommen, Chef«, und dies schien Hamann auch zu genügen.

Als Meister fühlte er sich aus vielen Gründen verpflichtet, alles zu sehen und zu hören, was in seiner Brigade vorging. Es verstrich auch kein Tag, an dem nicht jemand zu ihm kam, um seine Sorgen und Ärgernisse auf die breiten, geduldigen Schultern des Meisters abzuladen, und so war er in der Tat über den einzelnen besser unterrichtet als irgend jemand sonst in seinem Meisterbereich. Er hatte in der ersten Woche die drei Neuen beobachtet, er hatte sie studiert mit der passionierten Anteilnahme eines Mannes, der allen Dingen auf den Grund gehen muß – mochte es sich um ein technisches Problem oder um menschliche Charaktere handeln oder einfach um die treffendste Übertragung eines Fremdwortes.

Vor zwei Tagen hatte Nikolaus ein Beispiel dieser Gründlichkeit erlebt: Er hatte während der Mittagspause bei Hamann gesessen, und sie hatten sich über die Dresdener Gemäldegalerie unterhalten. Sie sprachen auch über die »Schlummernde Venus«, die der unbescholtene Nikolaus, trotz seiner ehrfürchtigen Bewunderung, aus irgendeinem

Grund unanständig fand (»... irgendwie unmoralisch«, sagte er, »vielleicht wegen der Handhaltung, ich weiß nicht ...«), und der Meister behauptete, die Venus sei von Rubens.

»Nein, von Giorgione«, sagte Nikolaus.

»Ich denke doch, sie ist von Rubens«, sagte der Meister, und Nikolaus, genauso ruhig und unbeirrt: »Ich bin ganz sicher, es ist Giorgione.«

Nachmittags war Hamann in die Armaturenschlosserei gekommen. Er ging auf Nikolaus zu, er sagte: »Du hast recht. Die Venus ist tatsächlich von Giorgione.«

»Woher wissen Sie das auf einmal?« fragte Nikolaus, und Hamann sagte, es habe ihm keine Ruhe gelassen, er sei nach dem Essen in die Bibliothek gegangen und habe in einem Buch nachgeschlagen und sich überzeugt. Der Junge nickte nur, und es gefiel dem Meister, daß er keine Spur von eitlem Besserwissertriumph zeigte. Der ganze Nikolaus gefiel ihm, und er überhörte mit seiner liebenswürdigsten Miene die hartnäckigen Nörgeleien Lehmanns.

Aber die Freundschaft zwischen Curt und Recha gefiel ihm gar nicht. Es wurmte ihn zu sehen, wie sich Curt mit schulterklopfender Kameraderie in der Brigade bewegte, heiter, strahlend und Witze reißend, und sich dabei mit staunenswerter Geschicklichkeit um jede gröbere Arbeit drückte. Er hatte auch in Rechas Benehmen eine noch schwer zu bestimmende Veränderung bemerkt: Sie schien launischer und weniger fügsam zu sein als in den ersten Tagen; manchmal, nur für Minuten, durchbrach freche Aufsässigkeit die Wand von mißtrauischer Scheu, hinter der sie sich gegen die anderen abschirmte.

Der Jüngling bekommt ihr nicht, dachte Hamann jetzt, während er Recha in ihrer zugleich trotzigen und schuldbewußten Haltung betrachtete. Sie ist noch ganz unfertig. Man sollte ihr was zu tun geben.

Er streichelte gedankenverloren sein Kinn, endlich sagte er: »Ich hätte da noch 'ne kleine Aufgabe für euch. Ihr seid doch in der FDJ?«

Recha nickte, und Curt, der hinter der kleinen Aufgabe eine schlau getarnte Strafe witterte, sagte: »Ja, aber ...«

»Wenn und aber möchten wir uns hier lieber abgewöhnen«, sagte Hamann. In der Brigade, erklärte er, gäbe es eine FDJ-Gruppe, die sich nur mühsam am Leben halte. »Ihr könntet den Freunden beim Aufwachen behilflich sein. Ihr könntet euch um unseren Schwererziehbaren kümmern ...« Er legte die Geschichte von dem blassen, bebrillten Erwin wie einen Köder aus, gespannt, ob die beiden anbeißen würden.

Erwin hatte wieder eine Schicht verbummelt. Die Heimleitung sperrte ihm für eine Woche das bescheidene Taschengeld.

Erwin verschob seine Essenmarken, um sich Zigaretten kaufen zu können. Er hatte auch Lichtschalter in der Werkstatt demoliert – »aus Rache«, gestand er dem Meister.

»Na, wie denn?« sagte Hamann und blickte von einem zum anderen. »Wollt ihr euch mit dem Stückchen Malheur befassen?«

Franz spuckte seinen Stumpen aus. »Er ist 'n Lump, dein Erwin«, schrie er, und seine singende Stimme klirrte im Diskant. »Wenn's nach mir ginge, würd' ich ihn rausschmeißen aus der Brigade, lieber heute als morgen.«

»Damit sich 'ne andere Brigade mit ihm rumärgern kann, wie? Kalter Kaffee, Schwager. Du kannst einen Menschen nicht wegschmeißen wie 'n altes Hemd. Erwin ist sechzehn.«

»Der hat ja 'ne Macke. Der stinkt ja vor Faulheit«, fauchte Franz, und Hamann tätschelte ihm die Schulter und sagte: »Du solltest doch mal die dreißig Pfennig für 'ne Tüte Nerventee opfern.«

Franz grinste; seine Wutanfälle stiegen auf und verflogen so schnell wie Maigewitter. »Ich warte noch, bis die Regierung die Preise gesenkt hat«, sagte er. Er sparte für ein Auto, und seine Sparsamkeit, die zuweilen ungesunde Formen annahm, war Anlaß für hundert Witzeleien in der Brigade, an denen sich Franz begeistert beteiligte.

Hamann war enttäuscht, zu sehen, wie kühl Recha bei seinem Vorschlag blieb. Curt aber war entflammt. »Klar, machen wir«, sagte er großspurig. »Man muß ihm helfen.« Sein hübsches Jungengesicht und seine klangvolle, vom Alkohol noch etwas rauhe Stimme strahlten Zuversicht aus. »Wenn sich jeder verantwortlich fühlt ..., das Kollektiv ...« Er war ein schwungvoller Redner, und er konnte sehr schnell und sehr lange über jedes beliebige Thema reden.

Recha verzog den Mund, sie dachte: Meine Güte, wie mag das aussehen, wenn er einem Menschen hilft? Curt mit C und das Kollektiv – das ist einfach ein Witz. Zugleich aber fühlte sie sich ratlos und von Zweifeln geplagt, wie sie ihn dort stehen sah: lässig an den Schreibtisch gelehnt, schlank, elegant, beweglich, und die dreisten grünen Augen auf ihr Gesicht geheftet, als spräche er nur für sie.

Vielleicht ist er bloß ein fabelhafter Schauspieler, dachte sie, vielleicht ist er sogar ehrlich – und in jedem Fall wird er das Rennen machen, und ich bin verrückt genug, ihn dafür zu bewundern.

Erst vor der Tür sagte sie: »Du hast eine Art, die Leute einzuwickeln ...«

Curt blickte sie erstaunt an. »Ich höre immer einwikkeln ... Hab' ich das nötig, Napoleon unterm Doppelkinn zu kraulen? Ich hab's nicht nötig, Liebling, aber es macht mir Spaß, die Brüder hier 'n bißchen aufzumöbeln. Der Laden stinkt mir sowieso schon, man ist 'n besserer Handlanger, weißt du. Und dann jeden Tag derselbe blöde Trott. Ziemlich langweilig.«

Er sah, daß Recha etwas einwenden wollte (vermutlich wieder ein ethischer Anfall, dachte er), er fuhr rasch fort:

»Aber jetzt werden wir mal 'ne große Sache auf die Beine stellen. Leben in die Bude –!«

In Wahrheit hatte er noch keine Vorstellung davon, wie seine große Sache aussehen sollte, und er dachte auch nicht darüber nach; er dachte nicht einmal über jenen Jungen nach, der seine Essenmarken verkauft hatte, um Zigaretten zu bekommen. Er war glücklich, weil er wieder einmal etwas *organisieren* durfte und Lärm schlagen und herumrennen und eine ungeheure Geschäftigkeit entfalten.

Während seiner Schulzeit hatte er gleichzeitig vier oder fünf Funktionen im Jugendverband gehabt. Er entwarf hundert umwälzende Ideen, die er nach spätestens drei Tagen vergaß. Er enthusiasmierte sich für eine Anzahl großartiger Unternehmen, die er mit heftigem Reklamegetrommel begann und die drei Wochen später im Sand verliefen, weil er die Lust an ihnen verloren hatte.

Wenn er Schülerfeste vorbereitete, bot er das beklagenswerte Bild eines Regisseurs unmittelbar vor dem Nervenzusammenbruch, aber er fühlte sich wohl in dieser Rolle. Er schrieb, telefonierte, beschaffte Kostüme, studierte Laienspiele ein, sang im Chor und engagierte Tanzkapellen, er war abgehetzt und gut gelaunt und gehätschelter Mittelpunkt. Er galt als ungemein tüchtig; seine Schülerfeste waren glänzende Erfolge.

Curt selbst aber saß, während seine Mitschüler feierten, mißmutig am Tisch und grübelte in sein Glas, und er empfand nichts als ein Gefühl trostloser Leere. Dies war, so glaubte er, seine persönliche Tragik: Er zerrieb sich, um etwas zu schaffen; das Ziel, einmal erreicht, interessierte ihn nicht, und (so formulierte er es für sich, schwelgend im eigenen Schmerz) jede Erfüllung stimmte ihn traurig. Kurz, er hielt sich für eine problematische Natur.

Während der Frühstückspause sollten sich die FDJ-Mitglieder in der Werkstatt treffen, und Curt nutzte die Gelegenheit, den Kurier zu spielen.

Schach hatte eine Reparatur bei E-Lok- und Wagenbau, Klaus, ein kleiner, feister, kraushaariger Hilfsschlosser, und der Student Mewis arbeiteten in der Brikettfabrik, und ein anderer war an der Rohrleitung draußen im Gelände, wo ein letzter schwarzgrüner zerrupfter Kiefernbestand an den Wald erinnerte, der noch vor fünf Jahren über viele Quadratkilometer die Trattendorfer Heide bedeckt hatte.

2

Sie versammelten sich in einem weißgetünchten nackten Raum. Die Fenster hatten keine Vorhänge, und man konnte hinaussehen auf den gelben, zu kniehohen Hügeln aufgewehten Sand, auf das vielstöckige Verwaltungsgebäude und, zur linken Hand, die von Gerüsten umsponnene Waschkaue. Auf dem Betonboden lagen Zigarettenstummel und rostige Nägel. Es gab weder Bänke noch Stühle, und die Jungen setzten sich auf die Heizungen unterm Fenster oder standen herum, rauchend und ruhig abwartend. Erwin war auch gekommen; er hielt sich abseits. Ein Schmierfleck auf der Oberlippe, wie ein schmales schwarzes Bärtchen, verstärkte den Ausdruck hilfloser Frechheit in seinem Gesicht.

Zuletzt kam Schach, schlank, hüftenwiegend und sehr in Eile.

»Macht schon los«, sagte er. »Ich arbeite im Leistungslohn.«

»'ne Viertelstunde wirst du schon übrig haben«, sagte Curt, der entschlossen war, gleich zu Anfang die Zügel in die Hand zu nehmen. Er blickte sich um. Sie waren acht. Nikolaus stand am Fenster, den Kopf in den Nacken gelegt, und starrte in den Himmel. »Wer macht bei euch den Gruppensekretär?« fragte Curt.

Der Student meldete sich, er errötete, als ihm alle den Kopf zuwandten.

»Und was habt ihr bis jetzt getan, konkret?«

»Nicht viel«, sagte Mewis, verlegen lächelnd; seine starken, etwas hervorstehenden Zähne schimmerten schneeweiß in dem geschwärzten Gesicht. »Mal 'n Kompaßfest, nicht?, aber das artete nachher in ein großes Besäufnis aus.« Er lispelte jetzt sehr, er war unsicher, obgleich er sich über Curts Befehlsstimme ärgerte. Er wußte nicht, woher Curt das Recht nahm, ihn in dieser Manier auszufragen, andererseits aber wußte er, daß er nicht viel geleistet hatte und daß es schwer sein würde, den drei Neulingen begreiflich zu machen, warum seine sporadischen Arbeitsversuche scheiterten. Er fügte hinzu. »Na, und NAW-Stunden.«

»Die macht ihr in der Brigade sowieso«, sagte Curt.

Klaus verteidigte den Studenten. »So 'n paar Männeken, wie wir sind ... Wenn man sich mal was vornimmt, plauzt 'ne Havarie dazwischen.«

»Und ich geh' nach Feierabend auf Schule, Klugscheißer«, sagte Schach zu Curt.

»Und ich mache in Senftenberg Fernstudium«, flüsterte Rolf. Er war über zwanzig, ein kluger, besonnener Mensch, der Gedichte schrieb und Frans Masereel liebte, dessen Holzschnitte, dreifach gestapelt, die Wände seines Zimmers im Wohnlager bedeckten. Er war der Sohn eines Bergmanns und hatte die Arbeiter-und-Bauern-Fakultät absolviert; er wollte Bergbauingenieur werden. Ein Kehlkopfleiden zwang ihn, stets in einem heiseren Flüsterton zu sprechen, aber er ließ sich niemals anmerken, wie sehr er darunter litt.

Curt lachte. »Fühlt ihr euch etwa auf den Schlips gelatscht, Kinder?« Er reichte sein Zigarettenetui herum.

»Carmen«, sagte Klaus verächtlich. »Damenzigarette.« Er nahm aber gleich zwei; eine steckte er sich hinters Ohr. Curt überging nur den abseits stehenden Erwin, und niemand bemerkte es oder nahm Anstoß daran; sie schienen es gewöhnt zu sein, daß man den Brigade-Taugenichts überging.

Recha hatte sich auf das Fensterbrett gesetzt, neben Nikolaus, der noch immer mit aufwärts gewandtem Gesicht aus dem Fenster blickte. Sie als einzige bemerkte die Veränderung in Erwins Miene: Seine Augen hinter den dicken Brillengläsern hatten jetzt einen sonderbaren Ausdruck, feige und bösartig und traurig, und Recha dachte: Er sieht aus wie ein kleines wildes Tier, das in der Falle steckt.

Sie drehte unschlüssig ihre Zigarette zwischen den Fingern. Sie empfand zum erstenmal etwas wie Mitleid für den fremden Jungen, dessen Geschichte sie vorhin, als Hamann erzählte, nicht berührt hatte. Sie dachte: Was weiß man denn von den Leuten, mit denen man zusammen ist? Über Heinz habe ich mich amüsiert, solange ich nicht wußte, daß er in einem Nazi-Waisenhaus groß geworden ist ... Und Erwin? Wer ist das: Erwin, Schwererziehbarer, Lump? Sie gab ihm ihre Zigarette: »Ich mach' mir nicht viel daraus«, sagte sie ungeschickt.

Erwin sagte »Danke«, in einem Ton, als sei er überzeugt, sie habe ihn nur verhöhnen wollen.

»Weil wir gerade bei unserem Freund Erwin sind ...«, begann Curt, mit einem Blick auf Recha, der schlimmer für sie war als jenes »sei nicht albern«. Er sprach von Hamanns Anliegen, er sagte »Kollektiv«, er sagte »Hilfe«, und sie hörten ihm eine Weile zu, und als er schon gewonnen zu haben glaubte und als der Student vergessen zu haben schien, daß er Sekretär der Gruppe war und nicht dieser redselige Curt, da unterbrach ihn Schach: »Mensch, quatsch nicht so geschwollen! Das kannst du in drei Sätzen sagen. Ich hab's eilig.«

»Ich weiß, du stehst im Leistungslohn«, sagte Curt gereizt.

»Also, ich gehe«, sagte Schach. Auf Erwin deutend: »Für das Faultier da hab' ich schon gar keine Zeit.«

Curt warf seine Wut auf Nikolaus. »Willst du gefälligst endlich zuhören? Deine Gedichte kannst du ein andermal machen.«

Nikolaus drehte sich gemächlich um, er sagte. »Ich hör' schon zu. Ich überlege. Bleib noch einen Moment, Schach.«

Schach knurrte, aber er blieb. Curt versuchte noch einmal, sich zum Wortführer zu machen, schon schwunglos und mit einem Unterton von Bitterkeit. Sie redeten auf einmal alle durcheinander, und sie waren alle gegen Erwin.

»Um den lohnt's nicht«, sagte Klaus.

Sie rechneten seine Sünden auf: vorige Woche dreimal zu spät gekommen, den letzten Freitag eine F-Schicht verfahren, am Dienstag Werkzeug verbummelt ... Sie erinnerten sich an jedes verpfuschte Werkstück und an jede freche Antwort. Sie ereiferten sich nicht, aber die drei Neuen waren bestürzt von der Härte und Rücksichtslosigkeit, mit der sie über den Jungen hinwegredeten, der unbeteiligt und stumpf zu Boden blickte und sich nicht verteidigte.

»Den Erwin habt ihr nun gründlich genug auseinandergenommen«, sagte Nikolaus schließlich. »Ihr könnt jetzt bei euch selbst anfangen, Tatsache.«

Schach blickte zum zehntenmal auf seine Uhr. »Ich hab' keine Zeit zu verschenken. Ich hab' kein Geld zu verschenken.«

Recha hatte bis jetzt den fadblonden Jungen mit dem Schmutzfleck auf der Lippe und mit seiner dicken Brille betrachtet, und sie war von Mitleid ergriffen, einem mädchenhaft überschwenglichen und ungenauen Gefühl. Sie fuhr auf Schach los: »Du bist wirklich ein Prachtmensch, du ... Hauptsache, dein Geld stimmt! Aber wenn einer seine Essenmarken verkauft für 'n paar Zigaretten, das ist dir egal!«

»Zerkratz mir nur nicht die Visage«, sagte Schach. Er faßte Recha lächelnd bei den Schultern und hielt sie fest. »Ein Paar Augen hast du im Kopf, Mädchen ...«

Sie trat ihm heftig gegen das Schienbein, und er ließ sie los, sein großnasiges Gesicht hatte sich ein wenig verfärbt. Er sagte: »Die Sache wird ernst. Was willst du eigentlich, was wir tun sollen?«

»Irgendwas. Ich weiß noch nicht«, sagte Recha. »Ihr sollt nicht so hartherzig sein.«

Der Student lachte. »Bloß nicht auf dem Gefühlsklavier klimpern, Recha!«

Ihr rascher Zorn war schon verflogen. Sie blickte unsicher in den Kreis gleichgültiger, verständnisloser Gesichter. Curt half ihr nicht; er lehnte an der weißen Wand, das Kinn hochmütig gereckt (... schaut doch zu, wie ihr ohne mich fertig werdet ...), und blies Rauchringe gegen die Decke. Recha dachte erschrocken: Vielleicht habe ich auch so gleichgültig ausgesehen, als Friedel mir ihre Liebesgeschichte erzählt hat. Vielleicht war mein Gesicht genauso verständnislos, als Heinz von seinem Wohnzimmer geschwärmt hat. Ich bin keine Spur besser, und ich glaube mir selbst nicht mein gutes Herz. Aber es *darf* ihnen doch nicht egal sein, ob einer kaputtgeht oder nicht.

Sie sagte: »Wir können doch nicht zusehen, wie einer kaputtgeht.«

»Mit dem Kaputtgehen ist das gar nicht so wild«, sagte Klaus gelassen. »Wenn er hier rausfliegt, kommt er in 'ne andere Brigade.« Er zuckte die Schultern. »Ich versteh' nicht, warum man um jeden Schwächling und jeden Dussel so 'n Theater macht. Hast du 'n Halbstarken in der Brigade, dann doktert alles an ihm rum, bis er endlich seine Elvis-Presley-Platten an die Wand schmeißt. Und wenn sich einer bloß 'n paar Nieten von seiner Niethose abzwackt, dann fangen wir schon an zu singen.«

Sie leierten inbrünstig zu dritt, Klaus und Schach und der Student: »Schon wieder eine Seele vom Alkohol gerettetet …«

Sie lachten. Recha überwand sich, sie sagte leise und hastig: »Seid doch nicht so furchtbar gleichgültig, ich bitte euch. Ihr könnt mich ja auslachen, ihr könnt ja denken, ich wär' sentimental, weil ich ein Mädchen bin – aber mir tut er leid, und ich find's nicht richtig, wenn ihr hier rumsteht und die Schultern zuckt. Es gibt keine hoffnungslosen Fälle, wirklich, ich glaube, es gibt keine.«

»Die berühmten Internatsideen«, höhnte Curt.

Erwin sagte demütig: »Wenn ihr mich raushaben wollt, dann geh' ich eben. Wo man hier doch bloß von jedem angeschnauzt wird, und immer muß man andern den Dreck nachräumen …« Seine Stimme erstickte. Er nahm die Brille ab und wischte sich über die Augen, aber es war eine mehr lächerliche als rührende Geste, und Klaus brummte. »Egal flennen und hundertmal dieselben Versprechungen.«

Rolf reckte seinen Finger hoch, und alle sahen zu ihm

hin; er flüsterte: »Wenn man morgens in die Werkstatt kommt, gibt man jedem die Hand. Nur Erwin gibt keiner die Hand. Er kann ganz dicht daneben stehen, und man gibt ihm nicht die Hand. Warum? Ich weiß es nicht. Es hat sich eben so eingebürgert.« Die anderen nickten, und dann fiel einem die Sache mit dem Schuster ein, und er erzählte: Die älteren Kollegen benutzten Erwin als Laufburschen, für einen Fünfziger Trinkgeld bringe er ihre Schuhe zur Reparatur. »Oder sie drückten ihm 'nen Besen in die Hand: Nu feg, zu was anderm bist du doch zu doof.«

»Das ist doch nichts Genaues«, sagte Schach. »Klar, daß er keine Lust hat, zur Arbeit zu kommen.« Er setzte sich auf den Betonboden und kreuzte die Beine; er schien vergessen zu haben, daß er keine Zeit hatte. Er holte eine kleine Tonpfeife und einen Tabaksbeutel aus der Brusttasche, und die anderen sahen ihm ernsthaft und nachdenklich zu, wie er die Pfeife stopfte, und nach einer Weile setzten sich ein paar neben ihn auf den Boden. Schach drückte mit seinem braunen, hornigen Daumen den Tabak fest, er fragte leichthin: »Was ist eigentlich mit deinen Augen los, hm?«

»Irgend 'ne Krankheit«, murmelte Erwin, »Ich weiß nich, wie se heißt.« Er fingerte an seiner Brille herum, er war mißtrauisch, er mußte scharf aufpassen und nach allen Seiten sichern: Irgendwo steckte hier eine Falle, und sie warteten bloß darauf, daß er reintappte, und dann würden sie mit Geschrei über ihn herfallen ... Er sagte im Ton berechnender Demut, den er älteren Kollegen gegenüber anschlug: »Darum hab' ich ja auf'm Bau müssen aufhören, mitten in der Maurerlehre, wie ich einmal bin in die Baugrube gestürzt.« Er dachte, sie würden ihn wieder auslachen.

Nur Klaus kicherte. Zwei oder drei kannten seine Geschichte: Sein Vater war gefallen, seine Mutter auf dem Treck gestorben. Er wuchs bei einer alten, halbtauben Tante auf, trieb sich auf der Straße herum, er war ein schlechter Schüler, blieb zweimal sitzen, rückte seiner Tante und dem jämmerlichen Ersatz-Zuhause aus, vagabundierte, stahl, wurde gefaßt und kam in ein Jugendheim.

Während der Maurerlehre verschlimmerte sich sein Augenleiden; einmal fiel er vom Gerüst, und damit war die Lehre für ihn zu Ende. Die Arbeit auf dem Bau hatte ihm Spaß gemacht. Er war jetzt als ungelernter Arbeiter in der Werkstatt, und es machte ihm keinen Spaß, Schrauben anzuziehen und Fahrräder für die älteren Kollegen zu putzen oder allenfalls mal ein Ventil zu schleifen.

»Kannst du dich denn nicht operieren lassen?« fragte Recha. Sie hatte sich zwischen Mewis und Nikolaus gesetzt, die Knie angezogen, und ihre lange Arbeitsbluse fegte den schmutzigen Boden, wenn sich Recha in den Hüften drehte. Heute störte sie der schlottrige Anzug nicht, sie war sogar auf eine etwas schwärmerische Weise stolz auf ihn, und sie war stolz auf ihre schwarzen, rauhen Hände: Anzug und Hände machten sie, wenigstens äußerlich, den anderen aus der Brigade gleich. Und vielleicht war es gerade dies – ihnen gleich zu sein und dazuzugehören –, was sie wünschte, obgleich sie bis heute jedem aus dem Weg gegangen war.

»Cha-ri-té«, sagte Erwin, langsam und wichtig die Silben trennend, »in der Charité machen sie's. Aber die Heimleitung läßt mich nicht.«

»Warum nicht?«

»Sie denken, ich könnt' abhauen in den Westen.« Er schob seine Brille wieder zurecht, er war jetzt auch um die Augen herum schwarz gefleckt. Er erzählte mit naiver Offenheit: »Ich bin nämlich schon mal abgehauen. Wie ich rüberfuhr nach Westberlin, hatte ich sechzig Mark, und am nächsten Abend warn's bloß noch fünf, und da bin ich wieder zurückgemacht.«

»Heiliger Strohsack, ist das ein Trottel!« schrie Klaus lachend. »Das bindet er uns auch noch auf die Nase!«

Die eiserne Tür wurde aufgeklinkt, und Lehmann steckte den Kopf herein. »Schwatzbude«, sagte er, und Schach drohte ihm mit der Faust, und dann verschwand Lehmanns Kopf. Die Tür schlug zu und zerschnitt den durchdringenden kreischenden Ton, der von der Halle her sekundenlang den Raum erfüllt hatte. Die Frühstückspause war längst verstrichen, aber niemand dachte daran, außer Curt, der noch in derselben Haltung wie vorhin an der Wand lehnte. Er war gekränkt, und er fühlte sich verkannt: Ohne seine Initiative wäre diese Versammlung niemals zustande gekommen, und der dumme Bengel hätte weitergewurstelt wie bisher, und irgendwann hätten sie ihn rausgefeuert. Aber jetzt machten die anderen sich wichtig, und sie hatten ihn ausgeklammert, und es würde keine große Sache geben, sondern eine dieser staubtrockenen, kleinlich-nüchternen Seelenrettungsaktionen.

Seine Mundwinkel senkten sich. Er zertrat seine halbgerauchte Zigarette.

Und Recha ..., dachte er. Das kleine Biest, sie ist mir glatt in den Rücken gefallen. Er sah sie in dem blauschwarzen Kreis von Schlosseranzügen hocken, und er fand, mit einer Regung von Widerwillen, daß sie selbst wie ein Junge aussah in ihrem plumpen Zeug und den unförmigen Schuhen und mit dem Knabenprofil. Sie erschien ihm fremd und unpersönlich, und sie glich nicht mehr dem Mädchen, mit dem er gestern abend getanzt und das er in einem kühlen dunklen Hausflur geküßt hatte: ein Mädchen in einer dünnen weißen Bluse, unter der sich die kleinen Brüste abzeichneten, und mit korallenroten Klipps im Ohr, die schön und barbarisch gegen ihr schwarzes Haar abstachen.

Sie blickte nicht einmal zu ihm herüber. Sie hatte nur Augen für diesen Schachowniak mit seiner Papageiennase, und gegen seinen Willen hörte Curt nun doch wieder zu.

»Ich weiß, wie das ist«, sagte Schach. »Ich weiß, wie einem zumute ist, wenn man keine Eltern hat, zu denen man nach Hause fahren kann. Wenn ich an das erste Jahr in ›Pumpe‹ denke, wie wir Weihnachten gefeiert haben ... Wir waren fünf Mann in der Baracke, die keinen Menschen mehr hatten.«

Seine langen, eiligen Hände erzählten mit, aber in seinen Augen war der Widerschein einer vergessenen Trauer, und vielleicht erzählte er mehr für sich als für die anderen. »Damals hatte ich ja noch nicht mein Mädchen … Wir haben uns 'ne Kiefer behängt, mit Lametta und 'n paar Kerzen und solchem Kram, ihr wißt ja, und mit 'nem bißchen Phantasie konnte man sich schon einbilden, es wär' ein richtiger Weihnachtsbaum. Einer war dabei, der konnte Quetschkommode spielen, und er spielte all die Weihnachtslieder, die man von ganz früher her noch kannte. Eine Weile haben wir auch gesungen, und dann hörte einer nach dem anderen auf, und schließlich saßen wir alle um unseren Baum rum und heulten … Der verdammte Krieg! Keiner von uns war über zwanzig.«

Er versuchte zu lachen, er sagte munter: »Na schön, was sollten wir machen? Wir haben die Wut gekriegt, wir haben den Baum rausgeschmissen und mit Petroleum übergossen und unser privates Feuerwerk gemacht. Ja … Und dann haben wir uns besoffen wie zehntausend Mann.« Er wiederholte: »Was sollten wir denn machen?«

Recha hatte das Kinn auf die Knie gestützt. Nikolaus berührte ihre Hand. Recha zog die Brauen zusammen, sie ahnte nicht, daß seine Berührung eine Art Abbitte war und daß er ein verschwommenes Schuldbewußtsein empfand, weil seine Weihnachten – wenigstens nach dem Krieg – gesichert und friedlich gewesen waren, kerzenüberstrahlte Rückkehr in seine Kindheit.

Er dachte: Wenn sie mag, nehme ich sie dieses Jahr mit nach Hause.

Schach sagte:

»Ich mach' bald meine Facharbeiterprüfung. Wenn der Meister einverstanden ist, nehme ich Erwin als Helfer. Wenn er was lernt, und wenn er anständige Arbeit hat, wird er auch nicht bummeln.«

Recha sagte eifrig: »Der Meister ist einverstanden. Wetten?«

Na, dann sind ja alle Probleme gelöst, wenn Napoleon noch seinen Segen dazu gibt, dachte Curt spöttisch. Der tüchtige Schach, diese ganze Versammlung von Prachtmenschen ..., wirklich, ich hätte mir gar keine Gedanken zu machen brauchen. Er mühte sich sehr um seine erprobte Ironie; dennoch fraßen Zweifel in ihm, Zweifel an seiner gewichtigen Persönlichkeit: Er begriff nicht, warum ihm hier nicht glückte, was ihm in der Schule immer wieder mit Leichtigkeit geglückt war. Er hatte sie nicht in die Hand bekommen, nicht mit seinen geschmeidigen Reden und seinem nettesten Lachen und nicht einmal mit seinen freigebig verteilten Zigaretten. Sie entzogen sich seinem Zauber, an den er geglaubt und den er gehätschelt hatte. Sie sind einfach stumpf, dachte er.

Aber Recha ... Er blickte auf ihren gesenkten Kopf und auf die helle Scheitellinie in ihrem schwarzen Haar, und er spürte einen Stich im Herzen. Er dachte verwundert: Ich glaube, ich bin verliebt ... Auch sie hatte sich ihm entzogen, irgendwann während dieser verfluchten Sitzung, und in diesem Moment bereute er jedes herablassende Wort, das er dem Mädchen gesagt hatte, und seine abgenutzte routinierte Zärtlichkeit; Recha verdiente Besseres, Schöneres, wenn er sie halten wollte.

»Aber warum, zum Teufel, kommst du immer zu spät?« sagte der Student. »Erzähl uns bloß nicht, daß du jedesmal den Bus verpaßt.«

»Wenn sie uns doch nicht pünktlich wecken«, sagte Erwin, »und zu Fuß von Trattendorf ...«

»Dann bist du kurz vor Feierabend da, wie ich dein Tempo kenne.«

Curt zündete eine Zigarette an, er sagte zwischen zwei Zügen:

»Du mußt dir eben ein Fahrrad kaufen.« Er wunderte sich, warum die anderen nicht auf diesen schlichten, nächstliegenden Gedanken gekommen waren.

Erwin bewegte Daumen und Zeigefinger wie beim Geldzählen. »Keine Zeit«, sagte er und grinste schüchtern; sein Gesicht hatte den Ausdruck mißtrauischer Spannung verloren.

Sie redeten noch eine Weile hin und her und beleuchteten das Fahrradproblem von allen Seiten, und dann stand Nikolaus auf und murmelte »'tschuldigung« und verließ den Raum. Bald danach war er wieder da – Nikolaus, der Spinner, Nikolaus, der Unpraktische –, und auf seinen Schultern trug er ein unsäglich verbeultes, rostiges und sattelloses Gestell. Er setzte es schweigend ab.

Klaus schrie vor Lachen. »Wo hast du den alten Göpel her?«

Nikolaus probierte ein listiges Blinzeln, das zu seinen sanften Augen nicht paßte. »Gefunden«, sagte er schlicht. Einige husteten, und Nikolaus zerstreute ihre höflichen Zweifel, er sagte: »In der Gerümpelecke von unserem Hallenschiff, Tatsache!« Er verschwieg, daß er dort vor zwei Tagen auf dem Haufen schrottreifer Flansche und Maschinenteile und alter Kabelrollen herumgeklettert war, um einen interessanten Blickwinkel für eine Skizze zu finden. Er hatte dabei die Spatzennester unterm Hallendach entdeckt, und er hatte das Fahrradwrack entdeckt.

»In Ordnung«, sagte Schach. Sie hatten alle Talent, gewisse brauchbare Dinge für ihre Brigade zu finden, auf dem Werkgelände oder in den Zwischenmagazinen anderer Brigaden; vor allem der kleine feiste Klaus entwickelte eine Kunst des Organisierens, die die Nachbarbrigade als schamlose Räuberei bezeichnete.

Der Student seufzte schwer, vielleicht dachte er an sein Konsum-Mädchen und an das Programm auf der ersten Seite seines Tagebuchs. »Na gut, heute abend helfe ich ihm, die Karre wieder flottzumachen.«

Rolf schüttelte den Kopf. »Nein. Er wird das hübsch allein machen. Und wenn er Ersatzteile braucht –« Er lächelte Klaus zu, und Klaus sagte: »Okay«, und dann standen sie auf und streckten sich, und die Sitzung war zu Ende.

Schach blickte zur Uhr, er stieß einen Fluch aus und stürzte als erster davon. Erwin schulterte sein Fahrrad, und der Student hielt die Tür für ihn auf. Curt schlenderte mißmutig hinter den anderen her. Im Gang blieb Recha stehen und wartete auf ihn. Sie sah ihn an, und er vergaß alle schönen Sätze, die er sich für sie zurechtgelegt hatte. Er riß sie am Zopf. »Na?« sagte er.

»Was, ›na‹?« fragte Recha.

»Nichts«, sagte er. Sie drehte ihn herum. »Du hast dich weiß gemacht.« Sie klopfte die Kalkspuren von seiner Jacke, und sie legte es darauf an, ihm weh zu tun. Er hielt still, während sie mit ihren Fäusten seinen Rücken bearbeitete.

»Was bist du für ein Esel«, sagte sie. »Was bist du für ein Schönschwätzer … Du hast eine fabelhafte Figur gemacht. Stehst an der Wand und nimmst übel –«

»Um Gottes willen, brich mir nicht das Rückgrat«, sagte Curt lachend.

»Du hast ja keins«, sagte Recha.

Er drehte sich um und hielt ihre Handgelenke fest. Der Gang war leer. Hinter der Tür zum Meisterzimmer klapperte eine Schreibmaschine.

»Gut, ich bin ein Esel und ein Schönschwätzer und alles, was du willst«, sagte Curt. »Und du bist eine ganz überspannte Ziege.«

Er winkte ab. »Ach was, sparen wir uns diese albernen Charakteranalysen.« Er beugte sich schnell vor und küßte sie auf den Mund.

Er spürte einen Augenblick ihre Hände auf seinem Nacken. »Laß mich nicht allein, Recha.«

Sie dachte: Jetzt fängt alles wieder von vorn an.

Fünftes Kapitel

1

Vor ein paar Tagen war Nikolaus ins Wohnlager II gezogen. Rolf hatte ihn flüsternd und dringlich darum gebeten: er suchte einen ruhigen und verläßlichen Gefährten; sein Zimmergenosse, ein Kranbauer, hatte eine Wohnung in der Neustadt bekommen. Nikolaus hatte gleich eingewilligt, seine liebenswürdig verstiegene Neigung zur Romantik gaukelte ihm ein Lagerleben vor, wie er es aus Romanen über die große Zeit des amerikanischen Mittelwestens kannte. Rolf lachte darüber, sein heiseres, kaum hörbares Lachen, bei dem sein Gesicht unbeweglich blieb. »Sicher, Nikolaus, nachts klopfen die Grizzlybären ans Fenster, und in unserem *Drugstore* gibt es jeden Abend eine solide Schießerei.«

Von drei Seiten drängte sich Kiefernwald an das Lager mit seinen flachen braunen Baracken und den sandigen Lagerstraßen und den Grasflächen, auf denen Ginster und Königskerzen und verwilderte Astern wucherten. Nikolaus und Rolf hatten ein schmales Zimmer an der Giebelseite einer Baracke, derselben, in der jenseits des schlauchartigen tristen Korridors der Meister und Heinz wohnten.

Sie saßen am Fenster. Das Zimmer war dunkel. Sie hatten den ganzen Abend ihre Spinde und die Pritschen mit dem blau-weiß gewürfelten Bettzeug umhergerückt und in etwas exzentrischen Winkeln zueinander aufgestellt, und jetzt ruhten sie sich aus, in dem Gefühl, ihr ungastliches Zimmer schlau überlistet und in eine Art Zuhause verwandelt zu haben.

Auf dem Tisch, in einem angeschlagenen Bierglas, verblaßte das seidige Rot später Mohnblumen. »Sie halten sich nicht lange«, sagte Rolf. »Morgen sind die Blätter abgefallen.«

»Sie erinnern mich immer an ein Bild von Renoir«, sagte Nikolaus.

Im Nebenzimmer wurde Skat gespielt, und durch die dünne Holzwand hörten sie, wie die Karten auf den Tisch klatschten und wie die Männer in ihrem Spielerrotwelsch jede Runde kommentierten. In den meisten Zimmern gab es ein Radio, das man unbekümmert lärmen ließ, und jedes Radio empfing einen anderen Sender, und sobald die Tür zum Korridor geöffnet wurde, spülte ein barbarisches Lautgemisch von Tanzmusik und Nachrichten und Operettenarien ins Zimmer.

»Daß du hier arbeiten kannst ...«, sagte Nikolaus.

»Man gewöhnt sich. Ich bin nicht der einzige hier, der Fernstudium macht. Gegen früher ist es die reine Idylle.« Sie waren müde von ihrem Arbeitstag und vom Möbelrücken und satt und müde vom fetten, derben Abendessen – »ein richtiges Holzfälleressen«, hatte Nikolaus gesagt. Sie unterhielten sich schleppend und ernsthaft, mit trägen Pausen zwischen den Sätzen.

Ein apfelsinenroter Mond stieg über die schwarzen Kiefern. Die Luft war noch lau, und im Gras am Weg schrillten inbrünstig die Grillen. »Findest du, daß der Mond weniger schön und poetisch ist, seit man weiß, wie seine Rückseite aussieht?« fragte Nikolaus. Er beugte sich aus dem Fenster, und Rolf betrachtete seinen schmalen, wohlgebildeten Kopf, er sagte: »Nein. Ein Mädchen verliert auch nicht an Schönheit dadurch, daß man in Biologie gelernt hat: Der Mensch besteht zu soundso viel Prozent aus Wasser, und er hat soundso viele Knochen und soundso viele Liter Blut ...« Er stieß ihn an. »Da hast du deinen Grizzly.«

Auf dem Weg saß friedfertig und neugierig ein feister Hase. Er saß eine ganze Zeit lang dort, wenige Schritte außerhalb des trüben Lichtkreises der nächsten Lampe, und sie sahen ihm zu, bis er steifbeinig ins Dunkle hoppelte. Rolf sagte: »Ich bin froh, daß du hergezogen bist!«

»Ja?« sagte Nikolaus. Sie waren gestern abend stundenlang

durch den Wald geschlendert, ohne mehr zu sprechen als ein paar halbe Sätze; einmal hatte Rolf drei Verszeilen hergesagt. Die beiden fuhren jetzt morgens gemeinsam mit dem Fahrrad ins Kombinat; der Weg war nicht weit, nachts konnte man von der Lagerstraße aus die roten Lichter an den drei Schornsteinen sehen. Nikolaus war auch erleichtert, weil er nicht mehr mit den beiden anderen, Curt und Recha, im Schichtbus fahren und mit ansehen mußte, wie sich ihre Hände berührten und wie sie die Köpfe zueinanderneigten und flüsterten. Er blickte ins Zimmer hinein. »Das Foto da –«

»Meine Freundin. Wir waren zusammen auf der ABF. Sie studiert in Berlin.«

»Ein schönes Mädchen.«

»Sie wird Ärztin«, sagte Rolf.

Im Nebenzimmer war es still geworden. In den Baracken erloschen die Lichter. Einmal stolperte ein Betrunkener vorüber, er war in ein hartnäckiges lallendes Streitgespräch mit einem imaginären Dummkopf verwickelt. Die Jungen hörten wieder das tiefe Summen der vom Wind bewegten Kiefernwipfel und die Lastwagen auf der F 97. Nikolaus lehnte die Stirn ans Fensterkreuz, er sagte vorsichtig und verlegen. »Ich denke manchmal über Recha nach. Es ist … Was hältst du von ihr?«

Rolf lachte leise. »Warum kommst du durch die Hintertür? Erzähl mir nur nicht, daß du anderer Leute Urteil brauchst.«

»Deins schon«, sagte Nikolaus, und Rolf dachte ein wenig nach und sagte dann: »Ein schwankend Rohr im Wind … Kein Charakter – noch kein Charakter. Sie zottelt hinter dem Curt her, und dabei ist sie, glaube ich, wütend auf sich und auf ihn, weil sie hinter ihm herzottelt. Kann sein, sie wird mal eine Frau von Format. Kann sein, sie wird so ein Dings –«, und er blies über seine Fingerspitzen. Er beugte sich vor und sagte, ohne zu blinzeln: »Sie mag dich.«

»Du bist ja verrückt«, sagte Nikolaus grob.

»Du solltest sie einladen. Zeig ihr das Porträt, das du von

ihr gemalt hast.« Er redete Nikolaus zu: »Bring sie morgen nachmittag mit. Ich bleibe hier, falls du Angst hast. Wir setzen uns einfach zusammen und schwatzen. Und das Bild ist gut, Nikolaus – ein bißchen zu glatt, das weißt du, noch keine eigene Handschrift, aber mir gefällt's, und Recha wird es auch gefallen.«

Nikolaus rutschte seufzend auf dem Fensterbrett herum. »Gar nicht so einfach, Tatsache.«

Scheinwerferlicht stürzte über den Weg. Ein offener Geländewagen bremste scharf. Der Fahrer sprang heraus und lief polternd über den Barackenflur und trommelte gegen eine Tür.

»Kleine Nachtmusik für den Meister«, sagte Rolf. »Sie holen ihn jede dritte Nacht. Wenn es irgendwo knallt, weinen sie alle nach Hamann.«

»Aber er ist morgens immer der erste in der Werkstatt.«

»Natürlich. Ich habe schon erlebt, daß er bei einer Havarie drei Tage und drei Nächte auf den Beinen gewesen ist, und dann hat er noch Witze gerissen, um die anderen aufzumuntern.« Rolf lachte. »Alle vier bis sechs Wochen betrinkt er sich, und morgens kommt er, noch voll bis zum Eichstrich, aber pünktlich wie ein Wecker und macht uns Feuer unter den Hintern. Ich sage dir: Der Mann hat überhaupt keine Nerven.«

»Ich habe ihn nie übers Wochenende wegfahren sehen.«

»Er hat wohl keine Familie«, sagte Rolf, »jedenfalls spricht er nie darüber.«

»Für wen schindet er sich so ab?«

Rolf sagte halb verwundert, halb unwillig: »Für das Kombinat. Für uns.«

Nikolaus drehte den Kopf zur Seite, er schwieg. Nach ein paar Minuten kam der Meister mit dem Fahrer. Er sah die beiden dunklen Gestalten im Fenster und zitierte mit sentimentalem Pathos: »Mondbeglänzte Zaubernacht ...« Er knöpfte noch sein Hemd und seine Jacke zu, während er zum Wagen ging.

»Was ist passiert, Kollege Hamann?«

»Wasserschlag im Trockendienst. An der Einfallseite hat's ein 400er-Rohr rausgefetzt.« Er schwang sich in den Wagen, gewandt trotz seiner Fülle, und während der Fahrer wendete, lehnte sich Hamann aus dem Schlag und rief: »In die Himmelbetten, ihr Eulen! Der Schlaf vor Mitternacht ist der beste.«

Sie sahen dem davonjagenden Wagen nach. Unter den Reifen spritzte Kies.

Nikolaus sagte: »Und ich denke nur immer daran, wie *ich* weiterkommen kann und was *ich* schaffen werde ... Ich könnte nicht leben, ohne zu malen.«

Rolf machte eine Bewegung, als wollte er ihm die Hand auf die Schulter legen, aber er unterließ es, er sagte: »Du brauchst dich nicht zu entschuldigen. Ich will auch weiterkommen, ich studiere ... Du mußt nur irgendwann begreifen, für wen du studierst oder für wen du malst.«

»Und du schreibst Gedichte – nur für dich allein und weil es dir Spaß macht – und zeigst sie keinem.«

»Lohnt auch nicht«, sagte Rolf in abweisendem Ton; er war aber doch unsicher geworden. »Gestammel, unreifes Zeug. Später vielleicht –«

Sie ließen beide Fensterflügel offen. Der Mond stand jetzt einige Handbreit über dem Wald, und sein bläulichweißes Licht fiel über die Dielen und über Nikolaus' Bettdecke und seine geliebten Landschaften an der Wand. Die Grillen lärmten. Nikolaus flüsterte: »Du, Rolf ... Du sagst es Recha, ja?«

»Ich werde deine Recha schon ranschleppen.«

Nikolaus sagte zum Mond oder zu Rolf oder nur zu sich selbst: »Ich nenne sie das Mahagonimädchen ...«

Gegen Morgen, als es sehr kühl wurde und streifiges Blaßrot über den Horizont stieg, kam Hamann zurück.

2

Nikolaus lag im Gras, als sie in den Weg einbogen. Das Gras war gelb und hart und duftete nicht mehr. Nikolaus hatte sich auf den Bauch gewälzt und zerpflückte, neugierig und gründlich, eine violettrote Wiesenblume. Er sah die fünf kommen und errötete vor Schreck, und er verwünschte seine Größe, weil sie es ihm nicht erlaubte, sich unbemerkt seitwärts in die Büsche zu schleichen.

Voran ging Rolf mit Recha; er winkte und grinste und bewegte angestrengt die Lippen, aber Nikolaus konnte ihn auf die wenigen Meter Entfernung nicht verstehen. Ihnen folgten der feiste kleine Klaus in schrittfreiem buntem Hemd – ein befremdliches zweibeiniges Osterei – und Schach, hüftenwiegend, in seinen engen schwarzen Niethosen, und Nikolaus erinnerte sich flüchtig, als er das ungleiche Paar vor dem roten Abendhimmel sah, an die Darstellungen von Don Quichotte und Sancho Pansa. Zuletzt kam Erwin, sein Gesicht war glücklich und nicht ganz sauber, und auf der Oberlippe dunkelte noch ein Schatten des bekannten Schmierbärtchens. Die anderen hatten ihn zum erstenmal, solange er zur Brigade gehörte, aufgefordert, den Abend mit ihnen zu verbringen; sie hatten auch im Heim angerufen und um ein, zwei Stunden Urlaub für ihn gebeten.

Nikolaus erhob sich unwillig. Er streifte Recha nur mit einem Blick, er knurrte: »Was wollt ihr denn hier?«

Sie begrüßten ihn lärmend und mit ironischer Feierlichkeit, Schach sagte: »'n Abend, großer Meister.«

Rolf deutete einladend auf die Tür zur Baracke, aber Nikolaus blieb mitten auf dem Weg stehen, mit finsterem Gesicht, und hinterm Rücken hakte er die unruhigen Finger ineinander. Er hatte Recha erwartet, und nun brachte ihm Rolf fast die ganze Gruppe ins Haus, und er war zugleich enttäuscht und erleichtert. Klaus sagte: »Na, denn man rin in die Kunstausstellung!«

»Hier gibt's keine Kunstausstellung«, sagte Nikolaus, grob vor Verlegenheit, er dachte: Jetzt wissen sie, daß ich male, und bestimmt halten sie es für eine Macke, und sie werden über meine Bilder herfallen und sich lustig machen und – lieber Himmel, der ganze Kram taugt ja wirklich nichts, Stümperei, schwaches Gekritzel ...

»Kinder, das ist kein Jux«, sagte Rolf tadelnd, und er faßte Nikolaus am Ellbogen. »Mach Platz, du Golem.«

Sie gingen alle um ihn herum in die Baracke, und Nikolaus trotte hinterher.

Sie setzten sich auf die Betten, sie drehten die Köpfe nach den Masereel-Holzschnitten und den Landschaften van Goghs, und Erwin stand wieder auf und tippte auf den »blauen Karren« und sagte:

»Das gefällt mir.«

»Nicht drauffassen, Erwin«, flehte Nikolaus. Er lehnte am Spind, gepeinigt und von einer Panikstimmung ergriffen, als Rolf die Blätter auf den Tisch legte.

Klaus schielte zum Tisch hinüber, er war jetzt stiller geworden, vielleicht war er schon von der Stimmung dieses Zimmers erfaßt, das mit seinen bilderbedeckten Wänden so wenig den anderen Zimmern in der Zwischenbelegung oder in den Baracken ähnelte.

»'ne Masse Kunst ...« Er ulkte unsicher: »Du hast wohl nischt in Essig und Öl, Nikolaus?«

»Vielleicht 'n Alpenglühn im Goldrahmen, was, du Pachulke?« sagte Schach.

Recha hatte die ganze Zeit geschwiegen. Sie saß sehr gerade auf ihrem Stuhl, die Hände kindlich im Schoß gefaltet, und manchmal blickte sie unter halbgesenkten Wimpern zu Nikolaus hinüber, der sie nicht zu beachten schien. Sie dachte: Hoffentlich kann er was ... Es wär schrecklich, wenn sich auf einmal herausstellte, daß er bloß eine unglückliche Liebe zur Kunst hat, und wenn die anderen die Schultern zucken oder ihn auslachen.

Rolf reichte die Blätter dem ihm zunächst sitzenden

Schach; er faßte sie behutsam mit den Fingerspitzen an den äußersten Ecken, und die anderen taten es ihm nach. Recha hatte nun ein Empfinden wie ein Mensch bei der Premiere eines Schauspiels, das sein Verwandter oder ein sehr naher Freund geschrieben hat; sie beobachtete ängstlich gespannt die Gesichter ringsum.

Es waren Kohlezeichnungen und einige Aquarelle. Die ersten Blätter wurden schweigend weitergegeben. Nikolaus klemmte die Unterlippe zwischen die Zähne; er wagte niemanden anzuschauen, er dachte: Ich hab' ja nicht geahnt, wie abhängig ich von anderer Leute Urteil bin. Ich glaubte, es sei meine Liebe, die nur mir allein gehört ... Er war überrascht zu sehen, wie seine verschränkten Hände zitterten: Er erlebte zum erstenmal die Reaktion eines jungen Künstlers, der seine Arbeit einer unbefangenen kritischen Öffentlichkeit übergibt, und vielleicht war es desto schwieriger für ihn, weil diese Öffentlichkeit aus drei jungen Arbeitern bestand, die noch nie durch eine Gemäldegalerie gegangen waren.

Er begriff ihre Zurückhaltung, aber sie nahm ihm den Rest seines ohnehin schwachen Selbstvertrauens. Er wartete auf ein Wort, irgendeine freundliche Bemerkung, und er war mutlos überzeugt, nie habe ein Mensch Schlechteres, Unvollkommeneres geschaffen als er.

Erwin lag fast mit der Nase auf einem Aquarell, und Nikolaus sagte heiser: »Du mußt es ein Stück entfernt halten, sonst wirken die Farben nicht.« Sie blickten alle zu ihm hoch, und er räusperte sich und fügte mit festerer Stimme hinzu: »Es kommt immer auf den Abstand an, Tatsache ... Nimm mal ein Ölgemälde: Wenn du ganz dicht rangehst und nur einen Ausschnitt erfaßt, sieht's bloß wie ein wüstes Gekleckse aus. Tritt aber ein paar Schritte zurück – plötzlich entdeckst du die Harmonie in dem Bild, die Figuren oder Gegenstände ordnen sich ... Wo du eben noch 'ne Reihe von wilden Pinselstrichen gesehen hast, ist auf einmal ein schöner klarer Farbton ...« Er hob, wieder befangen, die Schultern. »Richtig erklären kann ich es dir auch nicht.«

Erwin hielt, die kurzsichtigen Augen angestrengt zusammengekniffen, das Blatt auf Armlänge von sich entfernt, und Schach blickte ihm über die Schulter und sagte nach einer Weile: »Stimmt ... Es ist wie im Kombinat. Der Laden stinkt dir, wenn du nur deinen Betriebsteil unter die Lupe nimmst. Der eine säuft, der andere hat Weibergeschichten ... 'n Haufen Geld wird sinnlos verpulvert ... Du findest die Prämienordnung ungerecht ... Du verlierst den Überblick, schmorst im eigenen Saft – aber das Kombinat steht, solide, verstehst du, und ist durch 'ne Handvoll Schmarotzer und Idioten nicht totzukriegen.«

Sie hatten den langsamen, unbeholfenen, schlampigen Nikolaus nicht ganz ernst genommen, und seine Malerei hatten sie für einen Tick oder bestenfalls für ein extravagantes Feierabendhobby gehalten. Jungen wie Schach und Klaus konnte man nur mit Leistungen imponieren – und was der arme Nikolaus in der Werkstatt leistete, war nicht eben bewundernswert. (»Was er mit den Händen aufbaut, reißt er mit dem Hintern wieder ein«, sagte sein Schweißer Lehmann.) Jetzt jedoch, während sie Blatt um Blatt betrachteten und weiterreichten, verflog ihr uneingestandenes Mißtrauen gegen den Abiturienten; sie hatten ihn belächelt, wenn er in der Halle oder draußen auf der Baustelle plötzlich stehenblieb, leicht vornübergeneigt, mit abwesendem Gesicht und spähend zusammengekniffenen Augen ... Er war nicht mehr belächelnswert in einem Augenblick, da sie in seinen Bildern ihre Welt wiederfanden, die Hallen und die Schornsteine und Kühltürme und die Spreetalbrücke, und sie stießen sich an und riefen einander zu, halblaute, abgerissene Sätze; sie hatten Nikolaus über seinen Arbeiten vergessen.

Es war mehr als ein Wiedersehen: es war eine Neuentdeckung. Schach hielt lange ein Blatt mit den flach gewölbten Brückenbögen unter hohen fliegenden Wolken, er sagte stolz und erstaunt: »Zum Teufel, ich hab' gar nicht gewußt, wie schön es bei uns ist.«

»Jeden Tag rennt man vorbei«, sagte Klaus, »und hat Knöpfe auf den Augen.«

Nikolaus' starre, krampfige Haltung lockerte sich, er atmete wieder gleichmäßig, er wagte nun die anderen anzusehen, und die lebhafte Bewegung auf ihren Gesichtern beglückte ihn. Er dachte ohne Bedauern an die zahllosen Skizzen und seine stundenlangen, beharrlichen Übungen und an die Qual der ersten Woche, als seine mit Blasen und brennenden Schrunden bedeckten Finger kaum den Kohlestift führen konnten. Er drehte nachdenklich seine Hände; sie waren in diesen drei Wochen hart und bräunlich geworden, und die schwielige Innenfläche überspann ein Netz von graphitgeschwärzten Linien.

Recha schwieg immer noch. Sie war, als sie das erste Aquarell sah, erschrocken: Dies war nicht der Nikolaus, den sie zu kennen glaubte.

Der Vorwurf war nicht merkwürdig: flammender Abendhimmel, ein Rapsfeld, streng und einsam eine Kiefer, im Hintergrund das Lager. Die Farben jedoch, hart nebeneinandergesetzt, waren bestürzend, und Recha dachte, zugleich befremdet und entzückt: Es ist eine Frechheit. Es ist herrlich ... Als ob er dir eine Binde von den Augen reißt: Lern sehen, Maulwurf ...

Sie starrte auf das Blatt, und plötzlich wußte sie, daß sie sich wünschte, sie säße mit Nikolaus am Rand dieses strahlenden Rapsfeldes, unter den schweren schwarzen Kiefernzweigen, die der Wind gegeneinanderschlug. Sie blickte auf und begegnete Nikolaus' Augen. Er trat neben sie, er fragte schüchtern: »Gefällt es dir?«

Sie sagte: »Du kennst dich selbst noch nicht ... In zehn Jahren bist du ein Vulkan.«

Er versuchte zu lachen. Unerwartet für sie selbst sagte Recha: »Schenk's mir.«

»Gern.« Er sagte leichthin: »Wenn du mir Modell sitzt –«

Sie lächelte spöttisch. »Mit deinen barbarischen roten Ohrringen«, sagte Nikolaus und sah sie an.

»Vielleicht«, sagte Recha kühl.

Klaus schrie lachend: »He, ihr da, poussiert nicht!« Er schwenkte eine Zeichnung. »Verkaufst du die Sachen, Großer?«

»Nein«, sagte Nikolaus schroff.

Klaus ließ die Unterlippe hängen. »Schade. Das hier hätt' ich mir glatt in die Bude gehängt.«

»Ich geb's dir so, ohne Geld.«

»Okay«, sagte Klaus. Er rollte das Blatt zusammen, und seine kurzen, gedrungenen Finger bewegten sich sehr zart und vorsichtig, und dann fischte er einen Bindfaden aus der Hosentasche und verschnürte die Rolle. Er legte sie neben sich aufs Bett. »Geschenkt ist geschenkt, Großer.«

»Krieg' ich auch eins?« fragte Schach.

»Such dir was aus.« Es gab Nikolaus aber doch einen Stich, als Schach ein Blumenstück wählte, Mohnblüten von seidigem Rot; er liebte sie, er hätte sie gern irgendwann später dem Mädchen geschenkt.

»Für meine Süße«, sagte Schach. »Sie sehen aus, als ob sie duften ...« Er blickte Nikolaus aufmerksam an. »Tut's dir leid?«

»Ach Quatsch. Ich kann mir tausend Bilder malen.« Erst eine Minute später wurde es Nikolaus bewußt, was er eben gesagt hatte, und er erschrak vor Freude, er dachte: Wirklich, ich kann noch tausend Bilder malen. Es fängt erst an, mein Gott, es fängt ja erst an ... Und die Vorstellung von alldem, was ihn noch erwartete und was er selbst von sich erwartete, versetzte ihn in eine wilde Hochstimmung.

Klaus' nüchterne Stimme riß ihn aus seinen Träumen. »Hast du noch mehr zu bieten, Großer?«

»Nein.«

»Ich dachte bloß –« Klaus sagte enttäuscht: »Du hast ja nirgends Menschen drauf.«

Nikolaus drehte unruhig seinen schmalen, kurzgeschorenen Kopf, er versuchte sich herauszureden: »Menschen sind am schwersten, Tatsache ...« Er spürte Rolfs Blick auf sich gerichtet und wich ihm aus. Er wußte nur zu gut, daß dies hier nicht nur eine Frage des handwerklichen Könnens und der anatomischen Kenntnisse war.

Rolf sagte ruhig: »Er hat noch nicht die richtige Beziehung.«

»Dummes Gelabere«, rief Klaus. »Was braucht er Beziehungen, wenn er uns jeden Tag sieht?« Er wandte sich an Nikolaus. »Wir wollen mal sagen, Großer – ich versteh' ja nischt von Kunst und so –, aber wenn du schon mal bei uns bist, kannst du uns auch malen.«

Nikolaus lächelte unsicher. »Das ist also beinah ein Auftrag, wie?« Er dachte: Vielleicht liegt es einfach daran, daß ich mich immer noch als Gast fühle. Sie sind nett zu mir, sicher, aber ich bin bloß Gast in der Brigade ...

Schach sagte bedächtig: »Wir hatten mal so 'nen Hungerkünstler im Kombinat, er soll sogar auf der Akademie gewesen sein. Aber wenn du so was malst wie der, hauen wir dich zum Tempel raus ... Wenn du seine Bilder gesehen hast, hat es dir den Magen umgedreht: Kerle wie unbehauene Klötze, Gesichter grau, Hände wie Tatzen –« Er streckte seine Hände aus und sagte entrüstet: »Hab' ich Tatzen? Sehen wir aus wie Klötze?«

Rolf kramte in der Schublade; er fand eine Skizze, die Nikolaus heimlich von Hamann gemacht hatte, und zeigte sie den anderen. Sie betrachteten sie schweigend und gründlich: das schöne, kräftige Profil, Andeutung von Härte in seinen Zügen wurde liebenswürdig gemildert durch das Doppelkinn ... Nikolaus dachte plötzlich, erschreckt und errötend, Rolf werde gewiß auch das Mahagonimädchen opfern, und er ging hastig wieder zum Spind und stemmte seine mächtigen Schultern gegen die Tür, er dachte: Ebensogut könnte ich ihr vor der ganzen Gruppe eine Liebeserklärung machen ...

Klaus sagte zögernd: »Es ist sehr ähnlich.«

»Sehr ähnlich ...«, echote Erwin.

Nun stand auch Recha auf und beugte sich über die Zeichnung, und Nikolaus starrte auf ihr schwarzes, an den Schläfen kastanienrot schimmerndes Haar und die breiten, flachen Brauenbögen und auf den schmalen Nasenrücken. Er ließ sich Zeit, die lebende mit der gemalten Recha zu vergleichen, und er war unzufrieden mit sich. Ich habe sie idealisiert, dachte er, oder sie hat sich in den letzten Wochen verändert.

Ihr Gesicht schien noch magerer geworden zu sein und trug einen Ausdruck von dunkler Unruhe. Mein Mahagonimädchen ist einfach zu hübsch, dachte Nikolaus, zu weich und kindlich ... Und ihren Mund habe ich gemalt wie eine Blüte. Ich muß das Bild zerreißen, Tatsache ... Und er betrachtete seufzend und gedankenverloren die bräunliche Haut in dem dreieckigen Ausschnitt ihrer grell gestreiften Bluse.

Recha richtete sich auf, sie sagte mit einer strengen, aggressiven Stimme: »Das ist nicht Hamann. Er sieht ihm nur ähnlich.« Sie war überrascht, als Nikolaus erleichtert lächelte. (Sie konnte nicht wissen, daß er sich in diesem Augenblick an seinen ersten Abend in der Zwischenbelegung erinnerte, als er, im Bett, gedacht hatte: Wahrscheinlich ist sie eine dumme Gans, wie alle Mädchen, die einen bewundern und ach und oh schreien und nicht begreifen, daß ein Porträt durch die bloße fotografische Ähnlichkeit noch kein Menschengesicht wird ...)

»Irgendein Mensch«, sagte sie, »nicht dieser eine und unverwechselbare Meister Hamann. Man spürt ihn nicht: seine Geduld, seine Kraft – und daß er gut und klug ist.«

Klaus grinste. »Du bist ja schön verknallt in ihn.«

»Ach, halt die Schnauze, du Pachulke«, sagte Schach wütend. Zu Nikolaus: »Das Bild muß so sein, daß man denkt, er wird gleich blinzeln und sich die Lippen lecken und sagen: ›Na freilich –!‹«

Sie lachten, Schach hatte den Tonfall des Meisters treffend nachgeahmt.

Vorm Fenster sank perlgraue Dämmerung. Rolf schaltete die Lampe ein. »Zeit, daß wir abhauen«, sagte Schach. Sie hatten ihre Fahrräder draußen auf dem Platz, nur Recha fuhr mit dem Bus. »Ich bringe dich zur Haltestelle«, sagte Nikolaus.

Sie schwatzten noch eine Weile, Schach reichte Zigaretten herum. Erwin hatte die ganze Zeit stumm daneben gesessen, er verstand nicht alles, was die anderen beredeten, und er gab sich auch keine Mühe, es zu verstehen, er war auf eine genügsame Art zufrieden: daß er hier sitzen und zuhören durfte. Seine trüben Augen hinter den dicken Brillengläsern hatten Glanz bekommen. Als sie aufbrachen, fragte er – und seine Stimme hatte nicht mehr den halb demütigen, halb frechen Klang wie früher: »Wenn wir uns nun öfter treffen würden, hier oder woanders?«

»Das machen wir schon, kleiner Eber«, sagte Schach in seinem Hamann-Ton.

Sie schüttelten Nikolaus die Hand. »Danke schön.«

Klaus hob sich auf die Zehen und schlug ihm auf die Schulter. »Weitere Aufbauerfolge, großer Meister!«

Die drei Zurückgebliebenen hockten eine Weile wortlos um den Tisch, im gelblichrosigen Lichtschein, der durch den papiernen Lampenschirm fiel.

Rolf hüstelte. »Ein Attentat, ich geb's zu. Bist du sauer?«

»Nicht mehr«, sagte Nikolaus; er zwinkerte ihm zu. »Das nächste Mal – ein Gedichtabend ... Wir werden dich dem Publikum zum Fraß vorwerfen.« Er lachte und verstummte sofort, als er Recha zusammenzucken sah; sie hatte lauschend den Kopf zum Fenster gedreht, ihre Pupillen schimmerten schwarz. »Jemand hat ans Fenster geklopft.«

Dicke, samtbraune Nachtfalter schlugen dumpf gegen die Scheibe.

»Schmetterlinge, nichts weiter«, sagte Nikolaus schleppend, und: »Warum habt ihr Curt nicht mitgebracht?«

Recha sagte: »Er muß saufen gehen. Er zieht jetzt manchmal mit so einer Bande von Halbstarken rum.« Sie preßte die Lippen zusammen. Die beiden Jungen sahen sich betreten an. Recha stand auf und strich ihren Rock über den Hüften glatt. »Na, wennschon ... Ich muß gehen.«

»Wart mal, wart mal«, bat Nikolaus. »Ich begleite dich.«

Sie lachte trocken. »Man wird mich nicht überfallen.« Das Licht traf, als sie zur Tür ging, ihr mageres bräunliches Gesicht, und Nikolaus bemerkte zum erstenmal den leichten dunklen Flaum auf ihrer Oberlippe.

3

Sie gingen durch das Lager. An den Wegen brannten kuglige Lampen, umschwirrt von pelzigen grauen Motten. Zwischen den Büschen flossen dunkle violette Schatten. An einem offenen Fenster spielte jemand Akkordeon, wehmütig die Töne zerdehnend, und hinter ihm, im Zimmer, sang ein klarer Tenor die Moritat vom Legionär im brennend heißen Wüstensand.

Zwei junge Männer in den Samtwesten der Zimmerleute, Hals und Arme nackt, lehnten an einer Barackentür, einer rief: »He, Langer, borg uns die Hübsche für heut nacht.«

»Halt's Maul«, sagte der andere. »Bei der hat noch der Staatsanwalt die Hand drüber.«

Recha ging rasch und mit gesenktem Kopf, sie dachte: Warum habe ich das von Curt gesagt? Ich hätte den Mund halten sollen, es geht sie nichts an, den Rolf geht es nichts an und erst recht nicht Nikolaus. Der Moralist ... Er wird mich ausfragen und Predigten halten ... Aber mit wem, fragte sie sich in einem kalten, traurigen Gefühl von Verlassenheit, mit wem sollte ich denn darüber sprechen?

Gestern abend, in ihrem Zimmer, hatte sie es Lisa erzählt, aber das derbe, gradlinig denkende Mädchen zuckte verständnislos die stämmigen Schultern. »Der mit seinen falschen Katzenaugen«, sagte sie. »Der ist verdorben wie 'n

Fisch, wo 'ne Woche in der Sonne hat gelegen. Warum heulst du, Kleine? Gib ihm 'nen Tritt in den Hintern.«

Recha hatte, trotz ihres Jammers, laut gelacht. Lisa brummte:

»Du kannst es ja auch vornehmer machen.« –

Sie hatten zehn Minuten bis zur Haltestelle, und Nikolaus zerbrach sich den Kopf: Ich kann nicht die ganze Zeit wie ein Ochse neben ihr hertraben ... Nun war sie wirklich einmal bei uns, und wir waren allein, oder beinah allein, und ich hätte – Ja, du hättest, Esel, beschimpfte er sich. Aber natürlich fällt dir nichts Gescheiteres ein, als nach Curt zu fragen.

Der Weg machte hier, nicht weit vom Lagertor, eine schroffe Biegung und lief auf Fußbreite an einer Baracke entlang. Sie konnten in die Zimmer sehen wie auf eine kleine erleuchtete Bühne. Einmal blieb Nikolaus stehen.

An einem rohen Holztisch saß ein Mann, eingefangen in den sparsamen Lichtkegel der mit einer Zuckertüte abgeschirmten Lampe; die Umrisse von Schultern und Rücken verschwammen im warmen, braunstichigen Dunkel. Er hielt ein Buch und las oder lernte, und seine schweren Hände mit den hornigen gelben Nägeln hoben sich scharf von den weißen Buchseiten ab. Der Mann war nicht mehr jung; sein Gesicht zerkerbten lange schwärzliche Falten, und er bewegte die Lippen beim Lesen. Er trug eine Brille mit dünnem Silberrähmchen; sie war ihm zu weit und rutschte über den Nasensattel nach vorn.

Nikolaus näherte sein Gesicht der Fensterscheibe; für ein paar Minuten hatte er Recha vergessen, erfüllt von einem verworrenen Glücksgefühl, als stünde er vor einer unerhört bedeutsamen Entdeckung. Der Mann feuchtete seinen Zeigefinger an und blätterte eine Seite um. Er hob den Kopf mit der angestrengt gefalteten Stirn. Nikolaus prallte zurück.

Er lief Recha nach, die stehengeblieben war und geduldig wartete.

Sie fragte gleichgültig: »Starrst du auch so gern in fremde Zimmer?«

»Eine Art Berufskrankheit.« Nikolaus lächelte.

»Als ob man sich in ein fremdes Leben schleicht. Ein Glück, das man nicht durch die Häuserwände sehen kann …«

»Wieso denn?« sagte Nikolaus, und er dachte mit tiefer Zuneigung an den unbekannten lesenden Mann mit seiner nach vorn gerutschten Silberbrille.

Als sie das Lagertor passiert hatten und auf die Zufahrtsstraße kamen, sahen sie zwischen den Bäumen die Scheinwerfer vom Bus. Sie begannen zu laufen, Rechas Absätze klapperten auf dem Asphalt. Sie liefen, quer durch den Wald, eine sandige Anhöhe hinauf, und als sie die F 97 erreichten – fuhr der Bus ab.

Recha sagte wieder gleichgültig: »Na, wennschon … Dann warte ich eben die halbe Stunde.«

»Gehen wir solange spazieren«, schlug Nikolaus vor. Sie schlenderten ein Stück die Chaussee hinab und bogen dann, wie in wortloser Vereinbarung, auf den breiten Waldweg ab. Eine Weile schimmerten noch die Lichter der Barackenstadt wie ein Schwarm Glühwürmchen durch die hohen, glatten Kiefernstämme. Manchmal trug der Wind verwehte Laute herüber, einen Ruf, ein paar Takte Musik … Ein Vogel zwitscherte verschlafen. Der Pfad wurde schmaler, und die Bäume zu beiden Seiten rückten zusammen, verflochten durch schwarzgrüne, wild wuchernde Brombeerhecken und Haselsträucher, und ihre dünnen, biegsamen Zweige streiften Brust und Schultern der beiden oder, zurückschnellend, ihren Nacken.

»Wohin gehen wir?« fragte Recha.

»Ich weiß nicht. Geradeaus …, wie der Weg eben läuft«, sagte Nikolaus, und sie gab sich zufrieden. In Wahrheit interessierte sie es nicht, zu wissen, wohin der Weg führte; sie dachte, während sie zuweilen den Blick seitwärts wandte zu Nikolaus: Natürlich weiß er wieder nicht, wie er es anfangen soll, mich zu fragen. Aber es ist wunderbar, neben ihm herzugehen, es ist beruhigend ...

In der milden Luft trieben die feuchten, würzigen Gerüche von Tau und Pilzen und von modernden Kiefernnadeln. Die Stille unterbrach nur selten ein weicher Flügelschlag oder der trockene Laut, mit dem dürre Zweige unter dem Tritt irgendeines Tieres knackten, in dem niedrigen, am Wegrand kriechenden Preiselbeergestrüpp raschelten Mäuse. Es war jetzt ganz dunkel geworden; unterm Himmel ballten sich graublaue, fahl geränderte Wolken.

Einmal stolperte Recha über eine der Baumwurzeln, die sich wie versteinerte Schlangen über den Pfad wanden. Nikolaus griff nach Rechas Arm, aber sie stieß ihn zurück, und dann bückte sie sich und zog ihre Sandalen mit den hohen Absätzen aus und ging barfuß durch den kühlen, lockeren Sand.

»Du erkältest dich«, sagte Nikolaus.

»Unsinn.« Sie schlenkerte ihre Sandalen an den Riemchen, um unbekümmert zu erscheinen; das zähe Schweigen begann sie zu bedrücken, ihre Füße wurden kalt bis zu den Knöcheln, und ihre Zehen stießen schmerzhaft an die Wurzeln. Sie waren zwanzig Minuten gegangen, als der Wald wie abgeschnitten aufhörte; sie standen vor einem frisch aufgeschütteten, kahlen Bahndamm.

»Eine neue Strecke für den Tagebau, der hier in der Nähe aufgeschlossen wird«, erklärte Nikolaus, froh, daß er endlich Gesprächsstoff gefunden hatte. Er deutete mit dem Daumen über die Schulter, auf die stumme tiefblaue Mauer des Waldes. »Das wird alles abgeholzt. Braunkohle ... Du brauchst bloß zu kratzen, schon findest du Kohle. Wo du eben herumspaziert bist, ist in zwei oder drei Jahren ein Tagebau.« Er blickte gedankenverloren zu den summenden, sich sanft wiegenden Kiefernwipfeln hinauf. Er seufzte. »Schade um soviel Schönheit ...«

»Du hast wohl nach fünfundvierzig nicht genug gefroren, wie?« sagte Recha ungeduldig. Sie blickte auf die

Leuchtziffern ihrer Uhr und begann plötzlich laut zu lachen. »Da stehst du nun und stöhnst, und inzwischen ist der nächste Bus weg.«

»Auch gut«, sagte Nikolaus vergnügt. Er breitete seine abgeschabte Manchesterjacke über das taufeuchte Gras am Fuß des Bahndamms. »Setz dich. Zigarette?«

»Seit wann rauchst du?«

»Ich hab' sie bloß mitgenommen, weil ich weiß, daß du rauchst.«

Er zündete ein Streichholz an und schützte das Flämmchen mit der hohlen Hand. Er sah, als Recha den Kopf beugte, das anmutige Halbrund ihrer gesenkten Wimpern und den dichten Haaransatz an den Schläfen, und sein Herz klopfte bis zum Hals. Recha hockte mit angezogenen Knien und blickte auf ihre nackten Füße; sie bewegte spielerisch die Zehen. Sie sagte: »Erinnerst du dich? Am ersten Tag hast du den Bus verpaßt ..., weil du es nicht fertigbrachtest, dich nach vorn zu boxen wie die anderen.«

»Ja. Ich kam mir dann ziemlich komisch vor ... Aber das ist lange her.«

»Drei Wochen.«

»Hier zählt jeder Tag soviel wie zu Haus eine Woche, Tatsache. Ich habe schon was gelernt, glaub' ich. Ich hab' auch heute nachmittag wieder dazugelernt.«

Recha dachte erschrocken: Ich bin ihm ja ganz gleichgültig. Er denkt nur an seine Arbeit.

Nikolaus sagte leise und tastend: »Und wenn ich damals den Anschluß nicht versäumt hätte –«

»Dann wäre auch nichts anders geworden«, sagte Recha kalt. Sie rauchte hastig, sie dachte: Ich weiß nicht, ob nicht doch alles anders geworden wäre, und wenn er noch ein Wort sagt, fange ich an zu heulen ... Curt mit seiner blonden Siegerfratze – »Wir müssen gehen«, sagte sie und drückte die Zigarette in den Sand.

Am Horizont zuckten die Blitze der elektrischen Grubenbahn, bläulichweiß und violett wie Wetterleuchten.

»Zieh deine Schuhe an«, sagte Nikolaus streng. Recha stützte sich, während sie den Fuß in die Sandale steckte, auf Nikolaus' Arm, und in diesem Moment wünschte er – und ihm wurde schwindlig bei dieser Vorstellung –, er fände den Mut, das Mädchen in die Arme zu schließen und zu küssen. Er blieb aber reglos stehen, bis sie die Riemchen über dem Spann zugeschnallt hatte, und dann sagte er zu sich selbst: Was für ein primitiver Einfall, mein Freund! So löst man keine Probleme.

Als sie die knappe Hälfte des Weges zurückgelegt hatten, begann es zu regnen, dünner, eiliger Strichregen, der kaum hörbar durch die Zweige fiel.

Die beiden stellten sich unter einen Baum. Recha fröstelte es. Nikolaus hätte ihr gern seine Jacke gegeben; er wagte es nicht, er dachte: Wahrscheinlich findet sie es kitschig, und sie sagt in diesem verdammt höhnischen Ton, den sie sich angewöhnt hat: Was Originelleres fällt dir wohl nicht ein? Oder so was Ähnliches.

Sie standen eng nebeneinander und horchten auf den Regen. Nikolaus überwand sich und sagte, verlegen lächelnd: »Vorhin, als du dir die Schuhe anzogst ..., beinahe hätt' ich dich geküßt.«

Recha antwortete nicht, sie hielt den Kopf gesenkt, und Nikolaus, der ihr Gesicht nicht sehen konnte, fügte hastig und stammelnd hinzu: »Bitte ... Ich wollte dich nicht beleidigen.« Sie preßte die Fingernägel in ihre Handfläche. Endlich sagte sie, um ihre Bewegung zu verbergen, in rauhem Ton: »Na, du kommst auf Ideen ... Bloß auf die Idee, mir deine Jacke zu borgen, kommst du nicht, wie? Ich kann ja unter deinen Augen erfrieren.«

»Lieber Himmel, und ich dachte, du würdest mich wieder anbellen.« Er hängte ihr seine Jacke um, die Recha fast bis zu den Knien reichte.

»Warum denn anbellen?« murmelte sie.

»Seit ich dich kenne, machst du dich über mich lustig.« Wenn der Wind durch die Zweige strich, fielen Regentropfen herab und auf sein kurzgeschnittenes nußbraunes Haar. Er sagte ohne Spur von Selbstbemitleidung: »Wahrscheinlich bin ich wirklich ein Trottel ohne Manieren. Ich kann mich nicht einmal mit einem Mädchen unterhalten, und beim Tanzen latsche ich allen auf die Füße. Ja ... Ich hab' eben kein Glück bei Mädchen, und vielleicht bin ich auch zu faul, mich ernstlich zu bemühen. Lieber bewundere ich sie von weitem, ungefähr so, wie ich eine der schönen Tahiterinnen von Gauguin bewundern würde.« Er lachte leise. »Andere haben in meinem Alter schon 'ne mehr oder weniger feste Braut, und ich hab' noch nie ein Mädchen geküßt, Tatsache ... Langweile ich dich?«

»Nein«, sagte Recha. Sie hatte den Jackenkragen hochgeschlagen und drückte ihr Gesicht gegen den samtigen, nach Schweiß und Terpentin und sonnenwarmem Gras riechenden Stoff.

»Ich weiß selbst nicht, warum ich dir das vorschwätze. Vielleicht nur, weil es dunkel ist und weil du mir nicht weglaufen kannst. Ist dir noch kalt?«

Er beugte sich zu Recha hinab und knöpfte die Jacke über ihrer Brust zu.

»Na, reden wir lieber von was anderem. Reden wir mal von deinem Curt –«

»Darauf habe ich gewartet«, sagte Recha. »Was willst du denn hören?«

»Alles«, erwiderte Nikolaus, und er war jetzt nicht mehr sanft und unbeholfen. »Pack schon aus! Er zieht also mit irgendwelchen Leuten herum ... Was für Leute?«

»Eben – Halbstarke. Du kennst ja die Zwischenbelegung: in jedem Block hast du welche von der Sorte, und die riechen sich auf zehn Kilometer, weißt du, die ziehen sich magnetisch an ... Die meisten haben keine Familie, oder wenigstens ist ihre Familie weit weg, und nun machen sie hier 'n Faß auf. Dabei sind sie tagsüber ganz tüchtig; der eine – er ist Eisenbieger – hat sogar die Aktivistennadel ...

Aber abends, in ihrer Bude, machen sie auf Chikago. Der Teufel weiß, warum.«

»Na, na ... Und was ist mit Curt?«

»Er macht eben mit. Er hat ja Geld genug, kann Lagen schmeißen und sich aufspielen, und ein Tonbandgerät hat er gekauft, und nachts lassen sie's grölen, daß ich es bis zu meinem Block höre.« Sie sagte dumpf, Kinn und Mund im Jackenkragen verborgen: »Aber es wurmt mich, daß er verludert. Ein richtiger Schmarotzer ... Es ist ihm zu gut gegangen, auf der flachen Hand haben sie ihm den Wohlstand serviert. Er wälzt sich auf Papas Lorbeeren, und er schluckt Papas Moneten ... Jetzt ist er noch harmlos, aber in zehn Jahren –« Sie sagte wütend: »Er wird einfach ein Schwein, Nikolaus, er verachtet die Menschen.«

Nikolaus hielt ihre kalten, mageren Hände fest, er sagte: »Kein Grund, hier herumzuschimpfen. Man wird ihm schon die Hörner putzen. Und wenn er dir – irgendwie zu nahe kommt, dann haue ich ihn zusammen, daß er sich nicht mehr wiederfindet, Tatsache!«

»Er kommt mir schon nicht zu nahe.« Recha blickte zu Boden; nach einer Weile sagte sie: »Vielleicht bin ich ungerecht; weil *ich* keine goldene Kindheit hatte und weil ich keinen Vater habe, der mir die Steine aus dem Weg räumt.« Sie sagte gekränkt: »Du hättest ihn nur sehen sollen – neulich, als er mit mir ausgehen wollte, und ich hatte nichts Elegantes anzuziehen ... Dieses spöttische Gesicht! ›Hast du bloß die paar Fähnchen?‹ Natürlich hab' ich bloß 'n paar Fähnchen; mir schenkt niemand ein Cocktailkleid.«

Nikolaus lächelte in sich hinein, er dachte: Was für Sorgen ein Mädchen hat ... Ich bin froh, wenn ich mich endlich an einen Anzug gewöhnt habe. Er sagte ungeschickt: »Ich finde, du bist immer sehr hübsch angezogen.«

Sie merkten nicht, daß der Regen nachgelassen hatte. Die Wolkendecke riß auf. Es war sehr kühl geworden, und der regengetränkte Waldboden strömte einen strengen, frischen Duft aus. Nikolaus streifte seine aufgekrempelten

Hemdsärmel herunter, er sagte mit Anflug von Ungeduld: »Aber du bist seine Freundin, immer noch. Das reimt sich nicht.«

»Nein.« Sie sagte, halblaut und wie für sich: »Wir haben uns gezankt. Er war wieder betrunken, und ich habe ihm Vorwürfe gemacht, weil er sich von diesen Burschen mitschleppen läßt und zu spät zur Arbeit kommt und weil er sich einbildet, er müßte hier seine *Freiheit* genießen. Er ist klug, er muß wissen, daß Trinken und Rumtoben und Krakeelen nichts mit Männlichkeit zu tun hat, und schon gar nichts mit Freiheit. Ich kann doch nicht einfach zusehen, nicht wahr?«

»Ja, ja«, murmelte Nikolaus, er fühlte sich enttäuscht. Er dachte: Sie redet die ganze Zeit nur von ihm. Er sah sie an, und auf einmal rückte ihm wieder jenes blasse, unschöne Mädchen aus der Tanzstunde nahe, und von neuem quälten ihn Selbstvorwürfe. Ich habe, sagte er sich, nicht auf sie achtgegeben, und ich habe sie in ihr Unglück rennen lassen – aus lauter Taktgefühl. (Aber du weißt ja längst, daß dein Taktgefühl nur bemäntelte Gleichgültigkeit war.) Diesmal werde ich nicht zu spät kommen ... Er sagte mit so viel Entschlossenheit, wie er einem Mädchen – gerade diesem einen Mahagonimädchen – gegenüber aufbringen konnte:

»Du mußt öfter zu uns kommen, hörst du?«

Sie gingen auf dem Rückweg dicht nebeneinander, um die regennassen Büsche nicht zu streifen. »Ich muß noch mein Bild bei dir abholen«, sagte Recha, in einem Ton, daß selbst der biedere Nikolaus argwöhnte, sie hätte es vielleicht absichtlich vergessen.

Manchmal trat der Mond zwischen den hohen, eilig ziehenden Wolken hervor und übergoß die Büsche und Bäume mit seinem zitternden grünlichsilbernen Licht. Der Sand war schwer und zäh und klebte an den Schuhsohlen. Als sich der Wald lichtete und der Pfad, gemächlich ansteigend, in die Chaussee mündete, nahm Nikolaus Rechas Hand. Im Nachthimmel hingen wie runde rote, wachsame

Zyklopenaugen die Positionslampen der Schornsteine, und Recha sagte: »Drei Wochen erst, und es ist einem schon zumute, als ob man nach Hause käme.«

Einige Minuten später stieg sie in den Bus. »Bis morgen«, sagte Nikolaus. Recha saß am Fenster, und sie sah, wie Nikolaus die Hand hob, grüßend oder bittend, und jetzt erst, als der Bus anfuhr und die große, etwas schwerfällige dunkle Gestalt mit der tieferen Dunkelheit ringsum verschmolz, wünschte sie, sie könnte wieder aussteigen und zu Nikolaus zurücklaufen ...

Sechstes Kapitel

I

Am späten Vormittag trieb sich Curt in dem sonndurchfluteten Hallenschiff der Dreher herum. Er war müde und mißmutig und geplagt von sentimentalen Gedanken an Recha, und während er mit der Schuhspitze in einem Haufen lockiger, stahlblau und weinrot schimmernder Drehspäne stocherte, versuchte er sich einzureden, daß ihn dies alles gar nicht berühre: sein Streit mit dem Mädchen und Nikolaus' Lächeln und Erröten heute morgen, als er Recha die Hand gegeben hatte, die barschen Anweisungen des Preuß, der seit ein paar Tagen Brigadier in der Armaturenschlosserei war, und die sonderbare Miene der Arbeitskollegen, die ihm, schroff oder verlegen, täglich spürbarer auswichen.

Er hob eine der scharfkantigen Metallspiralen auf, die in der Sonne wie rotes Gold leuchtete, und einen Augenblick empfand er Vergnügen an ihrem kostbaren Glanz; dann warf er sie achtlos zurück. Beschissenes Leben, dachte er. Alles geht mir schief, seit ich hier bin. Früher ist mir nie was schiefgegangen … Ich bin mir bald selbst zum Ekel.

Nach einiger Zeit sah er Hamann kommen, aber er nahm sich nicht einmal die Mühe, hinter einer der Maschinen unterzutauchen, und er blickte dem Meister entgegen mit halb trotzigem, halb gelangweiltem Gesicht. Wenn Napoleon etwa hier ein Faß aufmachen will, packe ich meinen Koffer. Er dachte schadenfroh: Dann drehen sie ihn durch die Wringmaschine, weil er verantwortlich ist.

Hamann sagte mild:

»Na, mein junger Eber, wieder mal erfolgreich um die Arbeit gedrückt?«

»Ich hab' ein Gehäuse rübergekarrt«, log Curt.

»So, so«, sagte Hamann gedankenlos, und er sah mit einem verlorenen Blick auf den mürrisch abwartenden Curt oder über ihn hinweg, und plötzlich schien, von einer Minute zur anderen, sein gesundes, breites Gesicht zu verfallen.

»Meister –«, sagte Curt.

»Ja?« Hamann schluckte trocken, er versuchte zu lachen, in seine Augen, die Augen eines müden alten Mannes, trat ein Widerschein seiner erprobten Energien. »Wenn du jetzt gütigst rübergehen würdest? Du kannst Recha helfen.«

Curt ließ die Mundwinkel sinken. »Keine Lust. Wir sind verkracht.«

»Nicht verwunderlich«, murmelte Hamann. »Wahrscheinlich deine Schuld.« Er streifte Curt wieder mit diesem sonderbar leeren Blick. »So ein Mädchen ... Da hat die Natur mal einen Schlager rausgehauen, wie?«

Curt grinste, er dachte: Der Boß ist ja blau. Er zog vorsichtig schnüffelnd die Luft ein.

Hamann sagte unvermittelt in scharfem Ton: »Haben wir uns nicht verstanden? In drei Sekunden sehe ich von dir bloß noch 'ne Staubwolke.«

»Jawoll, Chef«, schrie Curt und rannte. Sobald er dem Meister aus den Augen war, schlich er widerwillig in die Schlosserei zurück. Er erblickte schon von weitem Rechas rotes Kopftuch, und sein Herz klopfte. Sie kniete auf einem Fetzen Sackleinwand, neben Preuß, einem kleinen, beweglichen, muskulösen Mann mit dunkelbraun gebranntem Gesicht, und hörte ihm mit nachdenklich gefalteter Stirn zu. Schulstunde bei Studienrat Preuß, dachte Curt. Nächstens wird er eine Lektion darüber halten, daß der Hammer an dem eigens hierfür befestigten Stiel anzufassen ist.

Preuß war erst vor einer Woche in die Brigade gekommen. Er war zehn Jahre lang Lehrausbilder gewesen. Als er den zweiten Tag in der Armaturenschlosserei war, rechneten sie mit 150 Prozent ab, und niemand hatte gepfuscht;

seinen scharfen Augen wäre auch keine Pfuscharbeit entgangen. Er hatte eine lehrerhaft geduldige und gründliche Art, den Abiturienten den Sinn jedes einzelnen Arbeitsganges zu erklären und ihnen die hundert kleinen Kniffe eines alten Fachmanns beizubringen, und vielleicht waren es gerade seine Geduld und Gründlichkeit, über die sich Curt ärgerte.

Er ging jetzt auf die beiden zu. »Der Meister ist verrückt geworden, oder er ist besoffen.« Er streckte Preuß sein Zigarettenetui entgegen. »Zigarette gefällig?«

Preuß schüttelte den Kopf; er trug einen breiten schwarzen, sombreroähnlichen Hut, der seinem Gesicht einen Zug ins Verwegene gab. »Entweder wird gearbeitet oder geraucht – jetzt wird gearbeitet.« Wenn er den Hals reckte, konnte man dicht über dem Schlüsselbein die breite gezackte Narbe sehen, die von einer Kriegsverletzung herrührte.

Recha blickte nicht auf. »Halt dich ran, Junge«, sagte Preuß. »Bis Feierabend müssen die Dichtungen ausgeschnitten sein.« Seine fröhlichen braunen Augen verfinsterten sich, sobald er Curt ansah; er war aber ein zu guter Lehrer, als daß er dem Jungen unverhüllt seine mißtrauische Ablehnung zeigte. »Und wegen Hamann«, sagte er, während er sich von den Knien erhob, »brauchst du dir keine Kopfschmerzen zu machen. Er ist normal und stocknüchtern.« Eben erst hatte er Recha erzählt, was er von Heinz wußte: daß Hamann morgen wegfahren und spätestens übermorgen anfangen würde zu trinken.

Curt kauerte sich seufzend Recha gegenüber, er sagte halblaut: »Da haben sie uns einen schönen Antreiber aufgehalst.«

Zwischen ihnen lag die graugelbe harte und biegsame Kautasitplatte, aus der sie mit Meißel und Hammer die ovalen Dichtungen herausschlagen mußten.

Es war eine zeitraubende und ermüdende Arbeit und unendlich langweilig für zwei Leute, die sich stumm und starrköpfig gegenüberhockten. »Überschrift: Mechanisierung,

Automatisierung ...«, brummte Curt, und nach einer Weile begann er Schlager zu pfeifen. Er pfiff leise und mit kunstvoll eingebauten Improvisationen, bis er plötzlich das peinliche Empfinden hatte, er zapple sich hier umsonst in der lächerlichsten Weise ab. So schön bist du nun auch wieder nicht, sagte er in Gedanken zu dem Mädchen, und deine ägyptischen Augen sind nicht die Krone der Schöpfung ... Er war aber doch verwirrt, als er einmal, seinen schmerzenden Rücken streckend, einem raschen spöttischen Blick begegnete.

Endlich fragte er so gleichgültig wie möglich: »Du warst gestern bei Nikolaus, nicht wahr?« Recha schwieg. Curt lachte. »Du bist rot geworden.«

Sie versuchte, sich auf den Knien so weit seitwärts zu drehen, daß sie ihm den Rücken halb zuwandte. »Du hast Ausdauer im Bösesein«, stichelte Curt. »Schade, daß du die Sprache verloren hast ... Wo ist denn unsere Friedel, das blonde Gift? Weißt du nicht, wie? Du denkst natürlich, sie ist krank, mein kleiner Unschuldsengel. Denkst du doch, ja?« Er sagte mit strahlendem Lächeln: »Von wegen krank ... Sie kriegt ein Kind.«

»Na und?« sagte Recha. »Von dir ist es ja nicht.«

»Du kannst also doch sprechen. Bißchen ruppig für 'ne junge Dame, aber immerhin.« Er legte Hammer und Meißel hin und rutschte ein Stück vorwärts, auf Recha zu, und streichelte ihr Handgelenk. Er sah ihr Ohr unter dem roten Kopftuch und die zarte schattige Biegung ihres Halses, und er sagte, schnell und leise: »Es tut mir leid, daß wir uns gezankt haben. Ich trink keinen Schluck mehr, wirklich, ich tanze jetzt jeden Abend brav bei Ritter Heribert an, ich geh' auch nicht mehr zu denen auf die Bude, deinetwegen ... Recha, ich hab' noch nie ein Mädchen angebettelt –«

»Dann laß es jetzt auch sein«, sagte sie, aber sie wagte ihn nicht anzusehen, sie dachte: Er lügt. Ich will mich nicht wieder beschwatzen lassen ... Und wenn er nun doch nicht lügt –? Sie fügte schnell hinzu, um sich selbst einen Rückweg zu verbauen. »Du brauchst auch nicht mehr zu kommen. Ich bin für dich nicht zu Hause.«

»Und wenn ich trotzdem komme?«

»Lisa wird dich schon rausschmeißen.« Recha dachte mit Vergnügen und mit einer Art töchterlicher Zuneigung an Lisa und an ihre zugleich friedfertige und unverblümt derbe Manier, ungebetene Besucher vor die Tür zu setzen.

Curt ließ sich zurückfallen. Eine Weile hockte er stumm auf den Fersen, dann zündete er sich eine Zigarette an, gerade, als Preuß vorbeilief. Er trug eine der schweren, meterlangen Spindeln auf der Schulter, und unter der Haut der nackten Unterarme spannten sich die Muskeln.

Recha blickte aus den Augenwinkeln auf seine Arme und das Gesicht unter der verwegenen Hutkrempe, sie dachte überrascht: Warum hat Nikolaus ihn noch nicht entdeckt? Wenn ich malen könnte ... Sie erinnerte sich beschämt an die glanzpapiernen Schauspielerfotos, die Betsy und sie – vor langer, langer Zeit – gesammelt und in ihren Kleiderschränken versteckt hatten, und sie fragte sich, ob sie jemals ernsthaft darüber nachgedacht hatten, was die Schönheit eines Menschen ausmachte.

Preuß war stehengeblieben; er sagte geduldig: »Ich hab' dich gebeten, während der Arbeit nicht zu rauchen. Man kann nicht mit der linken Hand –«

Curt unterbrach ihn, er schrie, und seine Stimme flakkerte vor Wut: »Du kannst mich mal gern haben – Antreiber!« Zum erstenmal vergaß er die geschmeidige Liebenswürdigkeit, mit der er sonst seine Arbeitskameraden behandelte, und Preuß stand einen Moment sprachlos vor Verblüffung. Er zwang sich aber zur Ruhe, er sagte: »Hör mal, Curt, ich bin diesen Ton von meinen Lehrlingen nicht gewohnt. Ich denke, wir sprechen uns noch ... Und das mit dem ›Antreiber‹ überlegst du dir bis dahin.«

»Aber ich bin nicht dein Lehrling«, widersprach Curt, obgleich er wußte, daß er im Unrecht war und sich mit jedem Widerwort mehr ins Unrecht setzte. »Ich bin freiwillig hier, und ich hab's verdammt nicht nötig, mich rumscheuchen zu lassen.«

Preuß ließ die Spindel von der Schulter gleiten und kauerte sich neben Curt, er sagte überredend: »Niemand scheucht dich, Junge. Wir erwarten bloß von dir, daß du arbeitest wie wir.« Er stockte; Recha war aufgestanden und ging ein paar Schritte abseits. Preuß fuhr fort: »Gut, du bist freiwillig hier. Sicher bist du gebildeter als die meisten von uns, du hast Mathematik gehabt und Literatur und Naturwissenschaften. Aber hier gibt es andere Dinge für dich zu lernen, die mindestens ebensoviel wert sind ... Ich beobachte dich seit einer Woche. Ich hab' 'ne ganz gute Menschenkenntnis, und ich sage dir auch ins Gesicht, was ich von dir denke: Erstens bist du faul, weil du unsere Arbeit verachtest; zweitens hältst du dich für was Besseres, weil du länger auf der Schulbank gesessen hast ...«

»Phantasien, Spekulationen«, sagte Curt und probierte noch einmal, mit Überwindung, sein gewinnendes Lächeln.

»... und drittens«, sagte Preuß ungerührt, »hast du keinen Funken Disziplin, weil du ein verwöhnter kleiner Prinz bist. Du willst studieren, natürlich, und irgendwann wirst du andere Menschen leiten ... Menschen, die du für 'n Haufen Pachulken hältst. Aber die Pachulken bezahlen dein Studium!«

Sein rechnerischer Geist befahl Curt, dies alles still und reuig anzuhören; trotzdem sagte er mürrisch: »Wir sollen wohl für jede Vorlesung ›danke schön‹ bei euch sagen, wie?«

Preuß sah ihn fest an. »Ob du zum Studium kommst oder nicht, das hängt auch von uns ab. Die Brigade schreibt die Beurteilung über dich.«

Curt sagte schnell und in feindseligem Ton: »Nur nicht drohen, mein Lieber! Du kannst sicher sein. Ich komme auf die Uni, und wenn der hohe Rat der Brigade zehnmal dagegen stimmt ...« Er war bis zum äußersten gereizt, und obgleich er ahnte, daß alles, was er hier aussprach und noch aussprechen wollte, dumm und falsch war, wünschte er sich an dem kleinen, lehrerhaften Mann zu rächen: für dessen hartes Urteil; für jedes mißbilligende Wort, das in der Brigade gegen ihn, Curt, fiel; für seinen wütenden Überdruß und endlich auch für das Zerwürfnis mit dem Mädchen. Während er mit tiefer Abneigung das dunkle, erregte Gesicht von Preuß betrachtete, dachte er: Es ist nicht meine Schuld. Warum zerren sie an mir herum? Arbeite mehr! Sei dankbar! Nimm dir ein Beispiel! Sie treiben einen ja dazu, daß man anfängt, um sich zu beißen.

Er sagte: »Mein Vater ist nicht irgendwer. Mein Vater hat Einfluß genug.«

»Er wird dich schon unterbringen, wie?« sagte Preuß; plötzlich traten Schweißtropfen zwischen seinen Brauen hervor, er fingerte ein zerdrücktes Zigarettenpäckchen aus der Hosentasche und zündete sich nun doch eine Zigarette an. »Dein Vater ist Genosse. Ich bin auch Genosse – wir finden eine gemeinsame Sprache. Und wenn ich mit deinem Vater spreche, dann fällst du hinten runter, verlaß dich drauf!«

Curt blickte auf die glimmende Zigarette und lachte. Preuß verlor auf einmal seine Beherrschung, er stieß hervor:

»Was bist du bloß für ein ekelhafter Bourgeoisbengel –!«

»Laß das meinen Vater nicht hören.« Curt beugte sich vor, sein hübsches Jungengesicht war verzerrt. »Was bist du schon für ein Genosse! Mein Vater hat im Zuchthaus gesessen – da bist du noch als strammer Pimpf rumgezogen. Mein Vater hat für seine Sache gelitten, und du ...«, er zeigte auf die gezackte Narbe an Preuß' Hals, »du bist in der glorreichen Wehrmacht mitmarschiert. Was hast du für ein Recht, mich Bourgeois zu schimpfen?«

Er warf Preuß einen triumphierenden Blick zu und erschrak, als er dessen verfärbtes Gesicht sah; er dachte, der Mann würde ihn schlagen.

»Das ist – unglaublich«, stammelte Preuß. »Das mußt du mir vorwerfen ... Ich war Soldat, ja, und ich bin mitmarschiert – ich war siebzehn, achtzehn damals, ich hab' es nicht besser gewußt.« Er merkte plötzlich, daß er sich schon rechtfertigte vor dem Jungen, der nur darauf gezielt hatte, ihn zu verletzen, und dem jedes Mittel dazu recht war. Er sagte fassungslos: »Aber daß du mir das vorwirfst ... Du berufst dich auf deinen Vater – aber was hast du denn geleistet? Du bist der Sohn deines Vaters, das ist deine ganze Leistung, nichts weiter.«

Er rauchte hastig, er schwieg eine Zeitlang, und auch Curt schwieg. Dann sagte Preuß: »Du pflückst die Früchte von den Bäumen, die andere gepflanzt haben.« Er stand auf und zertrat seinen Zigarettenstummel. Er lud die Spindel wieder auf die Schulter und ging mit ungewohnt langsamen und schwerfälligen Schritten fort, und Curt sah ihm nach, ernüchtert und ohne eine Spur von dem Siegergefühl, das ihn noch vor wenigen Minuten erfüllt hatte.

Dann kam Recha zurück. Curt sagte schroff: »Also, ich bin heute abend bei dir. Ich brauche dich.«

Sie zuckte verächtlich die Schultern. Bis zur Mittagspause sprachen sie nicht miteinander. Kurz vor zwölf hatten sie schon mehr als die Hälfte der aufgezeichneten Dichtungen herausgeschlagen. Einmal blieb Preuß wieder bei ihnen stehen. Curt wagte nicht, den Kopf zu heben; später dachte er verwundert: Ich glaube, ich habe mich geschämt ...

2

Nach dem Essen saßen die Brigadeleute, die nachmittags nicht irgendwo auf der Baustelle oder in der Brikettfabrik zu arbeiten hatten, vor einem der Tore zur Halle. Sie rauchten, einige dösten mit halbgeschlossenen Augen; sie hatten noch eine knappe Viertelstunde Pause. Der feinkörnige gelbe Sand war von der Septembersonne erhitzt, und wenn der Wind über die Ebene strich, trug er dünne Staubfahnen vor sich her.

Nikolaus saß auf einem Bretterstapel und zeichnete; zum erstenmal hatte er sich getraut, in Gegenwart der anderen seinen Skizzenblock aufzuschlagen, den er sonst unter der Jacke mit sich herumtrug, und er war erleichtert, weil ihn niemand auslachte.

»Wir haben mächtige Propaganda für dich gemacht«, sagte der feiste kleine Klaus, der unverdrossen hinter ihm stand, auf dem schwankenden Bretterstapel, und über seine Schulter auf das Zeichenblatt starrte. »Warum malst du keine Gesichter?«

»Es ist nur eine Skizze«, sagte Nikolaus. »Ich muß erst zeichnen lernen – die richtigen Proportionen, die Körperhaltung ...«

Der alte Lehmann schlurfte vorbei, er warf einen scheelen Blick auf Nikolaus und knurrte unzufrieden.

»Laß ihn in Ruhe, Opa«, sagte Klaus mit seiner schrillen, frechen Jungenstimme. »Er ist nämlich ein Künstler.«

Lehmann nörgelte: »Was sich so Künstler schimpft ..., 'ne anständige Schweißnaht lernt er nie, dein Künstler.«

Nikolaus drehte verlegen den Kopf; er hatte noch immer nicht gelernt, die wohlwollenden Grobheiten seines Schweißers lächelnd zu überhören.

Er versuchte, die Gruppe um Hamann zu skizzieren: ein friedliches Bild, glaubte er, das Bild von rauchenden, dösenden, in die Sonne blinzelnden Männern, die einen Vormittag lang ihr Teil geleistet hatten. Plötzlich sagte einer: »Alibaba hat gekündigt.«

»Wer ist'n Alibaba?«

»Der Schwarze doch, der Friedel ihr Macker«, sagte der vierschrötige blonde Trapp. Sie wandten ihm den Kopf zu, und Nikolaus spürte auf einmal Spannungen zwischen ihnen, eine eigentümliche Gereiztheit. »Soll sie gleich mitgehen, das Stück«, sagte Lehmann.

Bevor der Streit ausbrach, sah Nikolaus einen Augenblick lang die Gesichter nackt und scharf wie bei einer Blitzlichtaufnahme. Er sah Preuß mit seinem dunkelbraunen bekümmerten Vogelgesicht und Curt und Recha, die einander den Rücken zudrehten und im Sand malten, und Hamann, den der magere, ein wenig hinkende Heinz unruhig umstrich.

Die beiden schienen ihre Rollen heute vertauscht zu haben; obwohl sie gleichaltrig waren, behandelte Hamann seinen Schützling Heinz sonst mit der freundlichen Nachsicht eines Vaters. Sie wohnten zusammen und führten das Leben von Männern, die noch keine Neigung zur Seßhaftigkeit haben. Sie stritten sich nie. Abends kochte Heinz in der winzigen Barackenküche, in der sich nichts außer einem Stuhl und einem Gaskocher befand, und Hamann saß am Tisch, rechnete, schrieb und entwarf Verbesserungsvorschläge.

Er hatte, unermüdlich im Tüfteln und Erfinden, dem Kombinat schon mehr als eine halbe Million an Einsparungen gebracht, und er war entschlossen, sie auf eine volle Million aufzurunden. Manchmal ließ er Heinz einen der Verbesserungsvorschläge mit unterschreiben, um ihn an der Prämie zu beteiligen. Wenn Heinz, dem Eigennutz und Berechnung fremd waren, ablehnen wollte, sagte Hamann: »Sei nicht albern, Kindskopf! Falls du die Zechinen nicht unterbringen kannst – dein Küchenwunder kann's bestimmt.«

Sie halfen sich gegenseitig, ohne jemals ein Wort darüber zu verlieren. Nachdem Heinz eine Zeitlang bei ihm gehaust hatte, zwang ihn Hamann, Bücher zu lesen – »bloß damit ich abends Ruh vor dir hab«, hatte er gesagt –, und seitdem lag Heinz, der nur mühsam seinen Namen schreiben und nur Druckbuchstaben entziffern konnte, Abend für Abend auf seinem Bett und las, wobei er jedes Wort mit dem Zeigefinger verfolgte und murmelnd die Lippen bewegte. Er ging niemals schlafen, bevor Hamann zu Haus war, und er hielt immer eine Kanne Tee oder Kaffee für ihn bereit. Er schmückte auch ihr Zimmer, so gut er konnte; er besorgte bunte Lampenschirme und Igelitdecken, deren Muster eine Klöppelarbeit vortäuschte, und im Morgengrauen stahl er Blumen an der Lagerstraße.

Sie waren beide von fröhlicher Gemütsart, und sie liebten es, zuweilen Schuljungenunfug zu stiften und entsetzlichen Lärm zu schlagen. Einmal waren sie von Rolf und Nikolaus überrascht worden, als sie in ihrem verwüsteten Zimmer mit Keilkissen aufeinander losschlugen, und die Jungen hatten vergessen, daß der schwitzende, lachende korpulente Mann ihr Meister war; sie sprangen Heinz zu Hilfe, der sich auf dem geölten Fußboden wälzte, und Hamann war kein Spielverderber, oder er war einfach verblüfft von der unerwarteten Wildheit der ruhigsten, ernsthaftesten Jungen seiner Brigade. Plötzlich flog ein Schuh durch die Luft und zerschmetterte die Birne der Tischlampe, und dann splitterte Glas, und Heinz schrie: »Hilfe, ich blute!« Nikolaus schaltete die Deckenlampe ein. Auf dem Bett hockte Heinz mit nassem, schwärzlichem Gesicht und Rolf im gesprenkelten Hemd, und auch die weiße Wand hinter ihnen war naß und schwarzgefleckt. Hamann aber blickte auf seine Hände und leckte sich die Lippen, er sagte, von lautlosem Lachen geschüttelt: »Teufel, Teufel, da hab' ich doch die Tinte zu fassen gekriegt ...«

Am nächsten Tag brachte der Meister Schlämmkreide mit, und gemeinsam schabten sie die Wand ab und tünchten sie mit ihren Rasierpinseln. Es war die vergnüglichste Arbeit, die Nikolaus jemals getan hatte, denn Hamann unterhielt sie dabei mit wunderlichen Geschichten aus der großen, glorreichen *Goldgräberzeit*; selbst für diesen klugen, nüchternen Mann schienen sich, wie für die meisten Veteranen, die Härte und Mühsal und die Kämpfe jener Jahre nachträglich mit Klondike-Glanz zu verklären.

Schließlich erzählte auch Heinz, der dürr, struppig und mit fuchtelnden Händen im Zimmer umherlief, seine Abenteuer: wie er noch beim Betriebsschutz gewesen war und wie er jede Nacht seinen Rundgang durch das Wohnlager machte und illegale Frauen aus den Baracken holte. »Manchmal wollten sie uns bestechen, die Süßen«, sagte er und wiederholte, mit harmlosen blauen Augen von einem zum anderen blickend, wörtlich und sehr derb die Ansinnen jener Mädchen, und Hamann runzelte die Stirn und sagte streng, mit lachenden Augen: »Verlier dich nicht in delikate Einzelheiten, mein Sohn.«

Sie tranken an diesem Abend ein Dutzend Flaschen Apfelsaft und aßen sehr viele Bockwürste, die Hamann aus der Bierschwemme hatte holen lassen.

Nikolaus dachte jetzt, während er auf seinem schwankenden Bretterstapel saß und Hamann ansah: Er war gar nicht wie ein Meister und eigentlich nicht einmal wie ein Erwachsener. Er war wie achtzehn, Tatsache. Und heute … Vielleicht ist er nur krank. Er klappte seufzend sein Skizzenbuch zu, die Gruppe dort drüben war auseinandergefallen und die Illusion von friedlichem Behagen verflogen. Die Männer stritten sich, mit einer Erbitterung, als hätten sie nur auf den Anstoß zum Streit über die blonde junge Frau gewartet.

»'n Kind ist nicht das schlimmste«, sagte Trapp. »Aber daß sie sich mit 'nem Verheirateten eingelassen hat …«

»Wenn's noch der einzige gewesen wäre«, quengelte Lehmann.

»Sie hatte keinen anderen«, sagte Recha hitzig.

Lehmann stieß ein dünnes Greisengelächter aus, und Trapp sagte: »Du kannst gar nicht mitreden, Göre; kennst sie ja erst einen Monat.«

»Die ›Göre‹ spar dir mal«, entgegnete Recha; sie hatte es sich schon abgewöhnt, rot zu werden und den Mund zu halten, wenn einer der Männer ihr zeigte, daß er sie nicht ernst nahm, oder wenn sie etwas sah und hörte, was gegen ihr Gerechtigkeitsgefühl verstieß. »Warum ziehst du über sie her, wenn sie nicht dabei ist? Sonst hast du dich auch nicht um Friedel gekümmert.«

Curt war bäuchlings durch den Sand gekrochen, er lag nun hinter dem Mädchen und stieß sie in den Rücken, er sagte leise. »Sei nicht albern. Misch dich nicht in fremde Angelegenheiten.«

Sie schüttelte ihre unter dem roten Kopftuch zusammengebundenen Haare. »Wieso denn fremd?« sagte sie. Sie hatte vergessen, wie gleichgültig ihr Friedel am ersten Tag und noch viele Tage danach gewesen war und daß sie, als Friedel von ihrem Freund erzählte, nichts als peinliches Erstaunen empfunden hatte. Aber nicht vergessen hatte sie, was die kleine Blonde sagte, als sie neben ihr stand, über den Wasserbottich gebeugt: »... einer, für den du alles wegschmeißt, und es ist dir egal, was die anderen von dir denken ...« Deshalb, auch deshalb glaubte sie sich verpflichtet, Friedel zu verteidigen.

Sie blickte zu Nikolaus hinüber, sie wünschte seit einer Viertelstunde, er würde endlich zu ihr kommen und sich neben sie in den heißen gelben Sand setzen, aber natürlich kam er nicht, er hatte den ganzen Vormittag kein Wort mit ihr gesprochen, und jetzt schaukelte er auf den lose geschichteten Brettern und starrte mit tölpelhaft abwesendem Gesicht auf seine Schuhspitzen, und der Abend gestern (Regentrommeln auf den Blättern, Glühwürmchenschwarm der Lichter vom Lager, du erinnerst dich, und die samtige, nach Schweiß und Terpentin und Gras riechende Jacke über deinen Schultern), dieser Abend schien weit weggerückt und unwirklich.

»Kaum haben wir mal fremde Monteure in der Halle«, sagte der lange Jackmann, »schon sind sie um Friedel rum wie Fliegen ums Honigglas.« Er preßte die Lippen zusammen. »Keine Arbeitsmoral«, setzte er hinzu, »überhaupt – keine Moral.«

»Du hast es nötig«, sagte Recha, obwohl sie fühlte, daß Curt sie mahnend an den Haaren zupfte. »Du bleibst ja selbst immer bei uns stehen, und wenn man sich bückt, schielst du einem in den Ausschnitt.« Die anderen lachten, Jackmann schnappte zurück: »Warum macht ihr auch immer Tag der offenen Bluse? Und – na, viel ist bei dir ja noch nicht –« Er verstummte unter Preuß' Blick. Preuß sagte scharf: »Reiß dich am Riemen, Mensch.« Er sah auf die Uhr und erhob sich. »Wir müssen wieder rein, höchste Zeit.«

»Jedenfalls muß sie aus der Brigade raus«, sagte ein anderer. Er stieß den Brigadier an. »Nun sprich du, Schwager.«

Franz hatte die ganze Zeit, auf dem unvermeidlichen kalten Stumpen kauend, abgewartet und geschwiegen. Er war daran gewöhnt, das Reden seinem Meister zu überlassen; er ahnte auch – und die Verwandlung Erwins bestätigte es ihm –, daß er von Rohrleitungen mehr verstand als von Menschen. Da aber Hamann, stumpf und in sich gekehrt, schwieg und vielleicht nicht einmal zugehört hatte, murmelte Franz: »Geht schließlich um den Titel, nicht?« Er schob mit einer Lippenbewegung gewandt den Stumpen in einen Mundwinkel, er sagte: »Egal Ärger mit den Frauen. Solche Geschichten können uns glatt um den Titel bringen.«

»Na also, dann schmeißt sie raus«, sagte Recha höhnisch. »Der Titel ist in Gefahr, und bloß wegen 'ner Frau.« Curt, hinter ihrem Rücken, dachte beunruhigt: Einen Ton hat sie drauf ... Sie wird sich bei der ganzen Brigade unbeliebt machen. (Und Unbeliebtheit, glaubte er, war beinahe so mißlich und schwer zu ertragen wie ein entstellender Körperfehler.) Er wunderte sich, daß niemand ungehalten über das Mädchen war und daß Heinz sich die Hände rieb und ganz vergnügt sagte: »Sieh mal an, die Kleine gibt volle Blase.«

»Ich sag' ja: 'n Kind ist nicht das schlimmste«, wiederholte Trapp. »Hab' selbst vier zu Haus ... Schlimm ist, daß wir unter Friedels Liebesgeschichten leiden sollen, und du am meisten, Recha. Andauernd macht sie krank, mal tut ihr dies weh und mal das, und wenn jetzt Alibaba die Kurve kratzt, ist sie mit den Nerven alle. Und wer macht die Arbeit? Zwei Frauen haben wir bloß bei den Armaturen: Eine ist in anderen Umständen, die andere ist 'ne halbe Portion ... Kann ja heiter werden.«

Preuß sagte sehr förmlich: »Die Kollegin Heine kannst du als volle Arbeitskraft werten.« Nun wurde Recha doch verlegen; mit Lobsprüchen war die Brigade nicht freigebig. Curt kicherte. Preuß überlegte; er haßte es, über Schwierigkeiten zu lamentieren, statt sie kurzerhand aus dem Weg zu räumen. Er sagte: »Bis Friedel wiederkommt, nehme ich Nikolaus in die Schlosserei.«

»Ich geb' ihn nicht her«, sagte Lehmann böse, »ich brauch' ihn, verstanden?« Er fügte aber gleich hinzu, als habe er Nikolaus mit seinem Protest schon zuviel freundliche Anerkennung gezollt: »Was er nicht im Kopf hat, das hat er in den Armen. Warum nimmst du nicht Curt? Der gammelt sowieso bloß rum.«

»In Ordnung«, sagte Preuß, er sah Franz fragend an, und Franz nickte, und damit war die Sache entschieden.

Über meinen Kopf weg, dachte Curt. Lückenbüßer spielen für irgendeine verliebte Gans, die an den falschen Mann geraten ist – dafür hat man zwölf Jahre auf der Schulbank gesessen, dafür hat man das Abi gebaut, dafür opfert man ein unersetzliches, unbezahlbares Jahr. Vielleicht darf ich sogar mal am Arbeitsplatz ausfegen ... Der Werkstattkehrer von heute ist der Diplom-Ingenieur von morgen. Und das alles unter dem Kommando von Studienrat Preuß ...

Dieser Gedanke erfüllte ihn mit Unbehagen; er war überzeugt, Preuß werde jede Gelegenheit nützen, ihn zu schikanieren, und er empfand schon im voraus tiefes Mitgefühl für sich. Aber dann sah er den schmalen Rücken des Mädchens vor sich und die dicken schwarzen Haarsträhnen, die über ihre Schultern fielen, und er sagte sich, rasch getröstet, daß er wenigstens jeden Tag in Rechas unmittelbarer Nähe sein würde. Eigentlich hatte er eine ganze Menge Vorteile eingetauscht; der Winter stand vor der Tür, und Curt konnte sich, wenn er an die Erzählungen der anderen dachte, recht eindringlich vorstellen, was es bedeutete, bei zwanzig Grad Kälte, bei Schneestürmen und eisigem Wind draußen an einer Rohrleitung zu arbeiten. Ich werde jedenfalls gut überwintern, dachte Curt. Mag dieser sympathische Trottel Nikolaus im Gelände rumkriechen; ich habe nicht seine romantische Neigung zum Heroismus.

Trotzdem gelang es Curt nicht, sich zu seinem alten fröhlichen Leichtsinn zu überreden, und er wurde sich dunkel bewußt, daß er in diesen wenigen Wochen im Kombinat schon etwas von seinem glücklichen Talent eingebüßt hatte, sich in jeder Situation zurechtzufinden und mit jeder Art Menschen fertig zu werden. Er stand auf und klopfte den Sand von seiner Jacke und ging zum Hallentor. Er spürte, daß ihm jemand nachsah, und er verfiel unwillkürlich – unverbesserlicher Schauspieler seiner selbst – in die Pose eines von schwerer Kränkung niedergedrückten Mannes, und sogar sein Rücken sah gramvoll und bemitleidenswert aus.

Der gute Lehrer Preuß sagte dann auch zu Franz: »Man sollte ihm bald eine andere Aufgabe geben, mehr Verantwortung ... Ein intelligenter Junge. Mal eine Sache, verstehst du, wo er selbst knobeln muß.«

Franz spuckte den nassen, zerkauten Stumpen aus, er bellte: »Soll erst arbeiten lernen. Knobeln ... Noch was. Der hat so schon 'nen Vogel, der in keinen Käfig paßt.« Ein anderer nickte und sagte: »Du mußt bloß sehen, wie er einem 'ne Zigarette anbietet, nimm ruhig, du armes Schwein, ich hab's ja, mein Vater hat's ja.«

»Sein Vater –«, begann Preuß, aber er unterbrach sich und blickte zu Boden, und sein dunkelbraunes Gesicht rötete sich. Er war einen Moment unschlüssig, ob er dem Brigadier von der Szene heute morgen berichten sollte. Er dachte dann aber, es sei besser, nicht soviel Wind um den Streit zu machen und ihn womöglich zu einer Brigadeangelegenheit aufzubauschen; er hatte während der zehn Jahre in einem großen Synthesewerk Hunderte von Jugendlichen erzogen, er hielt sich etwas auf seine Menschenkenntnis zugute und glaubte, er werde irgendwann auch mit diesem vertrackten Abiturienten ins reine kommen.

»Und was wird nun mit Friedel?« bohrte Jackmann. »Ich würde 'ne andere einstellen, Franz, eine über vierzig, die nicht morgens müde zur Arbeit kommt und der halben Brigade erzählt, wie sie« – er räusperte sich und sagte, mit einem Blick auf Recha: »was sie Schönes erlebt hat.«

»Einstellen, einstellen«, sagte Franz ungeduldig. »Ich kann mir keine Frau aus den Rippen schneiden. Wir haben so schon fünfzehn Leute zuwenig.«

So waren sie also wieder bei Friedel, und sie redeten noch eine Weile hin und her, und die meisten stimmten dafür, man solle die unzuverlässige junge Frau samt ihrem Alibaba so rasch wie möglich hinausbefördern. Schließlich wendete sich Trapp an Hamann:

»Also, was ist, Meister?«

»Was soll sein?« fragte Hamann. Er hob endlich den Kopf und sah Trapp fest an, er schien doch zugehört und, wenigstens für ein paar Minuten, seinen eigenen Kummer über dem Kummer eines anderen Menschen vergessen zu haben. »Erstens ist hier keine Brigadeversammlung, und zweitens«, sagte er mit einem Ausdruck von Härte, »hab' ich was gegen Leute, die vergessen, daß sie auf der linken Seite außer der Brieftasche auch noch ein Herz haben.«

Trapp lachte gezwungen. Jackmann zuckte die Schultern. »Die Gnädige bleibt also? Bitte.« Sie widersprachen aber nicht, nur Franz sagte: »Herz ist auch 'n Argument.«

»Genau, Schwager«, sagte Hamann, stand auf und ging, gefolgt von Heinz, in die Halle zurück.

Curt kniete schon über der Kautasitplatte und hämmerte und blickte nicht einmal auf, als er Rechas Schritte hinter sich hörte.

Recha war erleichtert, als sei die Zufallsdiskussion vor dem Tor nicht für Friedel, sondern für sie selbst gut ausgegangen. Friedel war ihr nicht einmal besonders sympathisch, und sie fragte sich, woher ein Gefühl stammen mochte, das stark genug war, die Gedanken an ihre eigenen Sorgen wegzuschwemmen. Dabei galt dieses Gefühl nicht allein Friedel, und manchmal entdeckte Recha, daß vieles von dem, was sie früher bewegt und unerhört wichtig genommen hatte, in den Hintergrund trat oder versank. Nur selten fand sie, abends, allein in ihrem dunklen Zimmer, ihre Schülersorgen wieder, wie man unvermutet altes Kinderspielzeug in einer

Gerümpelecke wiederfindet – ein wenig komisch, ein wenig rührend und jedenfalls abgetan und vergessen.

Sie dachte auch jetzt, als sie an ihren Arbeitsplatz zurückkehrte, nicht an Curt und an den kommenden Abend. Sie sah, daß während der Mittagspause etliche Dutzend Ventile gebracht worden waren, und sie versuchte sich auszurechnen, wie viele Tage sie zum Einschleifen brauchen würden.

Sie ging zu Hamann hinüber und sagte: »Was ist mit der Maschine? Wenn wir den ganzen Haufen Ventile da für den Pressenkeller brauchen … Nicht zu schaffen. Oder« – zögernd – »wir müßten Überstunden anhängen.«

»Maschine –?« fragte Hamann. Recha lachte. »Damals dachte ich, Sie wollten mich verulken. Aber jetzt … Und die Prämienbrause haben Sie auch vergessen?«

Hamann belebte sich. »Unsere Maschine – na freilich. Wie denn, habe ich von Brause gesprochen? 'ne Flasche Kokeltaler möchten wir uns schon in die Figur filtrieren.« Er grinste schwach. »Die Zeichnung ist fertig. Willst du sehen?«

»Klar«, sagte Recha, und Hamann – ein vertrauter tatkräftiger, verschmitzt blinzelnder Hamann – faßte sie am Ellbogen und schob sie vor sich her. »Komm mit, Herzchen.«

Curt sah sie in dem mit Brettern verschalten Gang zum Meisterzimmer verschwinden, und er dachte eifersüchtig: Auf einmal kann er wieder lachen, der Alte …

3

Kurz nach acht klingelte es. Recha fuhr zusammen, sie bat: »Gehst du an die Tür, Lisa?«

Lisa saß auf ihrem Bett, die Füße in zerschlurften Hausschuhen, und las in einem der grellbunten billigen Groschenhefte (Sonderpreis für Westberlin zwanzig Pfennig), die unter den Mädchen in der Zwischenbelegung getauscht, geborgt und weitergegeben wurden. Sie ließ das Heft sinken; in ihren Augen war noch ein Schimmer von Rührung über das Schicksal einer armen, aber schönen Krankenschwester und eines alternden Chefchirurgen – obwohl sie als erfahrene Leserin wußte, daß nach siebzig Seiten Liebe, Leid und Entsagung alles gut ausgehen und die Hochzeitsglocke für die arme, aber schöne Krankenschwester läuten würde. »Warum gehste nicht selbst?« sagte Lisa.

Die Klingel schrillte zum zweitenmal, lang anhaltend und dreist, und Recha klappte ihr Tagebuch zu, ein in schwarzes Wachsleinen gebundenes Schulheft, in dem sie fast jeden Abend schrieb, mit einer schroffen, ungleichmäßigen, die blauen Linien überwuchernden Handschrift, freche kleine Geschichten und Geschichtchen und seltsame, phantastische bunte Märchen, die sie ängstlich vor den Augen anderer versteckte. Sie legte das Heft in die Schublade und stand auf und schüttelte ihr Haar zurück, während sie sich im Spiegel an der Schrankwand musterte.

Lisa sah sie an. »Deiner mit den Katzenaugen, wie?« Sie lachte. »Darum hast du dich so schick gemacht ...«

Recha sagte gereizt: »Du weißt, daß ich zu Haus immer –«

»Ja, ja«, sagte Lisa und blickte an sich hinab. Sie trug ein freundlich gemustertes Kleid; seit die Kleine bei ihr wohnte, hatte sie es sich abgewöhnt, nach der Arbeit in ihrem blauen oder rosa Unterrock herumzulaufen. »Ich geh' schon«, sagte sie, als es zum drittenmal klingelte. »Ich schmeiß' ihn raus, den Rotzbengel.«

Recha zögerte eine Sekunde, dann nickte sie. »Gut, schmeiß ihn raus, eh er das Haus zusammentrommelt.«

Sie waren heute allein in der Wohnung; die Mädchen vom Nebenzimmer hatten Spätschicht. Lisa ging über den Korridor und öffnete die Tür, sie sagte mit ihrer tiefen, rauhen Stimme:

»Hau ab. Die Kleine hat keine Zeit.«

»Mach keinen Quatsch, altes Mädchen«, sagte Curt fröhlich. Er trug unter jedem Arm ein Paket und versuchte, an Lisa vorbeizuschlüpfen, die ihm, stämmig und breitschultrig, den Weg verbaute. »Hau ab, sag' ich.« Sie wollte die Tür zuschlagen, aber Curt klemmte rasch den Fuß dazwischen. »Nimm die Hinterpfote weg.«

»Wenn du mich reinläßt.«

»Nischt is«, sagte Lisa. »Such dir 'ne andere, wo du an der Nase kannst rumführen.« Und sie drückte die ächzende Tür gegen Curts Fuß.

Er sagte mit seinem liebenswürdigsten Lächeln: »Nur fünf Minuten, Mädchen. Nur das Zeug hier abgeben ... Sei nicht hartherzig.«

Sie schwieg und stemmte sich gegen die Tür. Sie hatte Recha gern und fühlte sich für sie verantwortlich, aus Mitleid und weil es ihr guttat, Beschützerin zu sein, wie sie es zu Haus für ihre jüngeren Geschwister gewesen war; sie mußte die Kleine gegen den glatten, zu hübschen Jungen beschützen.

»Na gut, führen wir unsere diplomatischen Verhandlungen durch den Türspalt«, sagte Curt. Er schmeichelte: »Sei nett, Lisalein, laß dein Herz erweichen. Tu mir schon den Gefallen.« Es war ihm zuwider, dem plumpen Mädchen Honigworte geben zu müssen, aber er wußte, daß er mit Gewalt und gegen ihren Willen niemals in die Wohnung kommen würde; Lisa war viel kräftiger als er. »Ich hab' dir auch was mitgebracht.«

Sie starrte ihn mißtrauisch an, beunruhigt durch seine Zungenfertigkeit. »Ach, du – schwindelst, wenn du die Schnauze aufmachst.«

Curt streckte ihr ein Päckchen entgegen. »Pralinen.« Lisa nahm es; sie zauderte, dann sagte sie brummig und mit einem Unterton von Bedauern: »Trotzdem kommst du nicht rein. Nimm die Pfote weg, sonst fliegst du die Treppe runter.« Es war ihr Ernst, und Curt, der um jeden Preis

Recha heute abend noch sehen wollte, sagte: »Du weißt ja nicht, wie wichtig es für mich ist … Ich bitte dich, Lisa!« In diesem Augenblick war er heftiger denn je in Recha verliebt, und er war wütend und verzweifelt bei dem Gedanken, daß ihn nur diese hartnäckige Frau und ein kurzer Korridor von ihr trennten.

Lisa schwankte, der Junge begann ihr leid zu tun. Curt nützte ihre gutmütige Schwäche; er reichte ihr resigniert die Pakete und einen in weißes Seidenpapier gewickelten Strauß durch den Türspalt und sagte mit schmerzlich bebender Stimme: »Gib's ab und sag ihr – Ach, sag ihr gar nichts.« Er wandte sich ab und ging zur Treppe; er wartete gespannt. Hinter ihm wurde die Tür weit geöffnet, und Lisa rief ärgerlich: »Na los, komm schon. Aber wirklich bloß 'n paar Minuten.«

Curt lachte in sich hinein. Er dankte gerührt und trat, während Lisa sich in die Küche zurückzog, ins Zimmer, ohne anzuklopfen.

Recha stand am Fenster und blickte auf die Straße hinab. Es war ganz dunkel geworden, dünner Regen stäubte, und das nasse Pflaster glänzte im Schein der Straßenlampen. In der Haustür vom Block gegenüber, unter dem zierlich gewölbten Glasdach, standen junge Männer; zwei von ihnen trugen ihre Kofferradios an Riemen um den Hals und ließen sie unbekümmert gegeneinander lärmen. Einmal glitt ein eng umschlungenes Paar durch den Lichtkreis, schwarz und stumm wie ein Schatten. Recha zog die Schultern hoch und schloß das Fenster. Als die Tür klappte, fragte sie, ohne sich umzudrehen: »Was hat er gesagt?«

Curt lief zu ihr ans Fenster und hielt ihr die Augen zu. »Er hat gesagt, er wird sich im nächsten Gully ertränken, wenn du nicht –« Sie riß sich los und stieß ihn gegen die Brust. »Wie bist du reingekommen?«

»Ich hab' deinen Cerberus bestochen – mit 'ner Schachtel Pralinen, die eigentlich für dich bestimmt war. Aber es ist noch genug für dich übriggeblieben.«

»Nimm's nur wieder mit«, sagte Recha, sie atmete rasch.

»Wenigstens kannst du den Blumen Wasser geben.

»Rote Rosen«, sagte Recha. Sie lächelte. »Ich dachte, rote Rosen schenkt man sich bloß in Schlagern.«

»Findest du's kitschig?«

»Quatsch, es ist nicht kitschig – nicht sehr.« Sie nahm eine Vase aus dem Schrank und holte Wasser. Sie beachtete Curt nicht, der an der Wand lehnte, die Hände in den Hosentaschen, und vor sich hin pfiff. Er sah ihr zu, wie sie die Blumen ordnete, und sah auf ihre dünnen bräunlichen, nervösen Hände, und er versicherte sich, daß er eigentlich schon gewonnen habe. Nach einer Weile sagte er, während er ungeniert das Zimmer musterte: »Ihr habt euch verbessert.«

»Ja. Vorher war's trostlos.«

Über Lisas Bett hingen, gerahmt und unter Glas, sanftfarbige gepreßte Wiesenblumen. »Schlicht und geschmacklos«, bemerkte Curt. »Immerhin scheint das Mannweib 'ne zarte Seele zu haben.«

»Tu nicht so verdammt überheblich«, fauchte Recha, und sie war beinahe froh, daß sie wieder einen Grund hatte, sich über Curt zu ärgern. »Lisa ist ein gutes Mädchen, und – ich freu' mich, daß sie überhaupt Spaß dran gefunden hat, unsere Bude hübsch zu machen.«

»Recha, die Lichtbringerin«, sagte Curt, und er nahm das Groschenheft von Lisas Bett und schwenkte es vor Rechas Gesicht. »Aber, aber, was muß ich denn da sehen? Was für eine Lektüre ... Du hast deine Kulturmission nicht erfüllt.«

Sie machte eine ungestüme Bewegung, und Curt trat einen Schritt zurück. Recha lachte und sagte: »Red ruhig weiter. Du warst grade so gut im Zuge.«

Er hatte auf einmal ein unsinniges Verlangen, sie aufzubringen und sich dafür zu rächen, daß er ihr nachgelaufen war und vor der Tür gebettelt und sich leer und verzweifelt ohne sie gefühlt hatte. Er sagte: »Übrigens hab' ich Parzival getroffen, deinen unglücklichen Anbeter. Ein kompletter Dummkopf!«

Sie blickte an Curt vorbei durch das Fenster, ihre Augen glänzten. »Meinen Anbeter …« Sie sagte mit einer leisen und schüchternen Stimme: »Glaubst du wirklich, daß er mich mag?«

»Blödsinn. War nur 'n schlechter Witz von mir.«

Sie berührte erschrocken seinen Arm. »Du hast ihm doch nicht gesagt, daß du zu mir gehst?«

»Aber sicher«, log Curt, der Nikolaus nicht einmal gesehen hatte. »Er läßt dich grüßen.«

»Ach so.« Sie nahm eine Zigarette vom Nachttisch und zündete sie an. »Na ja …«, sagte sie nach einer kleinen Pause, und Curt, der sie aus zusammengekniffenen Lidern beobachtet hatte, murmelte: »Er denkt nur an seine holde Kunst …«

Recha setzte sich auf ihr Bett und zog die Knie hoch. Ihre schmalen, eckigen Schultern hingen nach vorn. Dann kam Lisa ins Zimmer, sie blickte streng von einem zum anderen und sagte. »Ich werd' jetzt baden, Kleine.« Zu Curt: »Wenn ich zurückkomm', bist du verschwunden.«

»Schon gut, Lisa. Er wollt grad' gehen«, sagte Recha.

Sie hörten drüben das Wasser in die Wanne rauschen. Im Zimmer unter ihnen spielte das Radio; eine Melodie war nicht zu erkennen, nur das dumpfe, rhythmische Dröhnen von Paukenschlägen. Curt kaute auf der Unterlippe, er dachte: Ich bin ein Versager, ich mache alles falsch. Sie ist doch nicht mein erstes Mädchen … Sie wickelt nicht mal die Pakete aus, interessiert sie nicht, natürlich, aber wenn Nikolaus … Dabei würde dieser Esel gar nicht auf die Idee kommen, ihr auch nur ein paar zerdrückte Veilchen mitzubringen. Er starrte auf die knabenhaft dünne Gestalt in engen schwarzen Hosen und schwarzem Pullover und auf ihr Gesicht mit den scharfen Backenknochen und der vorspringenden Nase, und er fühlte, wie sich sein Herz zusammenzog, er dachte erbittert: Sie ist nicht mal mein Geschmack … Warum, zum Teufel, habe ich mich bloß an sie gehängt?

Er sagte in bemüht boshaftem Ton: »Da hockst du nun wie'n Kleinstadtvamp ... Weißt du, daß du mal wieder unmöglich angezogen bist, meine Liebe? Bei so 'ner Figur darf man nicht Schwarz tragen.«

Recha zuckte die Schultern und schwieg, sie hatte das zänkische Geschwätz schon satt, sie dachte: Vorhin, als es klingelte, war mir ganz schlecht vor Aufregung. Und dann, als er im Zimmer stand – ich habe mich gefreut, trotz aller guten Vorsätze habe ich mich gefreut. Warum mußte er das von Nikolaus sagen?

Sie drückte die Zigarette aus und legte eine Hand vor die Augen, und plötzlich, zwischen ihren Fingern hindurch, sah sie, wie Curt auf sie zukam, mit einem fremden, schrecklichen Gesicht, und in dem weißen nackten Licht der Milchglasglocke leuchteten silbrigblonde Strähnen in seinem Haar. Ihr Mund wurde trocken, und in einem Gefühl von Furcht, das sie noch nicht gekannt hatte, streckte sie beide Arme gegen ihn aus.

Curt lief zur Tür und schaltete das Licht aus. Einen Augenblick war es ganz finster im Zimmer, dann erkannte er wieder die Umrisse der Möbel und den bleichen Fleck, der Rechas Gesicht war. Er fiel stumm und wild über sie her und hielt ihre Hände fest und bedeckte ihre Augen und den Mund und ihren Hals mit Küssen. Sie biß ihm in die Lippe, aber es tat ihm nicht weh; er flüsterte wie von Sinnen: »... du verfluchte Katze ..., ich krieg' dich doch ..., na los, kratz nur, nützt dir ja nichts ..., ich bring' mich um nach dir, und du ...« Sie hörte plötzlich auf, sich zu wehren, und küßte ihn, betäubt und zitternd, und dann sah sie wieder, als sie die Augen öffnete, im taubengrauen Abendlicht das fremde schreckliche Gesicht über sich; unter einer kalten Welle von Scham und Angst krümmte sie sich zusammen und stieß mit dem Knie nach ihm.

Sie sprang auf und lief zur Tür. »Bleib hier, bitte, ich tu dir nichts«, sagte Curt mit brüchiger Stimme. Sie machte Licht.

Curt bückte sich. »Du hast deine Haarspange verloren.«

»Danke.« Sie hörten, wie drüben das Wasser gurgelnd in den Abfluß lief. »Lisa kommt gleich«, sagte Recha. Sie ging zum Spiegel und begann langsam und umständlich ihr Haar zu kämmen. Nach einer Weile stellte sich Curt hinter sie, er strich über ihre Schulter und sagte. »Eigentlich steht dir Schwarz fabelhaft.«

»Ich bleib' nicht so mager wie 'ne verhungerte Katze«, sagte Recha. »Mit der Zeit ..., ich werde noch üppiger, glaubst du?«

»Du bist ja erst siebzehn.« Sie sahen sich im Spiegel, ohne zu lächeln. Curt sagte. »Ich wollte dich einladen, zu mir nach Haus. Ich wollte mit dir 'ne Segelpartie machen. Jetzt im Herbst, an einem sonnigen Tag, auf dem Wasser ... Du hättest bei uns geschlafen. Aber es geht nicht, natürlich.«

Sie blickte, ohne recht zuzuhören, auf seine Lippen, die sich im Spiegel bewegten, und sie bemerkte jetzt erst den Zug von Bitterkeit und Verachtung, der zu seinem achtzehnjährigen Gesicht nicht paßte. »Meine alten Herrschaften, weißt du ...«, sagte Curt. »Die übliche Geschichte: Vater ist zu einem Kongreß gefahren, und meine Mutter macht Weekend, irgendwo im Harz. Na schön, man hat seine Verpflichtungen, nicht wahr?, und ich kann nicht nach Haus fahren. Keine Zeit für den Kronprinzen ...«

»Du bist eigentlich auch nicht besser dran als ich«, sagte Recha, und, fast gegen ihren Willen: »Dann werden wir morgen irgendwas anderes anstellen.«

»Na, wunderbar!« rief Curt. »Das wollte ich hören. Ich lass' mir freigeben und gondle nach Haus und hol' unseren Wartburg. Mein alter Herr ist sicher mit 'nem Delegations-SIM abgerauscht; der merkt es gar nicht, wenn ich mir den Wagen aus der Garage hole, und wenn er's merkt, ist es mir auch egal.« Er küßte sie überschwenglich auf den Nacken, er hatte seine strahlende Laune schon wiedergefunden. »Und wir beide fahren weg – auf gut Glück ins Blaue. Okay?«

»Okay«, sagte Recha lachend, »wir gehen auf Jagd nach Abenteuern.«

»Mal raus aus dem idiotischen Trott hier«, sagte Curt, »mal weit weg von dem blöden Kombinat und dem ganzen anderen Mist ...« Er horchte zur Tür, Lisa wirtschaftete noch im Badezimmer herum. Er riß ein Paket auf. »Ich hab' dir 'nen weißen Pullover mitgebracht. War für die Segelpartie bestimmt ... Na, egal. Zieh ihn morgen an.«

»Du mußt doch 'nen Vogel haben«, sagte Recha verlegen; sie hatte noch nie einen so teuren Pullover besessen.

»Sei nicht albern. Ich kann's nicht leiden, wenn meine Freundin weniger elegant ist als andre Mädchen ... Was ist denn los, Recha? Freust du dich nicht?«

»Blöde Frage. Natürlich freu' ich mich«, sagte sie. »Bloß – ich bin's nicht gewöhnt ..., ich bin ans Geschenkebekommen nicht so gewöhnt.«

»Ach. Ja ...«, sagte Curt, und er drückte ihren Arm, in einer Aufwallung von brüderlichem Gefühl. »Pack den ganzen Krempel nachher aus. Ich hau ab, möchte mich nicht von deinem Dragoner erwischen lassen.«

Sie brachte Curt bis zur Treppe. Hinter der Tür, in dem linoleumbelegten Korridor, hörte sie Lisas nackte Füße platschen. »Schönen Dank«, sagte Recha, und Curt umarmte sie flüchtig und lief die Treppe hinab.

Sie stand am Fenster, hinter dem Vorhang, als Curt aus der Tür trat und seinen Jackenkragen hochschlug und über das regennasse glänzende Pflaster auf die andere Straßenseite hinüberging.

»Ist er weg?« fragte Lisa.

»Ja, er ist weg. Schon lange«, sagte Recha niedergeschlagen. Sie hatte sich während der letzten zehn Minuten ganz leicht und glücklich gefühlt; jetzt war sie nur noch müde, und sie versuchte vergebens, sein Lachen und seine geschmeidige Stimme und die frechen grünen Augen in ihr Gedächtnis zurückzuholen. Sie sagte zu Lisa oder nur zu sich selbst: »Manchmal ist er unwiderstehlich. Aber der ganze Zauber wirkt nur, solange er bei dir ist, und nachher –«

»Auch was Rechtes«, sagte Lisa. Sie hängte ihr Kleid auf einen Bügel, ihre sonnenverbrannten Arme stachen braunrot gegen das weiße Nachthemd ab. »Ich kenn' solche, die wo immer prima Laune haben und anderen nichts abgeben. Die nehmen ihre Laune mit wie 'n oller Geizhammel sein dickes Portmonnee.«

Curt war zu dem Rudel junger Männer getreten, die unter dem Glasdach herumlungerten, und Recha sah, wie sie mit ihren Bürstenköpfen nickten und Curt mannhaft auf den Rücken schlugen und wie Curt lebhaft den hübschen blonden Kopf drehte und mit allen zugleich sprach; er schien verwandelt und war sicherlich berauscht von seiner eigenen Beliebtheit. Sie hörten ihm zu und lachten, und schließlich gingen sie zusammen fort, und Recha lehnte den Kopf ans Fensterkreuz und dachte an Nikolaus.

Siebentes Kapitel

I

Mittags hielt der tomatenrote Wartburg vor der Tür, und die Mädchen aus dem Block standen hinter den Gardinen, als Recha, steif vor Befangenheit, zum Wagen ging. Curt riß die Tür auf.

»Bitte sehr, Gnädigste.«

Sie trug über dem weißen Pullover eine dreifach um den Hals geschlungene Kette aus purpurroten Bastkügelchen. »Du siehst fabelhaft aus«, sagte Curt; seit er wieder einen eleganten und beinah eigenen Wagen fuhr, war sein fröhliches Selbstbewußtsein gestiegen, und er konnte es sich leisten, leger aufgekrempelte Hemdsärmel zu tragen und die Menschen auf der Straße »diese verdammten Fußgänger« zu nennen. »Meine alten Herrschaften waren schon abgeschwirrt, als ich kam«, erzählte er, während er den Wagen geschickt durch das Gewühl in den Gassen steuerte. »Zum Glück hatte mein Vater die Wagenpapiere im Handschuhfach vergessen, und der Tank war noch voll Sprit.«

»Ja, da hast du Glück gehabt.« Curt sah sie von der Seite an, und sie lachte unsicher und sagte: »Was glaubst du denn, wie oft im Leben ich schon Auto gefahren bin? Ich kann's mir an den Fingern abzählen.«

»Komisch«, sagte Curt. Sie hatten endlich die letzten, noch unverputzten Blöcke der Neustadt hinter sich und die Turmdrehkräne und Baugruben für künftige Hochhäuser, und als sie auf die Chaussee nach Bautzen einbogen, trat Curt auf das Gaspedal. »Jetzt haben wir neunzig drauf, Gott sei Dank. Diese Kriecherei in der Stadt ... Es gibt nichts Blöderes, als wenn du 40 PS unter der Haube hast und darfst sie nicht rauskitzeln. Macht mich ganz nervös ..., 'nen starken Wagen mußt du ausfahren – hundertzehn, hundertzwanzig … alles andere ist witzlos.«

»Man sieht ja nichts von der Landschaft.«

»Landschaft«, sagte Curt. »Wenn du Landschaft genießen willst, mußt du per pedes gehen. Nee, meine liebe Dame, mit Naturgenüssen kannst du mich nicht aus'm Urwald locken, ich bin bloß glücklich, wenn ich hinterm Steuer sitze und Spitze fahre und – eben Tempo … Oder hast du Angst?«

»Angst? – Quatsch.«

»Ist auch nicht nötig. Ich hab' den Wagen todsicher in der Hand.« Er lachte. »Und wenn's kracht, haben wir eben Pech gehabt.«

»Ich hab' ja nichts dagegen, wenn du dir das Genick brichst.«

»Besten Dank für deine frommen Wünsche.« Das Fenster war geöffnet, und Curt stützte den Ellbogen auf und umfaßte mit der Hand das Wagendeck. Dies war, so wußte er aus Filmen, die saloppe amerikanische Fahrweise; den meisten jungen Mädchen konnte man damit imponieren, und Curt mußte Recha imponieren, er mußte bewundert werden und den verblaßten Glorienschein seiner Unwiderstehlichkeit aufpolieren, nach all den schäbigen, kleinen, demütigenden Niederlagen der letzten Wochen.

In der Tat war Recha jung genug für eine Regung von eitlem Stolz, weil dieser kühne Bursche ihr Freund war und weil er sich abmühte, ihr seine Kühnheit zu beweisen, und er gefiel ihr mit seinem schönen gebräunten Gesicht und den im Zugwind wehenden blonden Haaren. Sie war aber schon mißtrauisch gegen ihre Gefühle geworden; vielleicht, dachte sie, beeindruckt mich sein Wartburg mehr als er selbst (aber ich will nicht zu diesen oberflächlichen Geschöpfen gehören, die ihr Herz an ein Auto verlieren, wirklich, ich will nicht); sie sagte: »Ich fänd's ja noch schicker, wenn du mich jetzt mit dem anderen Arm umfassen würdest. Wir kriegen sicher einen Nachruf in Fettdruck: ›Der Tod saß am Steuer‹ oder ›Zwei blühende Menschenleben‹ …«

Curt schüttelte den Kopf und sagte ernsthaft: »Ich weiß auch so, daß ich für dich verantwortlich bin, du blühendes Menschenleben.«

Jetzt, am frühen Nachmittag, war der Himmel hoch und von dünnem, weißlich verschleiertem Blau, und die Sonne schien, sommerlich warm und schon sanft gegen den westlichen Horizont gerückt. Über eine sumpfige, mit Weiden und niedrigen Erlen bestandene Wiese stakte gelassen ein Storch. Ein Bussard kreiste ohne Flügelschlag.

»Ein Falke!« schrie Recha. »Ist er nicht herrlich? Oder ... vielleicht ist es gar kein Falke.«

»Weiß der Teufel, ich kenn' mich bei dem Geflügel nicht aus.« Curt starrte, die hellen Augen zusammengekniffen, auf die graue, in der Sonne flimmernde Bahn. »Gib mir meine Sonnenbrille aus dem Handschuhkasten. Zünd mir 'ne Zigarette an. Bitte«, setzte er etwas verspätet hinzu.

Sie fuhren an Bautzen vorbei, und Recha blickte sehnsüchtig hinüber zu den schönen alten Türmen und Dächern und den über dem Wasser ragenden Mauern, und Curt, der ihren Blick bemerkte, lachte und sagte: »Bloß nicht altes Gemäuer beglotzen, Recha. Ich bin heut auf Kilometerfressen eingestellt.« Sie hatten dann wieder eine gerade, glatte, von Kirschbäumen gesäumte Straße vor sich, und es gab keinen Gegenverkehr, die Tachometernadel tanzte auf der Hundert. Curt beugte sich vor, sein Gesicht hatte den Ausdruck von Blasiertheit und herablassender Freundlichkeit verloren; er vergaß, daß er der große Mann Schelle war, und er sang schrill und verzückt gegen die Windschutzscheibe. »Don't fence me in ...«

Recha spottete: »Es gibt also doch etwas auf der Welt, was dich begeistern kann.«

Curt schrie: »Sperrt mich nicht ein!« Er bremste unvermittelt und so scharf, daß die Reifen kreischten und Recha nach vorn fiel, und als der Wagen ausrollte, legte Curt die Stirn auf das Steuer und sagt: »Mein Gott, was ist das für ein beschissenes Leben.«

Eine Weile starrte Recha auf seinen gebeugten Nacken, verwundert, weil sie keine Spur von Anteilnahme empfand. Sie sagte: »Hör auf mit dem Theater, Curt, du tust mir nicht leid. Um dein beschissenes Leben tut es mir überhaupt nicht leid.«

Curt richtete sich auf, er murmelte: »Manchmal fällt mir ein ..., immer wenn ich besonders glücklich bin ...«

»Was fällt dir ein?«

»Nonsens«, sagte er. »Menge dummes Zeug, und alles nicht schmeichelhaft für mich.« Er nahm Rechas linke Hand und drehte sie hin und her. »Ganz harte Hände hast du schon, wie 'ne richtige Arbeiterin.« Er küßte ihre Handfläche und sagte, ohne das Mädchen anzusehen: »Hab' ich dir eigentlich schon gesagt, daß ich mich riesig freue? Ich freu' mich, weil du mitgekommen bist. Du bist ... der einzige Mensch, den ich gern mag. Brauchst es nicht zu glauben, wenn du nicht willst.«

»Bitte, fahr weiter«, sagte Recha.

Curt seufzte. »Ja, das müssen wir wohl ...« Er fuhr nun mit mäßiger Geschwindigkeit und hatte beide Hände am Lenkrad; er schien seine Rolle als harter Boy vergessen zu haben und war zerstreut und unaufmerksam, und nur aus Höflichkeit bemerkte er einmal: »Hübsche Gegend, wie?«

»Ja, sehr hübsch«, sagte Recha, und sie versuchte sich zu erinnern, woher sie diese heiteren Hügel kannte und die Wälder, zwischen deren sattem Kieferngrün das zitternde honiggelbe Laub der Birken leuchtete. Die Burg, dachte sie dann, die Burg und die Landschaft ringsum ... Als wären die Jahre dort nur ebenso viele Tage gewesen ... Ich kann mir meine blonde Betsy nicht mehr vorstellen und nicht den dicken korrekten Kramer, in den ich immer ein bißchen verliebt gewesen bin – damals.

Damals und der verwilderte Park und das Getuschel in den finsteren Schulkorridoren – dies alles war dämmerblaue Vergangenheit, und Recha schämte sich, weil sie undankbar genug war, kein Heimweh mehr zu empfinden. »In den ersten

Nächten hab' ich geheult vor Heimweh«, sagte sie zu Curt. »Ist es dir auch so schwergefallen, von Hause wegzugehen?«

»Nein, gar nicht«, sagte Curt. »Irgendwann muß man ja die Kinderschuhe ausziehen – und meistens sind sie einem schon zu eng, ehe die lieben Erwachsenen was ahnen.«

Sie fuhren durch sonnabendstille Dörfer mit winzigen blanken Fenstern in den schiefergedeckten Häusern, vor jedem Haus gab es einen Garten mit goldenen Ringelblumen und Malven und rundköpfigen Dahlien. Gänsescharen stoben auf wie eine Wolke von weißen Federn. Manchmal sahen sie eine Bäuerin mit runden Kuchenblechen und in knöchellangen Röcken, vier oder fünf Röcke übereinander, und die älteren Frauen trugen schwarze Tücher über dem glatten, fest an den Kopf gebürsteten Haar.

Curt beschimpfte in ausgesucht unflätigen Wendungen die Hühner, die dümmlich und schrill gackernd über die Straße flatterten, dicht vor der roten Kühlerhaube. »Der reinste Selbstmörderklub«, sagte er. »Ein ekelhaftes Gefühl, wenn du so 'n Vieh überfährst.«

Recha hatte sich endlich eingerichtet; träg und behaglich in die Polster gelehnt, begann sie Geschmack an dieser Art des Reisens zu finden. »Dein Wagen schnurrt wie 'ne Katze«, sagte sie. »Es ist doch sehr angenehm, die Welt vom Auto aus zu sehen ...«

Curt grinste. »Wird Zeit, daß du dahinterkommst. Leider hast du 'ne Neigung zum Idealismus – aber Idealismus, meine Dame, ist nicht angenehm und schon gar nicht bequem. Fußlatscher sind nicht up to date.« Er sagte bösartig: »Es soll ja noch 'n paar Trottel geben, die das nicht begriffen haben. Nimm mal unseren Parzival.«

»Laß Nikolaus aus dem Spiel! Er ist begabt, und er weiß, was er will, und er wird seinen Weg machen – auch ohne Auto. Er wird nie mit 'ner Tragödienmiene rumsitzen und stöhnen: ›Mein Gott, was für ein beschissenes Leben‹ ...«

Curt verzog das Gesicht, als ob er Zahnschmerzen hätte. »Ereifre dich nicht, Mädchen.« Nach einer Weile sagte er:

»Wart ab, bis dein Nikolaus in den Kunstbetrieb reinkommt. Dachkammer ist nicht mehr gefragt, und vielleicht wird er Briefmarken zeichnen oder Glückwunschkarten, damit er Geld verdient und 'n festes Gehalt hat – und die große Kunst liegt im Schubkasten. Er wird sich verkaufen, was denn sonst?«

»Nikolaus? Niemals!« rief Recha. »Das sagst du nur aus Neid – weil er einen festen Punkt hat, auf den er losmarschiert, und du torkelst herum ...«

Curt sagte scheinbar gelassen: »Hör auf, hier rumzutoben, sonst enden wir doch noch im Straßengraben ... Die Kunst geht nach Brot. Lessing, ›Emilia Galotti‹. Oder, wenn du's ganz klassisch haben willst: Virtus post numos. Horaz. Na? Du warst doch mal 'ne große Lateinerin.«

»Tugend erst nach dem Geld«, sagte Recha widerstrebend. »Aber dein Horaz ist schon lange tot, und Nikolaus ist kein alter Römer, und überhaupt ist heute alles ganz anders.«

»Dein Unglück ist«, sagte Curt, während er den Wagen an den Straßenrand fuhr und hielt, »daß du die Welt so siehst, wie du sie dir wünschst – falls du verstehst, was ich meine.«

»Daß sie nicht so ist wie in den meisten Büchern und daß die Menschen anders sind als in der Zeitung, hab' ich inzwischen auch gemerkt ...«

»Prachtvoll! Du machst Fortschritte.«

»... aber«, sagte Recha hitzig, »man muß es ändern, und was noch gemein und schlecht ist, machen wir gut, und was gut ist, machen wir besser, und was die Alten nicht mehr können, das können wir Jungen.«

Curt nahm ihren Kopf zwischen die Hände und küßte sie andächtig auf die Stirn. »Kleiner Engel«, sagte er, »so gehe denn hin und bringe uns das Licht der sozialistischen Ethik, und gebe Gott, daß du nicht unter die Wölfe fällst.« Er stieg aus und sagte, über die Wagentür gebeugt, mit einem Abglanz seines vertrauten leichtsinnigen Lächelns:

»Aber zum Glück wirst du auch mal alt, und die nächste Generation – bah!« Und er schnippte mit den Fingern.

»Wir werden uns eben nie verstehen«, sagte Recha traurig.

Die Landstraße war hier schmal und bucklig und einsam, und zu beiden Seiten stiegen sanft geneigte Hügel auf; bewachsen mit dem harten graugrünen Herbstgras und gekrönt von Wald. An den Hängen gab es knorrige Apfelbäume, die niemandem zu gehören schienen; zwischen ihrem fahlgelben, im Wind raschelnden Laub leuchteten kleine dunkelrote Weihnachtsäpfel, und dies alles – Wald und Gräserspitzen und Apfelbäume – schwamm in einer blauen, milden, durchsichtigen Septemberluft.

Curt nahm eine Autodecke mit und stieg den Hügel hinauf und winkte Recha. Sie breiteten die Decke ins Gras und legten sich nebeneinander, Curt schob den Arm unter Rechas Kopf und vergrub spielerisch seine Finger in ihrem dichten schwarzen Haar. Nach einiger Zeit drehte er sich auf die Seite und betrachtete ihr Profil, er fragte: »Du hast Zigeunerblut, wie?«

»Ich bin Halbjüdin.«

»Ach so.« Er stützte sich auf die Ellbogen. »Deine Augen«, sagte er, »deine schönen ägyptischen Augen ..., sie sind fast schwarz, und das Weiße ist bläulich wie Perlmutt in manchen Muscheln.« Er küßte sie und lachte. »Eines Tages krieg' ich 'nen Tick und schreib' ein Gedicht über dich. – Aber warum hast du mir nie was von dir erzählt?«

Und warum, fragte er sich, habe ich sie nie gefragt, warum habe ich mich denn nie darum gekümmert, was sie alles durchgemacht hat?

»Nicht wichtig«, sagte Recha ungeduldig. »Es ist doch nicht wichtig für dich, wer meine Eltern waren und was für 'ne Sorte Blut ich habe, oder?«

»Natürlich nicht.« Erließ sich zurückfallen und verschränkte die Hände im Nacken, er sagte enttäuscht: »Wir haben ein Talent, uns mißzuverstehen ...« Lange starrte er schweigend in den Himmel, der sich gegen Westen schon türkisgrün zu verfärben begann. Die Grillen lärmten. Spinnwebfäden trieben mit einem leichten Wind. »Indianersommer«, sagte er melancholisch. Als er den Kopf wendete, sah er, daß Recha die Augen geschlossen hatte. »Recha ... Schläfst du?«

»Nein. Ich träume so vor mich hin.«

Er rückte dichter an sie heran und preßte seinen Kopf in die sonnenwarme, duftende Senke zwischen ihrer Brust und der Schulterkugel. »Wovon träumst du?«

»Eben – rundherum«, sagte sie ausweichend. »Denkst du manchmal darüber nach, was du werden willst?«

»Man kommt in das Alter, wo man drüber nachdenken muß. Wenn bloß das Jahr hier bald um wäre! Kein Job für die künftige Intelligenz ... Was willst du werden?«

»Ich? Bis zum Abitur hab' ich noch gewünscht, ich könnte Ärztin werden und dann irgendwohin ziehen, wo sonst keiner arbeiten mag: irgend 'ne gottverlassene Landgegend, wo man allein auf sich gestellt ist und richtig zufassen muß ... Aber jetzt hab' ich schon wieder andere Wünsche ...«

»Rohrleger«, sagte Curt lachend.

»Nein, Architektin. Hamann hat mir neulich aufgezählt, was für 'ne Unmasse Industrie wir in den nächsten Jahren hier haben werden. Wir brauchen neue Städte ... Denk mal bloß, in was für Löchern manche aus unserer Brigade noch hausen – Buden, wo das Wasser von den Wänden läuft, und der Schwamm in den Dielen, und keine Badezimmer.« Sie sagte schwärmerisch: »Stell dir vor, du entwirfst eine ganze Stadt mit hundert Parks, mit Plastiken auf jedem Rasen und Häuser ... Träume aus Beton und Glas ... und in jeder Wohnung Sonne und Himmel.«

»Du hast immer so altruistische Pläne«, sagte Curt mißmutig, »ich wette, als Kind wolltest du Missionar werden.« Er richtete sich auf und musterte das Mädchen mit einem dreisten, zudringlichen Blick. »Du wirst mal 'ne verdammt attraktive Frau, meine Liebe ... Ich geh' in die

Fahrzeugindustrie, und wenn ich Chefkonstrukteur bin, heirate ich dich.«

»Besten Dank. Und ich höre auf, meine Traumstädte zu bauen, und werde hauptamtliche Chefgattin und repräsentiere, nicht wahr?« Sie sagte in einem kalten, erbitterten Ton: »Und dann setzen wir einen Sohn in die Welt, für den wir beide keine Zeit haben – aber dafür fährt ihn der Chauffeur in die Schule, und bei dir wird er lernen, wie man Geld macht, und sein Großvater, der im KZ gesessen hat, wird eine Sagengestalt sein – nur gut zum Renommieren.«

Curt reckte das Kinn und sagte, herablassend und duldsam wie ein Erwachsener zu einem eigensinnigen Kind: »Du bist immer so maßlos, Recha. Du wirst es nicht leicht haben – später.«

Sie warf sich herum und drückte das Gesicht auf die gefalteten Hände; der Geruch der flaumigen Autodecke kitzelte sie in der Nase, ein Geruch von Benzin und Reisestaub und Kölnischwasser, der sich mit dem strengen Duft von vergilbendem Gras mischte. Sie dachte erschrocken: Wenn mir in den letzten Wochen mein Vater einfiel (jedoch geschah dies selten genug und gegen ihren Willen), dann war er nicht mehr anonym. Auf einmal ist er vorstellbar: er ist wie Curt, blond und sieghaft und rücksichtslos ... Nein, wir werden uns nie verstehen, sagte sie in Gedanken zu Curt; wir sind wie Feuer und Wasser, und das beste wäre, wir würden lieber heute als morgen Schluß miteinander machen.

Sie fühlte sich selbst überrumpelt von diesem Entschluß, und sie war nicht sicher, ob sie ihn nicht morgen oder in einer Stunde bereuen würde. Sie hörte, wie Curt aufstand und durch das knisternde Gras davonging, und auf einmal stiegen ihr Tränen in die Augen. Sie hatte, wie viele Mädchen in ihrem Alter, eine unglückliche Neigung, sich selbst zu quälen; sie bildete sich ein, sie sei niemals so verliebt in den hübschen, strahlenden, dreisten Curt gewesen wie gerade jetzt, als sie sich von ihm trennen wollte. Jedenfalls war er der beste Tänzer, den sie kannte, und der amüsanteste Gesellschafter, solange er nicht in seinen wohlfeilen Halbstarkenzynismus verfiel, und gewiß war er heftig und aufrichtig verliebt in sie – soweit er imstande war, einen Menschen außer sich selbst zu lieben.

Nach einer Viertelstunde kam Curt zurück, mit einer Miene, als sei er ganz ungetrübter Laune und habe Rechas bittere Vorwürfe längst vergessen. Er holte ein Dutzend der kleinen, harten dunkelroten Winteräpfel aus der Tasche und rollte sie über die Decke. »Für dich geklaut, Liebling.«

Recha seufzte und fing die Äpfel auf und aß sie, an Curts Schulter gelehnt. Sie hockten, schweigsam und Frieden heuchelnd, im Wind, der schon abendlich kühl über die Hänge strich, und sahen zu, wie die Sonne hinter den Wald tauchte. Die Hügel hüllten sich in fliederfarbenen Dunst. »Wir müssen nach Haus«, sagte Recha.

Curt blickte zur Seite, er sagte obenhin: »Ach, fahren wir doch noch ein Stück. Mal sehen, ob ich in der Nähe 'ne Tankstelle finde.«

Die Dämmerung sank rasch. Curt schaltete die Scheinwerfer ein. Recha saß klein und zusammengekauert neben ihm, beängstigt von dem weichen, ungewissen Dämmerlicht und der kurvenreichen Straße, und nach einer Weile sagte sie leise: »Aber das ist doch gar nicht der Weg nach Hoyerswerda.«

Curt antwortete nicht.

Dann wurde es Nacht. Manchmal sahen sie, weit entfernt, Lichtergesprenkel. Die Scheinwerferbahnen stießen weiß und grell in die Dunkelheit und prallten auf Kilometersteine und Bäume, die ihnen entgegenstürzten und vorüberflogen, und Recha, die jedes Gefühl von Sicherheit verloren hatte, preßte die Lippen zusammen, wenn sie in einer Kurve gegen Curt geworfen wurde. Er jagte mit überhöhter Geschwindigkeit auf der buckligen, schlecht gepflasterten Landstraße, und er nahm den Fuß nicht vom Gaspedal, wenn er die Kurven schnitt.

Im Lichtschein vom Armaturenbrett sah Recha sein von tanzenden Schatten verzerrtes Gesicht mit dem vorgeschobenen Kinn und den zusammengerückten Brauen. Plötzlich sagte Curt: »Ich hab's so satt, ich hab's so satt, Recha ... Irgendwas ist verpfuscht, aber ich weiß nicht, wer Schuld hat. Vielleicht sind meine Eltern schuld ... zum Teil. Sicher sind sie schuld. Hab' keine Lust mehr, nach Haus zu fahren, kotzt mich an, dieses – Zuhause. Ich ersticke zu Haus, ich brauch' bloß zur Tür reinzukommen, schon hab' ich das Gefühl, die Decke fällt mir auf den Kopf ...«

Er murmelte dumpf und hastig: »Wonach soll man sich denn richten? Nein, ich hab' keinen festen Punkt ... Ich hab' nur eine schreckliche Unruhe, eine Unruhe ..., ich könnt' zerplatzen ...«

Recha legte ihm mit einer ungeschickten Bewegung die Hand auf den Arm, und sie fühlte, wie er zitterte, und vergaß einmal mehr ihr Mißtrauen gegen Curt, gegen seine berechnende Schläue und seine Neigung, spielerisch auf der Grenze zwischen Lüge und Wahrheit zu balancieren. »Vielleicht, wenn du was tun würdest«, begann sie zögernd.

»Tun, tun«, äffte Curt. »Was soll ich denn tun? Ich hab' keine Talente. Weißt du, was ich mal tun möchte?« Er grinste, boshaft belustigt von einer gewissen Vorstellung, die nicht zum erstenmal in seinem Kopf spukte, aber seine Stimmung schlug wieder um, und er sagte, haßerfüllt und fast schluchzend vor Wut: »Ich möchte alles kaputtschlagen zu Haus ... Mutters Kristallschalen zerschmeißen ... und diese scheußlichen protzigen Kredenzen und Büfetts – mit der Axt drüber herfallen und zerhacken ... Ich möchte den Wagen gegen einen Baum fahren – alles kaputt, alles zum Teufel –!«

Das war, zwei Minuten lang, kein Theater und kein tragisch aufgeputzter Selbstbetrug, und diesmal nahm Recha innerlich Partei für den Gleichaltrigen und gegen seine Eltern. Sie blickte stumm auf ihre im Schoß gefalteten Hände; Curt wäre jetzt ohnehin keinem Zuspruch zugänglich gewesen. Sie atmete auf, als sie endlich eine Siedlung mit würfelförmigen Häuschen erreichten, Vorort des Städtchens Sch., in dem es eine Hauptstraße und ein Dutzend Nebensträßchen gab und einen Markt mit umgittertem Brunnen und schmalbrüstigen Fachwerkgiebeln. »Ich bin müde«, sagte Curt.

»Ich auch.«

»Wir übernachten hier. Irgendeinen ›Weißen Schwan‹ oder ›Goldenen Löwen‹ werden wir schon finden.«

Recha sagte schroff: »Ich will nicht übernachten. Ich will nach Haus.«

Curt hielt auf dem Markt; er schaltete die Scheinwerfer ab und lehnte sich zurück, er sagte gähnend: »Bitte. Aber ohne mich – ich fahr' keinen Meter mehr.«

Sie sagte, weil ihr nichts Gescheiteres einfiel: »Ich hab' nicht mal 'nen Schlafanzug mit.«

»Du kannst meinen kriegen.« Er sah, wie Recha stutzte, und sagte leichthin: »Als Autofahrer, weißt du, muß man auf alles eingerichtet sein.« Er spähte durch die Windschutzscheibe und lachte. »Wirklich, ein ›Weißer Schwan‹ ...«

Schließlich fügte sie sich.

Der Wirt musterte das allzu junge Paar mit unverhohlenem Mißtrauen. Er habe noch Zimmer frei, sagte er gedehnt; er räusperte sich. Curt sah ihm ins Gesicht und sagte kühl: »Nein, wir sind keine Geschwister.« Er legte ihre Ausweise auf die Theke.

Der Wirt rückte an seiner Brille. »Zahlen Sie zusammen?«

»Natürlich«, sagte Curt schnell, ehe Recha etwas einwenden konnte. Er lehnte sich mit gekreuzten Füßen gegen die nasse, fleckige Theke und fragte, sehr von oben herab und mit dem gleichen dreisten, geraden Blick wie eben: »Haben Sie eine Garage? Ich lasse meinen Wagen nicht gern auf der Straße stehen.«

Recha sah befremdet, wie sich die Miene des Wirts verwandelte, und seine plötzliche Zuvorkommenheit war ihr peinlicher als das abschätzige Mißtrauen vorhin. Als der Wirt ins Hinterzimmer ging, sagte Curt angewidert: »Lakaienseele ... Auto riecht nach Geld, verstehst du?«

Später aßen sie in dem holzgetäfelten altersbraunen Hinterzimmer ihr Abendbrot. Ihnen schräg gegenüber war der Stammtisch, an dem ein paar Handwerksmeister Skat spielten und Pilsener tranken, und Curt machte sich, halblaut und mit bissigen Bemerkungen, über sie lustig. Unter der Decke schwebte im blauen Tabakrauch eine aufgetakelte Fregatte, und auf einem Wandbrett stand eine Reihe zinnerner Maßkrüge von niederdrückender Häßlichkeit. »Ich gehe schlafen«, sagte Recha.

Sie hatten ihre Zimmer auf demselben Flur, aber nicht nebeneinander. Die Zimmerschlüssel hingen an faustgroßen Klötzen. »Ich bring' dir meinen Pyjama«, sagte Curt, und Recha blieb vor ihrem Zimmer stehen, in dem trüb beleuchteten Korridor, über der Treppe brannte eine blaue Birne.

Curt kam zurück und brachte ihr den Schlafanzug, er sagte mit belegter Stimme: »Ich komm' dann nachher noch mal rüber, gute Nacht sagen.«

Rechas Zimmer war lang und schmal, mit einem Fenster zum Hof; das Bett hatte am Kopfende gedrechselte Holzknäufe, und an der Wand neben dem Waschtisch blätterte die grünliche Tapete ab. Recha öffnete das Fenster, sie hörte Geschirrklappern und Mädchenstimmen aus der Küche und sah unten im Hof den roten Wartburg stehen, der ihr jetzt wie ein freundlicher Bekannter in dieser kalten, fremden, wurmstichigen Umgebung erschien. Sie sah auch, als sie sich vorbeugte, den Lichtschein von Curts Fenster, ohne jedoch das Fenster selbst zu sehen, und plötzlich fielen ihr die Worte ein, mit denen er sich vorhin verabschiedet hatte. Gute Nacht sagen ..., dachte sie. Entweder hielt er sie für sträflich naiv – oder er hatte ihr Einverständnis stillschweigend vorausgesetzt.

Sie schlich auf Zehenspitzen zur Tür und horchte auf den Korridor hinaus, und dann drehte sie den Schlüssel herum. Sie setzte sich auf den Bettrand und zog Schuhe und Strümpfe aus, ohne den Blick von der Zimmertür zu wenden, und auf einmal bemerkte sie, wie sich die Klinke lautlos ab und ab bewegte. Recha hatte keinen Schritt gehört und erschrak heftig, obgleich sie die ganze Zeit darauf gewartet hatte, daß sich die Klinke bewegen sollte.

Curt klopfte, er rief leise: »Recha ... Mach doch auf, Recha.«

Sie hockte auf dem Bett und rieb fröstelnd die nackten Füße aneinander, und während sie auf die halb fordernde, halb bettelnde Stimme horchte, erinnerte sie sich an das fremde schreckliche Gesicht über ihr, gestern, im taubengrauen Abendschein von der Straße her, und sie hatte eine Empfindung, als ob ihr Herz, ein riesiges tobendes Herz, in ihrem ganzen Körper schlug.

Sie lief auf bloßen Füßen zur Tür und sagte: »Geh weg. Geh doch weg.«

»Bitte, Recha«, sagte Curt. »Es ist noch nicht so spät –«

»Viel zu spät. Gute Nacht.«

»Aber ich muß dich sprechen. Schließ auf. Bitte.«

Einen Augenblick bildete sich Recha ein, sie hörte seine Atemzüge hinter der Tür, sie schwankte zwischen Scheu und Neugier und einem jahrealten Verlangen nach Zärtlichkeit, und sie hätte sich gern überredet, zu glauben, daß Curt wirklich nur gekommen sei, um auf eine halbe Stunde seinem tristen Zimmer zu entfliehen und mit ihr zu sprechen, über irgendeine gewichtige Nichtigkeit ... Sie biß die Zähne aufeinander und antwortete nicht mehr, sie wußte, daß Curt es nicht lange ertragen würde, draußen auf dem Korridor herumzustehen, in der Gefahr, entdeckt zu werden und sich lächerlich zu machen. Nach einer qualvoll langen Zeit bewegte sich die Klinke nicht mehr, Curt war gegangen.

Am nächsten Morgen saßen sie sich steif und befangen gegenüber.

An den Fensterscheiben summten sterbensmatte Herbstfliegen.

»Es ist so still«, sagte Recha.

»Heute ist Sonntag.«

»Ach ja, Sonntag«, sagte sie.

Gegen zehn Uhr fuhren sie ab, durch das verschlafene, feierlich stille Städtchen. Sie sprachen unterwegs nur wenige Sätze; sie wußten auch ohnedies, daß sie sich ihren Ausflug anders vorgestellt hatten (aber wie eigentlich, und wie sollte es nun weitergehen?) und daß jeder mit seiner eigenen Enttäuschung zurückfuhr.

Mittags waren sie wieder in Hoyerswerda. Als sie in die H.-Straße einbogen, sah Recha eine große, etwas schwerfällige Gestalt um die Ecke schlendern, die Hände in den Taschen vergraben.

»Halt an«, sagte Recha. »Ich steige hier aus.«

Curt hatte Nikolaus nicht bemerkt oder tat jedenfalls so. »Du willst schon ...?«

»Lisa wird sowieso schimpfen, weil ich die Nacht über weg war.«

»Sie ist doch nicht dein Kindermädchen.« Er hielt ihre Hand fest, als sie aussteigen wollte.

»Vielen Dank«, sagte Recha, und, mit Überwindung: »Es war schön, Curt.« Und dies war, wenn sie an die sanften Hügel und den hohen, schleierigen Himmel dachte und an das zitternde Laub der Birken, nicht einmal gelogen. »Wir sehen uns ja dann morgen im Schichtbus.«

Curt begriff, was dieser förmliche Abschied bedeutete, er bewahrte aber Haltung, und er küßte dem Mädchen ritterlich die Hand. »Also, bis morgen«, sagte er.

Recha lief über die Straße und um die Ecke und stolperte Nikolaus in die Arme. »Gott sei Dank, da bist du –« Sie sagte atemlos: »Ich war weg, mit Curt. Aber jetzt – Ich bin so froh, Nikolaus.«

»Ich bin zufällig ..., ich bin gerade vorbeigekommen«, stammelte Nikolaus, der seit einer Stunde in der H.-Straße umherwanderte, vor dem Block, wo Recha wohnte; er hatte nicht zu klingeln gewagt und auf einen schönen, ganz unglaubhaften Zufall vertraut. Er merkte endlich, daß er Recha im Arm hielt, und er wurde rot; er ließ sie los. Sie sahen sich verlegen lächelnd an. Nikolaus fragte. »Kommst du mit ins Lager?«

Eben tauchte ein Bus am Ende der Straße auf, und Recha faßte nach Nikolaus' Hand, und sie rannten zur Haltestelle. Sie konnten noch aufspringen, bevor die automatische Tür zuschnappte. Recha sagte, als sie neben Nikolaus saß: »Habt ihr wenigstens was zu futtern? Ich hab' blödsinnigen Hunger.«

»Kommt drauf an, was uns Rolf bietet. Er ist heute Koch. Holzfälleressen, wenn du so was magst.«

Sie schlenderten durch das Lager; sie begegneten niemandem, die meisten Arbeiter hatten Heimreise, manche waren in die Stadt gefahren, manche zum Hotel in der Bereitschaftssiedlung gegangen: nach sechs Tagen Werkküche, Schlosseranzug, Mittagspause und Ölfinger ein Sonntag im guten blauen Anzug, Schlips, Speisekarte, Blumen auf dem weißen Tischtuch, ein flinker glatzköpfiger Ober, ja, Wild haben wir da ... Aus einem offenen Fenster grölte Radio Luxemburg, Bill Ramsey röchelte, dann »... der Duft der großen weiten Welt – Peter Stuyvesant ...« Ein wildes Kaninchen sprang über den Weg.

Rolf saß auf der Treppe, in der Sonne, er flüsterte: »Nett, daß du mal wieder kommst.« Er entschuldigte sich: »Es gibt Junggesellenfraß, null-acht-fuffzehn, aber nahrhaft.« Auf dem Gaskocher in ihrer winzigen Barackenküche briet er Speck und Eier, sehr fett und sehr salzig. Nikolaus schnitt Brot.

Recha deckte den Tisch mit zwei nebeneinandergelegten

weißen Handtüchern. Sie besaßen nur zwei Teller; Rolf aß aus der Pfanne. »Wenn wir geahnt hätten, daß du uns beehrst«, sagte er, »wir wären glatt imstande gewesen und hätten 'ne Büchse Ananas gekauft.«

»Hätten wir, Tatsache«, sagte Nikolaus, der allmählich munter wurde und aufhörte, sich darüber zu wundern, daß ihm hinter einer Straßenecke Recha in die Arme gefallen war und »Gott sei Dank, da bist du« gerufen hatte und daß sie jetzt bei ihnen saß, an ihrem mit Handtüchern gedeckten Tisch, und Spiegeleier aß. »Und Bananen. Gestern gab's Bananen im Lagerkonsum.«

»Ach, Bananen«, seufzte Recha. »Wäre ich bloß gestern schon gekommen!«

»Wo warst du denn gestern?« fragte Rolf.

Ihr Gesicht verfinsterte sich, sie sagte schroff: »Autofahrt mit Curt.«

Rolf zog die dünnen blonden Brauen hoch und sah Nikolaus an, und Nikolaus zuckte die Schultern und sagte, als setze er den Schlußpunkt hinter ein rasches, stummes Gespräch zwischen ihnen: »Na und? Jetzt ist sie jedenfalls hier.«

Später saßen sie zu dritt auf den flachen, sonnenwarmen Stufen vor der Baracke, Recha in der Mitte. Nikolaus ließ keinen Blick von ihr, er war erleichtert, zu sehen, daß der Ausdruck von Unruhe ausgelöscht war, den er an jenem ersten Abend in ihrem Gesicht gefunden hatte, als sie sich über sein Hamann-Porträt beugte. Sie ist wieder siebzehn, dachte er, während er ihr zusah, geruhsam und mit einem Erwachsenenlächeln, den schmalen Kopf in die zerschrammten, von schwerer Arbeit vergröberten Hände gestützt.

Recha malte mit einem dürren Zweiglein im Sand »... ein Haus, verstehst du, das auf Bögen aus Eisenbeton steht – nein, nicht Pfeiler, sondern Bögen, so ähnlich wie bei unseren Kühltürmen, bloß nicht so spinnenbeinig. Das gibt 'ne Art Terrasse, siehst du?, und abends können die Leute draußen sitzen oder Laternenfeste feiern oder –«

»Aber das ist doch nicht neu«, unterbrach Rolf, »das gibt's seit mindestens zwanzig Jahren.« Recha ließ die Unterlippe hängen. »Schade.« Nikolaus legte ihr den Arm um die Schulter (solange sein Freund Rolf dabei war, fühlte er sich ermutigt; allein mit dem Mahagonimädchen, hätte er es nicht gewagt), er sagte: »Aber in Hoy gibt's das noch nicht, und hier willst du doch bauen, ja?«

Sie schlenkerte ihren Zopf nach vorn und lachte. »Egal.« Sie drehte sich Nikolaus zu. »Ich denk' mir was Neues aus.« Sie stützte die Ellbogen auf sein Knie und sah ihm ins Gesicht, sie sagte vergnügt: »Ich brauch' dich für meine Stadt, mußt du wissen. Wir werden jedes Haus mit Wandgemälden schmücken, aber wirklich jedes, du. Lauter ulkige bunte Bilder: Fische und Vögel und Blumen und eine wahnsinnig gelbe Sonne mit einem richtigen Gesicht, wie man als Kind Sonnen gemalt hat ...«

»Ich glaube«, sagte Nikolaus nach einer Pause, »auf der Kunsthochschule in Weißensee, wo ich hingehen will, studieren auch Architekten.«

»Du meinst ... Ob ich mich auch bewerbe?«

»Aber klar«, sagte Nikolaus mit Nachdruck. Rolf schien es nun, als sei er hier überflüssig, aber stellte das ohne Bedauern oder Gekränktsein fest; er war für seinen schwerfälligen, unbeholfenen Freund froh, daß das Mädchen wieder den Weg in ihre Rue Camping gefunden hatte. Er dachte befriedigt: Wie es aussieht, ist sie eben erst aus dem Auto von diesem eitlen Schönschwätzer Curt entsprungen.

Er empfand aber auch eine Spur von Neid, während er den beiden zuhörte, und er sehnte sich sehr nach seiner Freundin, die in Berlin Medizin studierte. Sie konnten sich nur alle zwei, drei Wochen treffen, und diese Begegnungen waren mit Heimlichtuereien und peinlichen Schwierigkeiten verknüpft – mit einer späherischen Zimmerwirtin und einer Baracke voll einsamer Männer, die Damenbesuch derb bewitzelten, und einer umständlichen Eisenbahnfahrt. Wird Zeit, daß wir heiraten, dachte Rolf. Ich lasse mir ein

Einzelzimmer in der Neustadt geben ... Er rechnete; er hatte nun die beiden anderen vergessen und malte auch mit einem Zweig im Sand, er schrieb Zahlen und addierte. Für ein paar Möbel reicht es, dachte er. Bücher habe ich zwei Kisten zu Haus ... Die eine Wand lasse ich rot malen, mehr nach Apfelsinenrot hin, eine Wand für meine Masereels ... Ein Büchergestell könnte ich selbst bauen, das Geld können wir sparen, Helga hat ja nur ihr Stipendium.

Er merkte auf einmal, daß die beiden verstummt waren; sie saßen in derselben Haltung wie vorhin und blickten zu Boden, und Nikolaus streichelte mit dem kleinen Finger Rechas Schulter. Rolf lachte lautlos. Die himmelblaue Unschuld, dachte er wohlwollend. Höchste Zeit, daß ich mich zurückziehe ... Er stand auf und reckte sich und gähnte laut, er brummte:

»Leg' mich 'ne halbe Stunde schlafen.«

Selbst der langsam denkende Nikolaus hatte begriffen, daß Rolf ihn absichtlich mit dem Mädchen allein ließ, und ihm wurde kalt bis in die Fingerspitzen bei dem Gedanken, er sei nun also beinahe verpflichtet, dem Mädchen eine Liebeserklärung zu machen – eine so schwierige wie lächerliche Aufgabe, fand er, überzeugt, er werde sich entsetzlich blamieren. Er versuchte sich umständlich einige wohlklingende Sätze zurechtzulegen, er seufzte schwer, endlich begann er – und Recha ahnte nicht, welchen Aufwand an Energie es ihn kostete. »Versprich mir, daß du mich nicht auslachst ...«

»Warum sollte ich dich denn auslachen?«

»Ja, warum eigentlich? Es ist einfach idiotisch, Tatsache«, sagte Nikolaus unwirsch und hatte seine schönen Sätze schon vergessen. Er malte verlegen mit der Schuhspitze geheimnisvolle Zeichen in den Sand und löschte sie mit der Sohle wieder aus, und plötzlich wußte er, wie er es ohne Stottern sagen konnte.

Er glättete den Sand und räumte, ungewohnt pedantisch, kleine Zweige und Kiesel und einen schwarzen Käfer beiseite, und dann schrieb er auf die warme, staubig gelbgraue Tafel: ICH LIEBE DICH.

Die drei Wörter standen eine Weile steil, locker und gut lesbar, dann begannen fein und eilig Sandkörnchen zurückzurieseln und die kleinen Liniengräben der Buchstaben zu verschütten. Recha sagte nichts und tat nichts, und es gab auch nichts mehr zu sagen. Sie hatte es gewünscht, heftig und gesammelt, mit einem weit hergeholten sonderbaren Kinderglauben an Zauberei und an die Gewalt von Wünschen, und nun war es also eingetroffen.

Sie blickte, die schwarzen Brauen streng zusammengezogen, auf die Buchstaben hinab, die der sanft und beharrlich streichelnde Wind auszulöschen versuchte. Sie ergriff Nikolaus' Hand und preßte sie gegen das Gesicht, und er spürte scharf ihre Fingernägel; nachher sah er auf seiner Haut die roten, flach halbmondförmigen Spuren der Nägel. Die Sonne war weitergerückt, und die Giebelwand warf ihren Schatten über die Treppenstufen. Nikolaus stand auf, er räusperte sich und sagte: »Gehen wir in die Sonne, ja?«

An der Giebelwand, vor den geschlossenen Fensterläden der Barackenküche, blieb er stehen und faßte Recha vorsichtig an den Schultern. Seine Augen hatten den Ausdruck gutmütiger Trägheit verloren, als er ihr Gesicht betrachtete, langsam und gründlich, als müßte er es auswendig lernen; er sagte: »Wenn ich allein war, habe ich dich Mahagonimädchen genannt.«

»Und ich – hab' dich Klotz genannt und Trottel«, sagte sie lächelnd, frech die Lider zusammengekniffen, und ihr Gesicht hatte jetzt wieder diesen Zug ins Verwilderte, den Nikolaus an jenem Abend im Gasthaus gesehen hatte, als sie ihm betrunken an die Schulter gefallen war.

»Es macht dir wohl Spaß, mich zu ärgern, nicht wahr?« sagte er.

»Irgendwie muß ich mich doch wehren«, sagte sie leise, und: »Du Klotz, du Trottel ...« Sie faltete die Hände in seinem Nacken, und er küßte sie, heftig, ungeschickt und verstört, der Kopf schwindelte ihm, und er glaubte zu fühlen, wie die Gedanken aus seinem Kopf fielen, alle guten und schönen Worte, und es blieb nichts als eine alberne, abgeschmackte Liedzeile, alle Himmel öffnen sich, ein Lied, das er irgendwann einmal gehört und längst vergessen hatte und das nun beharrlich in seinem Gehirn kreiste, alle Himmel öffnen sich, mein Gott, was für ein Unsinn, und er schämte sich, daß er diesen Unsinn denken konnte in derselben Minute, als er die geschlossenen Augen und den Mund des Mahagonimädchens mit seinen spröden, ungeschickten Knabenküssen bedeckte.

3

Sie schlenderten, die Finger ineinandergehakt, auf dem grasbewachsenen Fußpfad um die Baracke herum und stießen am anderen Eingang auf Heinz, der Hamanns Fahrrad putzte. Dieses Rad, »der Blaue Pfeil« genannt (der Meister selbst hatte es in einem blendend grellen Blau gestrichen), war im MEI-Bereich und sogar im Kombinat populär geworden; Hamann schloß sein Rad niemals an, und wer eine eilige Besorgung hatte – ein Lehrling oder der Hauptingenieur –, jagte auf dem Blauen Pfeil durch das Gelände.

»Tag, Heinz«, sagte Recha, »hast du heute nicht Heimreise?«

Er gab ihr den kleinen Finger, seine Hand war ölverschmiert. »Heimreise schon«, sagte er, und sein Gesicht mit der breitsattligen, schiefen Nase zeigte Kummerfalten. »Die Frau wartet, die Kinderchen warten. Aber der Meister ... Er ist – wie soll ich's sagen? –, er ist nicht ganz auf'm Posten, weißte.«

Sie setzten sich auf den niedrigen, aus ungeschälten Kiefernstämmen zusammengenagelten Zaun. »Er ist doch nicht krank?« fragte Recha. Heinz spuckte auf den Fahrradrahmen und antwortete nicht.

Nikolaus zwinkerte. »Keine Sorge. Er gurgelt mit Schnaps.«

Heinz blickte mißmutig zu ihm hoch. »Woher willste das wissen, Großer?«

»Ich hab' ihn gesehen, er war heute morgen schon voll wie tausend Ritter, Tatsache.« Was er bei jedem anderen verabscheute, ließ er bei seinem Meister als läßliche Sünde hingehen, er lachte darüber, und auch Recha lachte, sie fanden es spaßig, daß Hamann sich betrank; es war eine Verfehlung, über die zu sprechen sich nicht lohnte.

Sie lachten noch, als Hamann aus der Tür trat, massig, kaum schwankend, mit den krampfhaft würdevollen Schritten des Betrunkenen. Er trug einen eleganten Anzug und roch nach Kölnischwasser, und seine fleischigen Wangen waren wie immer glatt rasiert; auf den ersten flüchtigen Blick sah er aus wie ein achtbarer Herr auf dem Sonntagsspaziergang.

Zuerst dachte Recha, Nikolaus hätte nur einen Scherz gemacht, sie sprang artig vom Zaun und streckte Hamann die Hand hin. Sie war desto mehr bestürzt, als Hamann ihre Hand zu fassen versuchte, danebengriff und seine Hand lächerlich und hilflos in der Luft ruderte. Er lächelte breit, er sagte: »Bonjour, Herzchen«, und nun traf sie, als er den Mund öffnete, eine Wolke von scharfem Wodkadunst. Auf einmal fand sie es gar nicht mehr komisch; ihr schwärmerischer Geist hatte aus dem Menschen Hamann ein ehernes Standbild gemacht, sie hatte ihn mit einem makellosen Tugendpanzer ausgestattet, und jetzt zeigten sich Risse in diesem Tugendpanzer, und sie war aufrichtig und schmerzlich enttäuscht.

Nikolaus, der in ihrem Gesicht zu lesen schien, zog sie am Arm zu sich heran, er sagte gelassen, mit Bestimmtheit: »Nur keine Panik, Recha. Er ist nicht nüchtern, gut, und was weiter?«

»Na, wie geht's, ihr kleinen Schmalzengel?« Hamann sprach gedehnt, die Silben sorgfältig trennend.

»Gut geht's, Meister, großartig«, sagte Nikolaus freundlich. Hamann hatte nicht zugehört, er stand einen Moment unbewegt. Heinz warf seinen rotwollenen Putzlappen achtlos beiseite und hinkte eilig die Stufen hinauf, aber ehe er ihn erreicht hatte, setzte sich Hamann, feierlich langsam und mit der schwerfälligen Grazie korpulenter Männer, auf die schmutzige Schwelle.

Heinz riß ihn am Ärmel, er sagte mit brüchiger Stimme: »Steh doch auf. Geh doch rein. Geh doch ins Bett.«

Hamann lachte, er sagte friedlich: »Na, schüttle mich nicht aus der Konfektion, du angebrochenes Viertelpfund.« Er wandte sich an seine Abiturienten, er erzählte, eintönig, silbentrennend und in einem beklemmend falschen Ton von Gemütlichkeit: »Vorgestern abend hatte ich Besuch, unterm Fenster in meiner Gartenwohnung … Ich sitze am offenen Fenster und lese, auf einmal räuspert sich was … räuspert sich was …« Sein Kopf schwankte. »Schreckhaft, wie ich bin, denk' ich: Ha, man will dich in der Waldeseinsamkeit vergewaltigen … Ich luge aus dem Fenster, was sehn meine Augäpfel? Sitzt 'n Igel da und knuppert an 'nem Apfelgriebsch … 'n Abend, Kollege, sag' ich, willste noch …« Seine Stimme war immer leiser geworden, er verstummte, sein Kopf sank auf die Brust. Er schlief.

Recha drückte erschrocken die Hand auf den Mund, sie blickte auf den schlafenden Mann. »Wieder mal ein Standbild vom Sockel gestürzt.«

Nikolaus schüttelte den Kopf, er wollte widersprechen, aber im selben Augenblick wachte Hamann auf und redete weiter, er nahm den Satz genau an der Stelle auf, wo er sich vorhin unterbrochen hatte »… willste noch 'n Apfel? Er will.« Recha lachte nervös.

Hamann sagte: »Haha. Was soll denn das heißen: haha? Sei mal still, du Jungfrau hell und klar … Morgen werd' ich für den kleinen Kollegen mühsam 'nen Laubhaufen zusammenscharren, alldieweilen … daß er sich die Arbeit sparen kann …«

Sie hörten seine eintönige, Gemütlichkeit heuchelnde Stimme, sie lachten nicht mehr. Sein Kopf pendelte; er war wieder eingeschlafen. Heinz beugte sich über ihn, die Haut an seinem mageren Hals zuckte. »Er trinkt sonst nicht«, beteuerte er. »Bloß wenn er bei seinem Kleinen war ... Ich hab' ihm schon hundertmal gesagt, er soll nicht hin, aber er kann's ja nicht lassen, und dann sitzt er mir rum und läßt sich vollaufen. Wir trinken sonst bloß Tee, mal 'ne Pulle Bier, nicht oft.«

»Er hat ein Kind?« sagte Recha. »Ist doch nicht wahr, Mensch.«

»Wenn ich dir sage.« Heinz lehnte sich an den Türpfosten, er flüsterte mit einem scheuen Seitenblick auf den Schlafenden: »Aber nicht weiterquatschen ... Der Kleine ist in so 'ner Anstalt, ihr versteht, er ist – ich will mal sagen: gar kein richtiger Mensch ... Mattscheibe, versteht ihr«, und er schlug sich gegen die Stirn. »So'n kluger Mann, und seine Frau muß auch in Ordnung gewesen sein, und dann ein Kind mit Mattscheibe ...«

»Ach so«, sagte Recha tonlos.

Hamann murmelte, ohne die Augen zu öffnen: »... und morgens kann er 'ne Stunde länger schlafen, der kleine Kollege ...«

»So hat eben jeder sein Päckchen zu schleppen«, sagte Heinz nach einer Weile. »Ich weiß Bescheid. Unser Waisenhaus damals, bei den Nazis, das war ja man auch 'ne Art Klapsmühle. Dabei waren wir gar nicht doof ... Aber sie haben uns nicht mal Lesen und Schreiben gelernt, bloß nachher, bei's Militär, da waren wir gut für, da konnten wir mitmachen.«

Recha sagte wieder: »Ach so«, und ihre Lippen zitterten. Nikolaus sagte ruhig und beruhigend, ohne weinerliches Mitleid: »Du hast dich großartig aufgerappelt, Heinz, Tatsache. Du gehst doch glatt mit fünfhundert Mark nach Hause, was? Und deine Kinder –«

Heinz nickte, seine Miene hatte sich aufgehellt. »Die

Gören wissen heut schon mehr als ich, so klein, wie die sind.«

»Wir bringen ihn ins Bett«, sagte Nikolaus. »Faß an!« Sie wuchteten den schweren Mann hoch und schleppten ihn in die Baracke, und Recha sah ihnen zu, auf den Zaun gestützt, untätig und unfähig, etwas zu tun, und sie bewunderte einmal mehr Nikolaus' sanfte Energie, sie dachte: Wenn es irgendwo schwierig wird, tut er genau das Richtige, und er ist gar nicht mehr schüchtern und trottelhaft. Er ist – zuverlässig, immer dann, gerade dann, wenn es darauf ankommt, daß einer zuverlässig ist.

Nach ein paar Minuten folgte sie ihnen in Hamanns Zimmer.

Er lag auf seinem Bett und ächzte und schnaubte im Schlaf. Heinz hatte sein Jackett sorgfältig auf einen Bügel gehängt. Nikolaus betrachtete die Kunstdrucke an den Wänden. »Tizian, Giorgione. Und Botticelli –« Er sagte erstaunt: »Hättest du gedacht, daß er Botticelli liebt?«

Recha hob unsicher die Schultern; sie war verwirrt, sie mußte ihr Bild von Hamann erst überprüfen und von neuem zusammenfügen. Auf dem Tisch, neben einem Strauß streng duftender violetter Herbstastern, die Heinz an der Lagerstraße gestohlen hatte, stand eine halbvolle Wodkaflasche, und eine leere Flasche lag unter dem Stuhl. Heinz sagte: »Er fährt oft rüber nach Dresden, in die Galerie. Ich war mal mit. Also, ich weiß nicht ... Er hockt dir stundenlang vor so 'nem Bild. Komisch.«

Sie standen noch einige Zeit im Zimmer, bedrückt und unschlüssig. Als sie dann gehen wollten, hielt Heinz sie auf; er glaubte, er müsse seinen Freund vor diesen unerfahrenen und sicherlich unduldsamen jungen Leuten noch einmal entschuldigen und gebührend herausstreichen, und er erzählte, mit vielen Ausschmückungen und schlau eingeflochtenen Lobsprüchen, daß Hamann ihm vor ein paar Tagen Geld für einen Wohnzimmerschrank gegeben hätte.

»Achthundert soll er kosten; allein hätte ich das nie zusammengekratzt.«

»Achthundert!« sagte Recha. »Du mußt ja wohl verrückt sein.«

»Der schönste Schrank, den sie hatten, jawohl«, sagte Heinz bockig, »und 'nen Fernseher schaff' ich auch noch an. Ich will's mir schön machen, ich hab' früher so viel versäumt, jetzt will ich alles nachholen.«

Endlich im Korridor, atmeten sie auf. Recha sagte unvermittelt, mit Entschiedenheit: »Jetzt mag ich unseren Napoleon noch lieber«; und sie merkte nicht, daß sie freundlich und selbstverständlich den Spitznamen gebrauchte, den Curt in ganz unfreundlicher Absicht dem Meister angehängt hatte. Aber Nikolaus merkte es, und er dachte: Curt mit C hat schon abgefärbt, und ich fürchte, es wird nicht das einzige sein, was von seiner Art zu reden und zu denken auf sie abgefärbt hat.

Er fragte. »Wann hast du dich dazu durchgerungen?«

»Vor zwei Minuten erst.« Es dämmerte, und in dem langen, tristen Korridor brannten nur wenige nackte Glühbirnen. Hinter den Zimmertüren war es still.

»Sie reden so oft von ›nachholen‹«, sagte Recha. »Vielleicht ..., wir wissen nicht, wie gut wir es haben, wir Jüngeren, meine ich.«

»Manchmal fällt es mir ein, heute zum Beispiel«, sagte Nikolaus. Sie sahen sich an, ihre Gesichter waren blaß in dem fahlen Zwielicht. Sie gingen rasch nach draußen, in den frischen, kühlen, perlgrau zerfließenden Abend.

Nikolaus hatte den Arm um Rechas Hüften gelegt, und plötzlich erinnerte er sich, wie er am allerersten Abend in der fremden Stadt in seinem zu kurzen Metallbett gelegen hatte, friedlich dösend und mit seinen Gedanken bei einem schutzbedürftigen Mädchen Recha. Er hatte sich sogleich, seiner liebenswerten Schwäche nachgebend, für sie verantwortlich gefühlt, und er fühlte sich auch heute noch verantwortlich, obgleich sie gewiß nicht mehr so schutzbedürftig und unselbständig war wie damals, in der regnerischen Nacht, vor den unbekannten dunklen Häuserfronten.

Jetzt erst, während er neben ihr ging, den Arm schüchtern und entschlossen um ihre Hüfte, überwältigte ihn die Erkenntnis, daß Recha wirklich bei ihm war, und er wünschte, er könnte ihr sagen, was er empfand. Er sagte aber nur, als sie die Lagerstraße überquerten: »Dein Haar ist rot im Lampenlicht.«

Achtes Kapitel

I

Anfang Oktober gab es kalte Tage mit Regen und scharfem Wind. Nikolaus arbeitete noch immer mit dem alten, ewig nörgelnden Lehmann zusammen, weit draußen an der Kombinatsgrenze, am »Herzstück«, das zum weitverzweigten System der Abwasserwirtschaft gehörte.

Er hatte sich im Magazin eine Wattejacke geholt, in der er noch breiter, noch schwerfälliger wirkte, und er trug einen monströsen Hut – würdig all der abenteuerlichen Kopfbedeckungen, die von den anderen Brigadeleuten getragen wurden –, einen ehemals grünen Seppelhut, dessen linke Krempe er hochgeschlagen und mit einem dicken Zimmermannsnagel festgesteckt hatte.

Recha lachte laut, als sie ihn zum erstenmal so sah. »Wie ein Buschklepper, Nikolaus!«

Er nahm seinen Hut ab und betrachtete ihn wohlgefällig, er sagte: »Ein schönes Stück ... Ich hab' ihn zu Haus auf dem Boden gefunden, er stammt noch aus der Zeit, als mein Vater bei den Edellatschern war. Früher«, sagte er nachdenklich, »fand ich es ganz romantisch, wenn mein Vater erzählte, wie er mit den Wanderpiepsern rumgezogen ist: Kochkessel auf dem Rücken, Klampfe im Arm, in der Lüneburger Heide, in dem wunderschönen Land ... Mein Lehmann war auch 'ne Zeitlang dabei; er sagt, vor lauter Löns und Rosengarten hätten sie das Horst-Wessel-Lied überhört.«

Wenn Nikolaus jetzt in die Kantine gestapft kam, in seinen Gummistiefeln, mit windgerötetem Gesicht und aufgesprungenen Händen, unterschied er sich nicht mehr von den anderen Arbeitern, und niemand hätte in ihm den Abiturienten und Gast vermutet.

Er selbst hörte auf, sich als Gast zu fühlen; nur manchmal spürte er, allzu empfindlich für die Reaktionen anderer, daß wenigstens die älteren Brigadekollegen ihn noch nicht zu den Ihren zählten, und gewisse reservierte Höflichkeiten, Zurückhaltung und abfällige, obwohl nicht böse gemeinte Bemerkungen (»Laß mich das machen, Junge, du bist nicht vom Bau, du kannst das doch nicht«) schmerzten ihn, er dachte: Ich werde es euch schon beweisen ... Er war aber beliebt bei allen, wahrscheinlich gerade deshalb, weil er sich nicht – wie Curt am Anfang – wortreich und gewandt um ihre Gunst bemühte; er war immer er selbst, Nikolaus Sparschuh, gelassen, friedlich, ein bißchen unbeholfen, ein bißchen versponnen, und so billigten sie ihn.

Er war mit Recha zusammen, wann immer die Zeit es erlaubte; freilich war das nicht häufig in der letzten Woche. Die Rohrleger hatten viele Reparaturen, es gab Umbauten im Pressenkeller der Brikettfabrik, die Termine drängten, und oft genug fuhr die Brigade eine zweite Schicht. Auch die Jungen machten Überstunden, obgleich Hamann das nur ungern gestattete. Aber es fehlte an Arbeitskräften; zwei waren auf einem Reservistenlehrgang, und Friedel lag im Krankenhaus – sie war, wie Trapp richtig vorausgesagt hatte, »mit den Nerven alle«, seit sich Alibaba aus dem Staub gemacht hatte –, und Schach besuchte eine Schweißerschule.

Der gründliche, lehrerhafte Preuß hatte Recha versprochen, er werde sie nächstens mitnehmen in die Brikettfabrik oder in den Kondensatkeller, weg von ihrem Schraubstock und den Ventilen und den betäubend eintönigen Handgriffen, die sie schon mit geschlossenen Augen hätte tun können. »Ich will auch mal selbst was zusammenbaun«, sagte sie ungeduldig. »Ewig in der Werkstatt stehen ... Ich hab' einen Horizont von Nennweite vierhundert ...«

Preuß lachte. »Nicht schlecht. Immerhin behältst du schon 'n paar Fachausdrücke.«

Sie war unzufrieden und enttäuscht, weil Preuß sein Versprechen nicht halten konnte; sie murrte. Einmal, als sie morgens in die Werkstatt kam, sah sie sein braunes Vogelgesicht schwärzlich vor Müdigkeit, mit tiefen Falten; er hatte die Nacht hindurch an den Trocknern gearbeitet, bei mehr als vierzig Grad Hitze, und auf seinem blauen Arbeitshemd waren weiße Flecke von getrocknetem salzigem Schweiß. Sie sagte: »Warum scherst du dich nicht nach Haus, Mensch?«

Er versuchte frisch und unbekümmert auszusehen. »Nützt nichts, Mädchen, die Gehäuse müssen bis Mittag raus.« Er zeigte auf eine akkurat ausgerichtete Reihe von Ventilen; seine kleine, starke dunkelbraune Hand zitterte vor Erschöpfung, er sagte bedauernd: »Ich weiß ja, die Schleiferei hängt dir zum Hals raus ...«

Aus irgendeinem Grund empfand Recha Schuldbewußtsein, und sie sagte, grob vor Verlegenheit: »Verdammtes Dreckzeug! Na, laß. Ich mach sie schon, deine blöden Ventile.«

Curt kam erst am späten Vormittag, übelgelaunt und mit schwerem Kopf; er erklärte nichts und entschuldigte sich nicht, und Preuß war zu müde, ihn zu fragen oder zu mahnen. Er war langmütig, aber auch seine Langmut erschöpfte sich, und heute hätte er eine dieser bitteren, zähen und ganz unfruchtbaren Streitereien mit Curt nicht ertragen.

Recha aber sagte, als Curt ihr gegenüberstand, an dem zerspellten rohen Arbeitstisch: »Du siehst abscheulich aus. Warst du wieder besoffen?«

Er ließ die Mundwinkel sinken und sagte im Ton vornehmen Mißfallens: »Du hast dir eine recht ordinäre Redeweise angewöhnt.«

»Pardon, Herr Schelle, ich bin untröstlich.«

Er beugte sich plötzlich über den Tisch und packte ihr Handgelenk. »Du mußt mir Vorwürfe machen, gerade du«, sagte er leise, ohne eine Spur der matten Arroganz von vorhin. »Du bist weggegangen, von einer Stunde zur anderen. Was soll ich tun? Ich wär' lieber mit dir zusammen, statt mich mit einer Bande von halbgaren Teddyboys rumzutreiben. Ich kann eben nicht allein sein.«

Sie blickte ihn an, betroffen, als bemerkte sie heute erst, daß dies nicht mehr der strahlende, witzige, sehr selbstsichere Curt war, dessen Gesicht sie am ersten Abend unter einer Straßenlampe gesehen hatte, lachend und regennaß (er trug ein silbernes Kettchen um den Hals, entsann sie sich, und ich dachte darüber nach, ob ein Medaillon mit einem Mädchenbild daran hinge, und vielleicht war ich schon eifersüchtig auf dieses anonyme Mädchen).

Sie sagte: »Wie du dich verändert hast ... Aber es ist nicht wahr, daß ich schuld bin. Sag, daß es nicht wahr ist, Curt! Du suchst bloß einen Grund.«

»Ich kann nicht allein sein«, wiederholte er hartnäckig.

»Und jetzt bist du ganz froh«, sagte Recha, »daß du einen Grund gefunden hast.«

Nachher dachte sie, sie hätte ihn fragen sollen, warum er nicht allein sein konnte und warum er sogar für seine Gefühle ein Publikum brauchte und warum er jeden Augenblick der Stille mit Gelächter und Lärm zerschlagen mußte.

Nachmittags erzählte sie es Nikolaus. Sie waren gleich nach Feierabend zusammen fortgegangen, quer durch aufgewühltes, von Gräben zerschnittenes Baugelände, über Gleise und eine feuchte fahlgelbe Wiese, hinüber zur Fernverkehrsstraße. Sie stiegen den hohen, sehr steilen Damm hinauf, Nikolaus trug sein Fahrrad auf der Schulter und zog Recha an der Hand hinter sich her.

Sie standen eine Weile auf der Brücke. Hinter ihnen fuhren Kolonnen von Schichtbussen vorüber, gelbe Doppelstocker und die geräumigen apfelsinenroten oder blauweißen Omnibusse, die bei den Arbeitern »Stehbierhalle« hießen. In einer Senke, zwischen Heidekraut und Kiefern, hob sich das verwaschene Ocker der Baracken.

Es war kalt auf der Brücke, unter dem schweren grauen Himmel. Nikolaus hatte sein Rad an den Straßenrand gestellt, er lehnte neben Recha, und sie blickten auf das Gleisgestrüpp der Industriebahn hinab und auf das Netz von Fahrdrähten. »Schade, sie summen nicht«, sagte Recha, und sie erinnerte sich, wie die hölzernen Telegrafenmaste sie als Kind angezogen hatten, wenn es ringsum still war und wenn sie das Ohr an einen Mast legte, glaubte sie Geschwirr von fernen flüsternden Stimmen zu hören, ähnlich dem Stimmengesumm in einer Konzertpause. »Früher«, sagte sie, »hab' ich gedacht, man könnte die Leute miteinander telefonieren hören. Ich hab' immer auf ein unerhört wichtiges und aufregendes Gespräch gewartet ... Es war wohl dieselbe Sorte Neugier, die dich verführt, in fremde Fenster zu starren.«

»Der ›lesende Arbeiter‹ ist bald fertig«, sagte Nikolaus, plötzlich zurückversetzt in jenen Abend, als er durch ein Fenster wie auf eine kleine erleuchtete Bühne geblickt hatte, voll Zuneigung für den fremden grauhaarigen Mann mit seiner zu großen Brille im Silberrähmchen, die ihm über den Nasensattel nach vorn rutschte. »Es war das Schwerste, was ich bis jetzt versucht habe, Tatsache. Ich sehe noch seine Hände auf den Buchseiten ... Wenn ich bloß wüßte, welches Buch er gelesen hat.«

Er drehte sich so, daß er das Mädchen mit seinem breit ausladenden Rücken gegen die Vorübergehenden verdeckte, und er streichelte ihre Finger und sagte: »Du hast Eishände. Wollen wir gehen?«

»Noch nicht, bitte.« Sie steckte eine Hand in die Tasche seiner dicken Steppjacke. Sie beugte sich über das graue Eisengeländer.

»Wollen wir mal runterspucken?«

»Lieber nicht«, sagte Nikolaus. »Spucken macht bloß Spaß, wenn man am Wasser sitzt.«

»Eine herrliche, idiotische Beschäftigung ... Du spuckst auch gern ins Wasser, ja?«

»Ja«, sagte Nikolaus geduldig.

»Wir haben wirklich 'ne Menge gemeinsame Interessen«, sagte Recha in gefühlvollem Ton. Nikolaus sah sie mißtrauisch an, und sie kniff ihn in den Arm und lachte laut. Im selben Moment aber bemerkte sie, seitwärts gewandt und unter Nikolaus' angewinkeltem Arm hindurchblickend, das hübsche, glatte, ein wenig aufgedunsene Gesicht hinter der Fensterscheibe vom Schichtbus, in dem sie sonst mit Curt in die Stadt gefahren war, und sie hörte auf zu lachen.

»Was ist denn los?« fragte Nikolaus.

»Ich glaube, es war Curt ...« Sie zögerte, dann wiederholte sie ihm, was Curt gesagt hatte, und fügte hinzu: »Für den kleinen Erwin haben wir uns bald umgebracht. Curt geht man einfach aus dem Weg, nichts sonst. Komisch.«

Nikolaus hatte ruhig zugehört, ein bißchen abwesend wie immer, sein Gesicht verriet nichts. Schließlich sagte er bedächtig, mit schleppender Stimme: »Es gibt Menschen, die nur darauf warten, daß du ihnen die Hand hinhältst, und andere, die schlagen dir auf die Hand. Und – du sollst ihm ja nicht aus dem Weg gehen.«

Sie sah ihn erstaunt an, ein wenig gekränkt. »Eifersüchtig bist du nicht, wie?«

»Nein.« Er versuchte zu scherzen: »Ich bin zu faul zur Eifersucht«, und er bedauerte seine tölpelhafte Scheu, das auszusprechen, was er in Wahrheit darüber dachte.

Sie gingen ins Lager. Sie waren allein; Rolf hatte zweite Schicht. Recha nahm Zeichenunterricht bei Nikolaus; er war ein strenger Lehrer, und spätestens nach einer Stunde war Rechas Geduld erschöpft. Manchmal erschreckte ihn ihre Unrast, aber meistens fand er Recha liebenswert, und auch heute, als sie schon nach einer knappen halben Stunde den Zeichenstift wegwarf, lachte er nur und sagte gutmütig: »Du bist beständig wie ein Heuhüpfer.«

»Ich hab' heut keine Lust, das ist alles. Ich möchte ... irgendwas, ich weiß nicht.«

Nikolaus stand unbeweglich in seinem engen Zimmer, mit hängenden Armen, er sah, daß Recha verstimmt war, und er dachte bekümmert darüber nach, was er falsch gemacht haben könnte. »Was soll man da tun?« murmelte er, und dabei wünschte er heimlich, er könnte jetzt in Frieden an seinem »lesenden Arbeiter« malen, statt über die Launen des Mahagonimädchens nachzudenken.

»Wir sind immer so schrecklich tugendhaft«, sagte Recha unzufrieden. »Nie gehen wir tanzen – den ganzen Tag Arbeit, und nach der Arbeit Zeichenstunde ... Schlimmer als in der Penne!« Nikolaus schwieg, und sie fügte boshaft hinzu: »Curt war amüsanter.«

»Ja?« sagte Nikolaus tonlos, sein Gesicht hatte sich verfärbt. Recha umarmte ihn ungestüm, sie zog seinen Kopf zu sich herab und bedeckte sein Kinn mit schnellen kleinen Küssen, sie sagte atemlos: »Ach, du Klotz ... du Dummkopf ... das glaubst du doch nicht im Ernst? Ich wollte dich nur ärgern ... du bist so abgeklärt, nicht zum Aushalten ...«

Sie küßte ihn und lachte; sie wußte gar nicht, wie sehr sie ihn verletzt hatte.

Nikolaus nahm ihre Hände von seiner Schulter und schob Recha ein Stück zurück, er blickte über sie hinweg, als er sagte: »Ich bin wirklich langweilig, du, und ich kann nicht tanzen, und am Trinken hab' ich auch keinen Spaß. Vielleicht gehst du besser mit Curt.«

Sie biß sich auf die Lippe. Nach einer Weile sagte sie: »Du redest mir noch zu? Wunderbar. Du bist also wirklich nicht eifersüchtig. Großartig!« Nikolaus drehte gequält und verlegen den Kopf, aber er sagte nichts mehr, und Recha wäre es lieber gewesen, er hätte sich mit ihr gestritten; sie dachte gereizt: Er ist empfindlich wie eine Schnecke – er zieht sich in sein Haus zurück, kaum daß du ihn angetippt hast.

Er brachte sie zur Haltestelle, und noch bevor der Bus kam, verabschiedete er sich, so höflich, daß es Recha das Herz umdrehte. Er ging dann schnell fort, die Schultern hochgezogen, bärenhaft plump, in seiner Steppjacke, und Recha, die sein verstörtes Gesicht nicht sehen konnte, dachte: Er ist ein Eisblock, er ist einfach ein Eisblock ...

2

Während der Mittagspause saßen sich Recha und Curt gegenüber, zwischen ihnen trauerte ein dürftiger Asternstrauß. Recha unterhielt sich mit Preuß, und dann wurde Preuß von einem anderen Tisch her angerufen, und Curt nützte die Gelegenheit und sagte, ganz beiläufig: »Wir waren seit hundertfünfzig Jahren nicht mehr in unserer Bar.«

Unsere Bar, dachte Recha, belustigt und ein bißchen wehmütig, und sie verstand, was er ihr andeuten und welche Bilder er zurückrufen wollte; sie wartete. Curt schob den Asternstrauß zur Seite und beugte sich über den Tisch, seine grünen Augen strahlten, und sekundenlang war er wieder Curt der Unwiderstehliche, lächelnd, frech und zärtlich. »Darf ich dich einladen – noch ein einziges Mal?«

Nikolaus kam in schlappenden Gummistiefeln durch den Gang zwischen zwei Tischreihen, er balancierte seinen Teller und zwei Kompottschalen. Curt legte schnell, mit einer vertraulichen Bewegung, seine Hand über Rechas Finger. Sie zog erschrocken ihre Hand weg.

Sie winkte Nikolaus. Er ging an ihrem Tisch vorüber, als hätte er sie nicht gesehen, er war aber rot bis in den Nacken geworden. Recha senkte den Kopf, sie sagte: »Na schön. Wann?«

»Heute. Ich hol' dich ab.«

»Ja.« Nikolaus saß mit dem alten Lehmann am Fenster; er hatte ihnen den Rücken zugedreht. Recha dachte: Wenn ich schon mal ja gesagt habe, kann ich ebensogut anfangen, mich auf heute abend zu freuen.

Nachmittags aber, kurz vor Feierabend, gab es eine Versammlung in der Werkstatt. Preuß karrte mit Recha Gehäuse aus der Dreherei herüber, er hob schnüffelnd die Nase und sagte: »Das riecht nach Sonderschicht, Mädchen. Seit einer Woche haben wir Ärger mit dem Durchlaufbunker.« Sie stellten sich zu den anderen. Hamann berichtete, in der letzten Arbeitsbesprechung sei vorgeschlagen worden, die Zyklone der Windsichteranlage zu verändern; die Brigade wurde beauftragt, die Druckrohre von Durchmesser 600 auf 800 zu erweitern, und die Montage sollte in drei Tagen beendet sein. Je eher die Anlage funktionierte, desto schneller konnte die Fabrik Qualitätskohle liefern. Einer sagte laut: »Immer diese Feuerwehreinsätze!«

Jackmann fragte:

»Und wie steht's mit Prämien?«

Zwölfhundert Mark waren als Prämie ausgesetzt; Hamann aber, den diese erste Frage nach dem Geld verdroß, sagte: »Einige mittelstarke Bücher werden für dich schon abfallen.« Sie lachten, sie dachten daran, wie Jackmann neulich von einer Prämierung zurückgekommen war, enttäuscht und erbost, weil er Goethes Werke bekommen hatte statt eines Hundertmarkscheins. Auch Jackmann lachte, mit säuerlichem Gesicht, und Hamann nickte ihm zu und sagte bekümmert: »Nach Golde drängt, am Golde hängt doch alles ... Na, freilich ... du weißt schon, du studierst ja jetzt Goethe, wie man hört.«

Curt schob sich verstohlen aus dem Kreis der Schlosser, als Hamann eine Sondernachtschicht vorschlug; er dachte, er würde sich den Abend mit Recha bestimmt nicht vermasseln lassen. Der Meister und Heinz und der Student Mewis wollten die zweite Schicht, bis abends um zehn, übernehmen, um einen Arbeitsvorlauf für die Nachtschicht zu schaffen. Die anderen zögerten, sie waren müde, sie hatten schon während der letzten fünf oder sechs Tage, als die Montage auf den Rohrbrücken drängte, zuwenig Schlaf gehabt.

Erwin hockte auf einem Tisch, er putzte umständlich seine dicke Brille, er sagte ganz niedergeschlagen zu Curt: »Ich möcht' ja, aber die lassen mich nachts nich weg aus'm Heim. Die denken dir doch ... sonst was.« Sein struppiges blaßblondes Haar wucherte bis in den Nacken, und Curt, der einen körperlichen Widerwillen gegen ungepflegte Menschen hatte, sah ihn kalt an und sagte: »Du solltest lieber zum Friseur gehen. Wenn du kein Geld hast, darf ich wohl aushelfen, ja?« Er holte mehrere Münzen aus der Hosentasche und suchte ein Zweimarkstück heraus. »Den Rest kannst du verprassen.«

Erwin setzte seine Brille wieder auf, er sah verwirrt und gekränkt aus. Curt sagte: »Wenn du nicht willst, bitte –« Erwin nahm schnell das Geldstück von der ausgestreckten flachen Hand, er bedankte sich, und Curt schürzte verächtlich die Lippen und dachte: Wenigstens einer, dessen Sympathien man kaufen kann.

Nikolaus war in die Halle gekommen, seine Werkzeugtasche auf der Schulter; er stand hinter Hamann, den er fast um Kopfeslänge überragte. Als Hamann die Leute für die Nachtschicht notierte, hob Nikolaus den Finger, als wäre er in der Schulstunde. »Ich mache mit.«

Schließlich hatten sich zwölf Schlosser und Schweißer gemeldet. Sie gingen zur Waschkaue hinüber, und auch Erwin schlich sich davon, er war bedrückt, und er verwünschte das Jugendheim und seine Erzieher, die ihm nicht erlauben würden, heute nacht wieder ins Kombinat zu fahren.

Hamann kritzelte in seinem Notizbuch. Curt und Recha wechselten einen Blick; sie standen jetzt allein und beklommen ein Stück von Hamann entfernt. Er hatte sie nicht gefragt, ob sie kommen würden, der Abend war gerettet, sie würden in ihrer Bar tanzen, in dem warmen rotstichigen Halbdunkel, und eine Flasche Wein trinken und versuchen, vergnügt zu sein. »Na, wie denn?« sagte Hamann plötzlich.

Curt starrte geradeaus, das Kinn vorgeschoben und mit unbeteiligter Miene, er dachte: Nein. Ich lasse mir den Abend nicht vermasseln. Es kann das letztemal sein. Oder, vielleicht … es kann wieder ein Anfang sein. Ich lasse mir die Chance nicht vermasseln, nicht von Napoleon, nicht für eine Nachtschicht … Er wagte aber Hamann nicht anzusehen; seine Ohren brannten.

Recha schlug die Augen nieder, sie sagte schnell und leise: »Mir ist nicht gut, Meister.«

»Du brauchst dich nicht zu entschuldigen, Herzchen«, sagte Hamann mit seiner gemütlichen Stimme. »Du mit deinen taufrischen siebzehn Lenzen, Nachtschicht ist nicht für dich. Und wie steht's mit uns, Curt?«

Curt biß die Zähne aufeinander, er schwieg, er dachte: Wenn er jetzt bittet, wenn Napoleon mich ein einziges Mal bittet – ich bin so idiotisch und werfe meine Chance weg, vielleicht.

Nach einer Weile sagte Hamann: »Ach so. Dir geht's auch nicht gut, Jung Siegfried? Tja, dann kuriert euch aus, Kinderchen, Adlershofer ist gut gegen Bazillen.« Er hob die breite, hochgewölbte Stirn, er sah sie an mit den raschen, scharfen, ironischen Augen eines Mannes, dem man nichts vormachen kann, und sogar Curt fühlte sich klein und schäbig unter seinen Augen.

Er ging dann weg, korpulent und behäbig in seinem blauen Arbeitsanzug, und Curt blickte auf seinen breiten Rücken und den fleischigen Nacken, er dachte: einen Hammer nehmen und ihm ins Kreuz schmeißen ... Der Hund! Der bittet nicht, der hat eine Art, andere ins Unrecht zu setzen. »Zieh dein rotes Kleid heut abend an«, sagte er zu Recha. »Rot steht dir fabelhaft.«

Da hatten sie nun ihren Abschiedsabend – oder wie immer sie ihn im stillen nennen mochten –, und Rechas Wunsch war erfüllt, sie würde sich endlich mal wieder amüsieren, und sie hatte es sich sogar verdient, sagte sie sich, nach all der Arbeit und den Zeichenstunden und den hundert Ventilen der letzten Woche; sie war siebzehn und also nicht verpflichtet, sich in einer kalten, lärmerfüllten Halle die Nacht um die Ohren zu schlagen wie die zwölf Männer, die sich müde und zögernd gemeldet hatten (einer von ihnen ist Nikolaus, du hast ihn doch gesehen, er hob den Finger wie in der Schulstunde).

Am frühen Abend zog sie das rote Kleid an und steckte ihr schwarzes Haar zu einem Knoten auf; sie hatte noch den Ehrgeiz, älter und erwachsener auszusehen. »Mal dich nicht so dick an, Kleine«, sagte Lisa streng. Recha rieb ihre Wange an der kühlen, glatten braunen Haut ihrer Schulter, sie lächelte frech, ein Auge zusammengekniffen, ihrem Spiegelbild zu, und dann sagte sie mißmutig: »Mein Gott, ich hab' wirklich 'ne zu große Nase ...«

Curt wartete vor der Haustür, er sagte, als Recha die Treppe herunterkam: »Aber dein Lippenstift paßt ja gar nicht zum Kleid.«

»Wichtigkeit«, sagte Recha, und, plötzlich wuterfüllt: »Ich kann ja umkehren, du Affe, ich kann auch ohne dich die Zeit totschlagen.« Curt erschrak; er hielt ihre Hände fest und küßte die Fingerspitzen, er schmeichelte und bat, und sie ließ sich besänftigen. Sie blieb aber auf dem Weg zum »Kastanienhof« verdrossen und in sich gekehrt, sie dachte: Und heute morgen habe ich mich so drauf gefreut ...

In der Bar war es noch ziemlich leer, auf der Tanzfläche umschlich ein Junge im roten Hemd und mit Elvis-Frisur sein gelangweilt blickendes Mädchen. In der Decke schimmerten blaue und grüne und rote Punkte, und über jedem Tisch hing eine tütenförmige schwarze Lampe, die einen eng und genau begrenzten Lichtkreis auf das Tischtuch zeichnete und die Gesichter im Schatten ließ. Curt führte Recha an den Tisch in der Ecke, den sie so gut kannten, und als sie über das Parkett gingen, sang der Gitarrist: »Schöne Mädchen gibt es überall ...«

Curt lachte. »Der Tisch wackelt immer noch.« Er bestellte Weißwein; sie tranken, der Wein war so kalt, daß die Gläser goldgrau beschlugen.

Sie tanzten, Curt sagte: »Wir haben uns fabelhaft aufeinander eingespielt, findest du nicht?« – »Ja«, sagte Recha.

Ein großes blondes Mädchen, das dicht an der Tanzfläche saß, starrte Curt unverwandt an. Er sieht wirklich blendend aus, dachte Recha mit soviel oder sowenig Gefühl, als betrachte sie eins der glanzpapiernen Schauspielerfotos, die Betsy und sie früher gesammelt hatten.

Curt hatte die Absätze seiner Lackschuhe mit Eisen beschlagen lassen. »Sicher, es paßt nicht zum Abendanzug«, sagte er, während er seine Eisenabsätze herausfordernd auf das Parkett knallen ließ, »aber man muß Konzessionen machen. Halbstarker sein verpflichtet, und wir haben einen Ruf als problematische Jugend zu verlieren.«

»Deine Hufeisen sind natürlich ungeheuer problematisch«, sagte Recha in demselben munter leichtfertigen Ton (man konnte in diesem Ton stundenlang mit Curt sprechen, ohne etwas zu sagen, und über tausend Dinge, die einen nicht berührten), und dabei dachte sie, daß Nikolaus jetzt, um neun, sicherlich schon aufgestanden war und am Tisch saß, in seiner dicken Steppjacke, und Brot schnitt, wobei er den Brotlaib ungeschickt gegen die Brust drückte.

Der kleine Raum und das Parkett waren nun überfüllt, Mädchen und junge Männer kamen und zwei oder drei ältere Ehepaare, die sich vorsichtig und mißbilligend zwischen den ausgelassen, hitzig kreisenden Paaren bewegten. An der Bar schlief ein Mann, den Kopf in die verschränkten Arme vergraben. Wenn sie an ihren Tisch zurückkehrten, verlor Curts Gesicht den Ausdruck angestrengten Gleichmuts, den er beim Tanzen hatte, ähnlich den anderen jungen Leuten hier, denen er sonst nicht zu gleichen wünschte: den Zimmerleuten und Eisenbiegern und Betonarbeitern, die heute korrekte dunkle Anzüge trugen und ihre lachenden, wippenden Petticoatmädchen herumschwenkten und selbst bei den verwegensten Tanzfiguren noch eine unerbittlich gleichmütige Miene zeigten.

Wenn Curt dann wieder im Schatten saß, dicht an Recha herangerückt, war er laut und lustig, er schwatzte unaufhörlich. »Meine rote Orchidee«, sagte er, und »... wenn ich dich anseh', muß ich immer an Chrysanthemen denken«, er war in übermütiger Stimmung oder spiegelte sie jedenfalls vor, und wirklich ließ sich Recha ablenken und vergaß eine Zeitlang ihre Selbstvorwürfe und das Unbehagen an einem Abend, den sie anderen gestohlen zu haben glaubte.

Einmal ging Curt Zigaretten holen. Recha blickte zur Uhr, es war zehn durch; sie dachte: Jetzt hat die Nachtschicht schon angefangen. Ein kleiner vogelgesichtiger Mann strich an ihrem Tisch vorbei, und sie sah ihm gedankenlos nach, und auf einmal fühlte sie sich an Preuß erinnert: an sein Gesicht, schwärzlich vor Müdigkeit, und an sein blaues Arbeitshemd, auf dem sich weißliche Flecke von getrocknetem Schweiß abzeichneten … Sie hatte eine halbe Flasche Wein getrunken; sie war aber plötzlich hoffnungslos ernüchtert, sie dachte: Er hat sich heute wieder gemeldet. Ich hätte für ihn einspringen können.

Dann kam Curt zurück, er sagte: »Ich hab' die Band bestochen, vielleicht lassen sie sich mal zu 'ner schrägen Sache hinreißen.« Der Mann mit der Gitarre sang von roten Rosen und blauen Träumen. »Der Drummer ist nicht schlecht«, sagte Curt.

»Nein.« Sie malte auf dem Tischtuch. Sie sagte: »Eigentlich ist es einfach eine Schweinerei, du.«

Curt sah sie einen Moment erstaunt an, dann verstand er, seine Mundwinkel sanken herab, er sagte: »Schließlich hat sie niemand gezwungen, das ist doch ihre Sache, wenn sie der Arbeit nachrennen.«

»Ach, ich weiß nicht«, murmelte Recha. »Sie haben sich schon die ganze Woche mit dem verdammten Bunker rumgeschlagen. Wir hätten doch …«

»Aber wir haben nicht, und jetzt sind wir hier, und damit gut«, sagte Curt, erbittert, weil er schon spürte, daß alle seine schlauen Ablenkungsmanöver nicht verfangen hatten. Er saß nicht mehr so gerade und hübsch und gut gelaunt in seinem Sessel; er stand auch nicht auf, als das Bartrio den Rock 'n' Roll hämmerte, den er für eine Lage Weinbrand gewünscht hatte. »Ist doch egal, ob sie einen Tag früher oder später fertig werden. Denkst du, die anderen haben gebrüllt vor Begeisterung? Wenn's nicht 'ne dicke Prämie gäbe, wäre keiner anmarschiert.«

»Das ist nicht wahr«, sagte Recha. Sie nahm seine Hand,

sie bat: »Laß uns noch hingehen, Curt. Lach mich aus, aber ich hab' ein schlechtes Gewissen.«

»Ich bin doch nicht vom Wahnsinn umjubelt. Im Abendanzug, wie, mit 'ner Fahne ... Ich lass' mich doch nicht rausfeuern von Napoleon.«

»Meinst du, er schmeißt uns raus?«

»Jede Wette«, sagte Curt.

Sie versuchte sich Hamann vorzustellen, seine raschen, scharfen, ironischen Augen, sie sagte entmutigt: »Da kannst du recht haben.« Sie tanzte dann wieder mit Curt, sie trank auch noch ein Glas Wein, aber ihre Unruhe wuchs, und so heftig, wie sie sich gestern nach Musik und Lärm und Gelächter gesehnt hatte, wünschte sie sich jetzt fort aus dem heiteren Trubel. Gegen elf stand sie auf und sagte: »Entschuldige mich einen Moment« und verließ die Bar.

Sie faßte ihre Entschlüsse meist bestürzend schnell und eigentlich unüberlegt, und sie war auch jetzt wieder, als sie vor der Glastür stand, selbst überrascht, daß sie sich von einer Minute zur anderen entschlossen hatte. Zwischen zwei brokatnen Schultern sah sie, verschwommen im Zigarettenrauch, Curts Rücken, und sie dachte, es sei doch schäbig, sich heimlich davonzumachen. An der Garderobe ließ sie sich ihren Mantel geben.

Vor dem Spiegel versuchte sie, etwas Rot von den Lippen abzureiben, und dann zog sie die Nadeln aus dem Haarknoten und kämmte ihr Haar herunter und flocht es in einen Zopf.

Einige Jungen stellten sich hinter sie; sie pfiffen durch die Zähne, einer fragte. »Wollen Sie schon gehen, Fräulein?«

»Vielleicht ist ihr Macker abgehauen.« Sie unterhielten sich kennerisch und dreist und ungeniert laut über das Mädchen, ein anderer sagte: »Sie versteht kein Deutsch. 'ne Zigeunerin, wetten?«

Recha lief die Treppe hinunter, sie dachte: Mit den Schuhen versinke ich draußen im Sand, und die Strümpfe werden auch zum Teufel gehen. Am Markt stieg sie in den Bus, und erst als sie ihren Fahrschein gelöst hatte, begann sie sich zu sorgen, wie Hamann sie wohl empfangen würde und wie sie vor Nikolaus bestehen sollte. –

Nach zwanzig Minuten war Curt in den kleinen Vorraum gegangen, in dem immer noch die Jungen herumlümmelten und ihre frechen kennerischen Bemerkungen über die Mädchen vorm Spiegel austauschten. Schließlich fragte Curt die Garderobenfrau nach der jungen Dame, mit der er vorhin gekommen sei. Die Frau war dick, grauhaarig und alt, und sie hatte von ihrer Garderobe aus so viel gesehen, daß sie nicht mehr neugierig war. Sie blickte flüchtig von ihrem Strickzeug hoch und sagte: »Das Fräulein hat sich den Mantel geben lassen«, und dann strickte sie weiter, Zopfmuster, grobe blaue Wolle, und Curt stand eine Weile still und starrte auf ihre behenden Finger und auf den großen blauen Faden, der durch ihre Finger lief, und die Jungen um ihn herum lachten.

Er ging in die Bar zurück und holte das große blonde Mädchen an seinen Tisch, das ihn die ganze Zeit mit schwärmerischen Blicken verfolgt hatte. Sie erzählte ihm in der ersten Viertelstunde, sie sei Assistentin bei einem Zahnarzt, wäre aber lieber Mannequin geworden, sie sei so gut wie verlobt und werde aufhören zu arbeiten, sobald sie geheiratet habe.

Sie war hübsch und anschmiegsam (ein bißchen zu anschmiegsam für eine fast Verlobte, dachte Curt) und grenzenlos langweilig.

Als er ihre selbstgefällige Dummheit nicht länger zu ertragen vermochte, ließ er sie sitzen und ging nach Haus, in sein Zimmer. Er überhörte Heriberts verschlafene Flüche und drehte sich zur Wand, und er dachte voll Bitterkeit und Mitleid mit sich selbst, nun habe ihm also das Kombinat (das Hamann und Nikolaus hieß und Brigade und Nachtschicht) auch sein Mädchen Recha gestohlen.

Neuntes Kapitel

I

Nikolaus war kurz vor zehn mit dem Fahrrad gekommen. Der Himmel war blauschwarz und ohne Mond, ein paar blasse Sterne blinkten. Nikolaus fuhr über die von wenigen Lampen erhellte Betonstraße, die im weitgeschwungenen Halbbogen das Gelände mit den Werkstätten umspannte, und er hörte die Hupsignale und das dünne, zierliche metallische Klingeln der Grubenbahn, die Rufe der Rangierer und, vielfach lauter und deutlicher als am Tag, das Tacken der Brikettpressen. Er war ganz munter und sogar ein bißchen aufgeregt, obgleich er nicht geschlafen hatte; heute war seine erste Nachtschicht, und er hatte den hellen Nachmittag über und bis in den Abend schlaflos auf seinem Bett gelegen und gegen die Decke gestarrt. Er dachte an das Mahagonimädchen und daran, daß er es den Älteren schon beweisen würde, heute nacht, und Rolf schlich auf Zehenspitzen durch das Zimmer und flüsterte, wenn er Nikolaus mit offenen Augen liegen sah: »Schlaf endlich! Du bist … unökonomisch. Du wirst dich wundem, mein Bester, um drei kommt der tote Punkt …« Jetzt, auf der dunklen Betonstraße, vertraute Nikolaus noch auf seine achtzehn Jahre und seine Muskeln, und er fühlte sich zu Heldentaten aufgelegt.

Leider erwartete der Meister keine Heldentaten von ihm, es gab keine ungewöhnliche, halsbrecherische Arbeit, mit der er die anderen zur Anerkennung herausfordern konnte, und seine Idee von einer Nachtschicht verlor ihren Glanz, sobald er die Halle betrat.

Es war kalt; die Lufterhitzer funktionierten noch nicht, irgendeine Kommission hatte sie zu überprüfen versäumt. Der Atem stieg den Männern wie ein dünnes graues Rauchwölkchen vom Mund. Neonröhren gossen ihr totes lilafarbenes Licht über das Hallenschiff aus, Schatten wuchsen über die Wände, Pfeiler und Rohrgeflecht ins Riesenhafte verzerrt, und in den Ecken schwamm rostbraune Dämmerung.

Nikolaus dachte: Eigentlich ist es wie sonst immer. Statt der Sonne und des herrlichen honiggelben Mittagslichts unter den Sheddächern gibt es Neonröhren ... Es schien ihm aber, als sei etwas Neues in der Luft, was nicht zu den vertrauten Tagesgeräuschen gehörte, und erst nach einiger Zeit merkte er, daß es die Stille war, eine tiefe und in ihrer Fremdheit beklemmende Stille. Er ging rasch zu den vier Männern, die auf einem Tisch saßen. Hamann war bei ihnen. Er wollte über Nacht hierbleiben, obgleich er schon die zweite Schicht gefahren hatte; in seiner Baracke hätte er doch keine Ruhe gefunden.

Um zehn kamen die anderen, alle, die sich gemeldet hatten. Die meisten sahen ausgeruht und frisch aus, sie waren – anders als Nikolaus – schon geübt darin, auf Vorrat zu schlafen und mit ihren Kräften hauszuhalten. Ihre Schritte und Stimmen hallten in dem langen, leeren Schiff.

Hamann teilte die Arbeit ein. Zu Nikolaus, der lieber beim Rohrwalzen geholfen hätte, sagte er. »Für dich gibt's einen Leckerbissen, mein junger Eber.« Er leckte sich die Lippen und grinste aufmunternd, während Nikolaus verächtlich die Kautasitplatte betrachtete, aus der er Dichtungen von Nennweite achthundert herausschlagen sollte. Die Platte war zehn Millimeter stark, und Nikolaus ahnte nicht, wieviel Kraft und Ausdauer dazu gehörten, sieben oder acht Stunden lang mit Stemmeisen und Hammer zu arbeiten.

Hamann kam dann noch einmal zurück und sagte: »Spiel bloß nicht wieder den antiken – Dingsda, du verstehst. Ich hab' mal gehört, daß es 'ne Menge netterer Arbeiten gibt als deine Bastelei da, und wenn du eventuell und quasi – du erlaubst doch? – die Schnauze voll hast –«

»Na, na«, sagte Nikolaus friedlich, »so wild wird's schon nicht.«

»Schnell fertig ist die Jugend mit dem Wort«, sagte Hamann und streichelte bekümmert sein Kinn. Er begann plötzlich zu schimpfen, mit lachenden Augen: »Was soll denn das heißen: na, na? Hättest mal deine verehrten Kommilitonen sehn solln, wie sie vorige Woche Dichtungen geschlagen haben. Ihre Platte war man halb so stark wie die da – aber der Blume des Orients hing die Zunge zum Hals raus ... Laß dir mal Zeit mit ›na, na‹, du dösiger Rammbock!« Niemand hätte ihm angemerkt, daß er seit früh um sechs auf den Beinen war und schon zwei Schichten hinter sich hatte. Er ging, und Nikolaus machte sich an seine Arbeit.

Gegen elf schlich Erwin durch den bretterverschalten Gang. Er schwitzte; in der Halle nahm er seine Brille ab und blinzelte scheu gegen das Licht. Unterwegs hatte er sich eine Erklärung zurechtgelegt, die zwar eine Lüge, jedenfalls aber eine gutgemeinte und einleuchtende Lüge war.

Er vergaß sie, als er vor Hamann stand, er stammelte, demütig den Blick gesenkt: »Ich bin ausgerückt aus'm Heim. Ich bin übern Zaun gemacht.«

»Ist ja prächtig«, sagte Hamann in grimmigem Ton. »Ausrücken, übern Zaun machen –! Ich möchte dem Herrn 'ne Entschuldigung schreiben, na freilich ... Und was treibt dich her, du minderjähriger Feldhase?« Er stieß ihn derb gegen die Schulter. »Na, wie denn?«

»Es ist eben so«, sagte Erwin leise; seine Mundwinkel zitterten. »Wo Sie das mit 'm Rad erlaubt haben und daß ich darf mit Schach arbeiten, und man wird wie 'n richtiger Mensch behandelt ... und da dacht' ich –«

»Hau ab«, sagte Hamann. »Zieh dich um. Genug zu tun haben wir für dich.«

Erwin grinste erleichtert. »Danke, Meister.«

Zuerst hatte Nikolaus trotz seiner wattegefütterten Steppjacke gefroren. Nach einer halben Stunde zog er die Jacke aus und warf sie in ein Spind. Er kniete auf dem Betonboden und trieb mit kurzen, geschwinden Hammerschlägen das Stemmeisen in die zähe Platte; er hatte schon gelernt, geschickter mit den leichteren Hämmern umzugehen, ohne überflüssigen Kraftaufwand. Seine Knie begannen zu schmerzen. Er setzte sich auf die Fersen, aber nun waren ihm seine langen Beine im Weg, und er kniete wieder. Er rutschte unruhig auf dem harten kalten Boden herum, er dachte: Kein Kinderspiel. Bis morgen früh habe ich mir die Haut durchgescheuert.

Endlich lief Jackmann durch die Halle. Er blieb bei Nikolaus stehen und sah ihm kopfschüttelnd zu. Er holte eine grobe alte Decke aus dem Spind und legte sie vor Nikolaus auf den Boden. »Dumm kann man sein«, sagte Jackmann, »man muß sich nur zu helfen wissen.«

Nikolaus hämmerte. Der schwarze Spalt in der Platte kroch endlich langsam der vorgezeichneten Bleistiftlinie nach. Preuß drängte: »Mach zu, Junge.« Als Nikolaus endlich den ersten Ring herausgeschlagen hatte und zur Seite legte, schien es ihm, als hätte er stundenlang hier gehockt, vornübergebeugt, mit steifem Nacken. Er streckte den Rücken, er dachte: Das war erst der Anfang, es ist noch nicht Mitternacht. Und es sieht so lächerlich leicht aus …

Er sah auf einmal Recha kommen, im offenen Mantel und mit nachlässig gekämmten Haaren. Er wurde rot und drehte den Kopf weg. Ihre hohen Absätze klapperten zierlich und befremdend auf dem Beton. Sie war im Dunkeln über eine Schiene gestolpert und hatte sich den Strumpf zerrissen. Sie lief an Nikolaus vorbei, Hamann nach, der eben ins Meisterzimmer gehen wollte. »Ich bin doch gekommen«, sagte sie.

»Ach nein«, sagte Hamann und betrachtete mit hochgezogenen Brauen ihr erhitztes, unglückliches Gesicht. Er ließ sich Zeit; er war schon entschlossen, sie wegzuschicken. »Das Fräulein ist einer Stätte der Lustbarkeit entflohen, wie ich bemerke«, sagte er endlich. »Das Fräulein ist offenbar auch über einen Zaun gesprungen. Soviel Aufopferung …

Schade drum.« Sein Gesicht glänzte vor Liebenswürdigkeit. »Wirklich schade. Tja ... Diese Öffnung dort rechts ist eine Tür und zum Verlassen des Raumes bestimmt. Bitte!«

Ich habe es nicht besser verdient, dachte Recha. Sie faßte Hamann am Ärmel. »Warten Sie doch, machen Sie sich nicht lustig über mich, mir ist gar nicht lustig zumute.«

»Kein Wunder, wenn man sich diverse Prozente in die Figur geschüttet hat.«

»Ich bin stocknüchtern«, versicherte Recha. Hamann faßte nach der Türklinke. »Also, bis morgen.«

Zuerst hatte sich Recha geschämt, und beinahe wäre sie in Tränen ausgebrochen: jetzt war sie nur noch wütend: Curt wird nicht recht behalten. Ich bin nicht bei Nacht und Nebel hierhergehetzt, um mich rausschmeißen zu lassen. Sie sagte starrköpfig: »Ich will nicht weggehen. Wenn's sein muß, schleif' ich sogar Ventile.«

»Oho, das ist mal ein Wort«, sagte Hamann. Er leckte zufrieden seine Mundwinkel; es gefiel ihm, daß sie sich nicht abweisen ließ, und er dachte, sie habe es sich wahrscheinlich nicht leichter gemacht als Erwin, der aus seinem Heim für Schwererziehbare ausgerückt war. Er stand geruhsam mit verschränkten Armen und ließ das ungeduldige Mädchen warten; schließlich winkte er Preuß. »Was meinst du, Schwager«, sagte Hamann, »können wir diese Ballkönigin brauchen?«

Preuß gab ihr die Hand; er war nicht erstaunt, seine Lehrlinge hatten ihn an Überraschungen gewöhnt. »Vorläufig kannst du den Kalfaktor machen«, sagte er. »Irgend 'ne alte Montur wird sich schon finden.« Recha lächelte ihm dankbar zu.

Im Waschraum zog sie eine ausgeblichene Kombination an. Ihre gute Stimmung sank, als sie in die Werkstatt zurückkam: Nikolaus blickte nicht einmal auf. Er hatte die Hemdsärmel hochgekrempelt, zwischen seinen geraden schwarzen Brauen standen Schweißtropfen. »Guten Abend«, sagte Recha.

»'n Abend«, sagte er leise.

Sie stieß mit dem Fuß gegen die Kautasitplatte. »Du hast dir allerhand vorgenommen.«

»Ja«, sagte er. »Es reicht.«

Recha beugte sich zu ihm hinab und berührte schüchtern seine Schulter. »Warum fragst du nicht, wo ich heute abend gewesen bin?«

»Wozu denn? Jetzt bist du hier. Das genügt.«

Sie fuhr dann mit einem Handwagen zur Zentralküche und holte Tee, der in Blechkanister gefüllt wurde. »Hierher, Tochter Courage!« rief Hamann, als sie mit ihrem Wägelchen durch die Halle rollte. Sie schenkte den dünnen, lauwarmen Tee aus, der nach Kräutern und Kanister schmeckte, und Preuß kostete und spuckte aus, er sagte: »Du hast dir Abwaschwasser andrehn lassen.« Auch die anderen schimpften.

Hamann drückte ihr Geldscheine in die Hand, sie sollte Kaffee kochen lassen, guten, starken Bohnenkaffee für die Männer an der Blechwalze. »Aber wenn sie's nicht machen?« fragte Recha und dachte an die vierschrötige Küchenfrau, die ihr mürrisch und verschlafen den Tee eingegossen hatte. »Taktik, Herzchen«, sagte Hamann, und Recha lief wieder zur Küche, an der Waschkaue vorbei, über Bauschutt und durch fußhohen Sand.

Der Weg war kurz, und Recha, voll Eifer und Zerknirschung, wäre gern einen zehnmal so weiten und beschwerlichen Weg gelaufen. Sie mußte sich dann wirklich mit der Küchenfrau herumstreiten, der sie nicht einmal bis zur Schulter reichte und vor der sie zaghaften Respekt gehabt hätte, wenn sie nicht in einer alten verblichenen Kombination und mit dem Auftrag von Hamann in der Küche gestanden hätte. Sie wurde ganz hochfahrend und sagte in dem Ton, in dem die selbstbewußten jungen Schlosser und Schweißer an den Schaltern herumschimpften: »Ihr denkt wohl, ihr könnt mit uns Arbeiter umspringen, wie ihr wollt? Sie, wir machen Sonderschicht!«

Sie reckte ihre mageren Schultern, und die dicke Frau lachte und sagte: »So siehst du aus, du Sperling. Mach dich 'naus und wart!« Sie schenkte ihr noch ein Glas Brause, und Recha setzte sich im verödeten Speisesaal an einen der bunten Tische und wartete. Sie war wieder mit sich selbst ausgesöhnt; die Benommenheit in ihrem Kopf wich; an Curt dachte sie nicht. Sie horchte auf die Nachtgeräusche des Kombinats, ein bißchen schläfrig und mit einem Gefühl von Zuneigung, wie man auf die ruhigen Atemzüge eines nahen Menschen horcht.

Mit einer riesigen Prozellankanne voll Kaffee ging sie in die Werkstatt zurück.

»Tüchtiges Mädchen«, lobte Jackmann, und als sie sich nach einer Tasse bückte, hob er die Hand und wollte ihr hinten drauf klatschen. Preuß räusperte sich, und Jackmann versteckte verlegen grinsend die Hand hinterm Rücken, Hamann sagte: »Vielleicht kannst du deine Sympathiekundgebungen 'n bißchen anders formulieren, du Mastochse.«

Der neue Tag war eben erst angebrochen, und die Brigadeleute fühlten sich noch ziemlich munter, Hamann erzählte Witze, sie lachten; der korpulente Mann, unerschütterlich gelassen in dem beifälligen Gelächter, hatte seine scharfen Augen überall; nach zwanzig Stunden war er unverändert aufmerksam, aber seine Heiterkeit spielte er nur noch: seine grotesken, betulich erzählten Witze waren ein bewährter Trick, die anderen aufzuheitern.

Recha brachte Nikolaus einen Becher Kaffee. Er trank, und als er ihr den Becher zurückgab, hielt er ihre Hand fest und fragte: »Wo warst du gestern abend?«

»Das weißt du doch«, sagte Recha unwillig.

»Ich konnte es mir denken«, sagte er gleichmütig, und: »Entschuldige, ich muß mich ranhalten«, er starrte düster auf die schmutzigweiße Platte und das Netz von graphitgrauen Linien, das sie überspann. Recha seufzte. Sie blieb unschlüssig neben ihm stehen. Er hatte jetzt Übung genug, seine Hände schlugen flink, in einem ausgeglichenen Rhythmus, und der Klang von Metall auf Metall fiel von den Wänden und von der hohen Decke zurück, und Recha, die dem Alter der Märchen und romantischen Geschichten noch so nahe war, dachte verschwommen an Sagenschmiede auf einer Waldlichtung: Landgraf, werde hart!; in England gab es einen wunderlichen Schmied, der im Schurzfell (was ist das eigentlich: Schurzfell? Nikolaus trägt ein buntkariertes Hemd) und am Amboß ausgerissene Liebespaare traute; und nun, gar nicht märchenhaft und walddunkel, eine Tanzmelodie im Ohr: der Blacksmith-Blues, der mehrere Wochen lang *Top-Hit* war, Schlager Nummer eins, damals, als wir Tanzstunde hatten …

Nikolaus sagte etwas, er unterbrach seine Arbeit nicht, und Recha mußte sich zu ihm hinabbeugen, um ihn zu verstehen. »Warum hast du Curt nicht mitgebracht?« wiederholte Nikolaus.

Sie schwieg verblüfft, und Nikolaus, immer noch gleichmütig, mit seiner bedächtigen Stimme, fuhr fort: »Du kommst dir sicherlich hübsch heroisch vor … Macht nichts. Ich komme mir auch heroisch vor, weil ich mich die ganze Nacht mit diesem Mistding abschinden werde, und dabei hab' ich jetzt schon hundert ekelhafte Blasen an den Fingern. Nur … ganz in Ordnung wär's erst gewesen, wenn du ihn mitgebracht hättest, findest du nicht?«

Sie hockte sich neben ihn, auf einen Zipfel der groben, schmuddligen Decke. Sie kaute auf der Unterlippe, endlich sagte sie widerstrebend: »Du kennst ihn ja nicht. Curt mit C läßt sich nicht agitieren.«

»Hast du es versucht?«

»Ein bißchen. Nicht sehr, nicht gerade mit Inbrunst«, gab sie zu. »Du bist wirklich von einem unerträglichen Edelmut!« rief sie plötzlich verärgert.

»Ach, so weit her ist es nicht mit meinem Edelmut. Wenn ich euch da gesehen hätte, beim Tanzen … ich hätte mir deinen Troubadour runtergelangt vom Parkett, Tatsache.«

Recha sagte mit verklärtem Gesicht: »Herrlich. Und du hättest ihn verprügelt?«

Nikolaus warf ihr einen erstaunten Blick zu; er begann zu lachen. »Du bist ein verrücktes Mädchen«, sagte er. »Sind alle Mädchen so brutal?«

»Ich weiß nicht. Ich freu' mich bloß, daß du eifersüchtig bist.« Sie rieb ihr Gesicht an seiner Schulter, sie murmelte: »Alles wieder gut?«

»Alles wieder gut«, sagte Nikolaus.

»Kalfaktor! Hallo, Kalfaktor!« schrien sie an der Blechwalze. Recha sprang auf und lief zu ihnen hin, und sie hatte Lust, zu hüpfen und laut zu singen wie als Schulmädchen. Einer sagte: »Du solltest uns was zu fressen besorgen, statt rumzupoussieren«, und das war nicht mehr scherzhaft gemeint; die Müdigkeit, die sie allmählich beschlich, machte sie reizbar und ungeduldig.

Recha ließ den Kopf hängen. »Ich geh' schon«, sagte sie.

2

Zwischen zwei und drei Uhr – der Himmel über den Sheddächern war noch schwarzblau – konnte Nikolaus kaum mehr die Augen offenhalten, sein Rückgrat war wie zerbrochen, und der Kopf schien ihm manchmal wie ein Ballon davonzuschweben. Ich hätte auf Rolf hören sollen, ich hätte schlafen sollen, dachte Nikolaus. Einmal fiel sein Kopf mit einem Ruck nach vorn, Nikolaus schreckte zusammen, schwindlig und in einem Gefühl, als wäre er eine Treppe hinuntergestürzt, und er blickte sich beschämt nach den anderen um.

Er war erleichtert zu sehen, daß es ihnen nicht viel besser ging. Von derselben Müdigkeit befallen, hantierten sie schwerfällig und mit erprobter Vorsicht; sie unterhielten sich nicht mehr, niemand lachte. Allein Hamann schien unanfechtbar, und von seinem Gesicht war nichts abzulesen;

seine Bewegungen waren nur ein bißchen steifer und würdevoller als sonst. Er rief: »Macht mal Pause!«

»Coca-Cola«, zirpte Erwin. Sie setzten sich auf die Tische, Hamann reichte Zigaretten herum. »Ich hol' noch mal Kaffee«, sagte Recha, die beinah im Stehen einschlief, und Nikolaus erhob sich von den Knien und ging taumlig, mit steifen Beinen, dem Mädchen nach.

Sie rauchten, und Hamann, der Unverwüstliche, erzählte Witze. Seine Witze waren nicht fein, und Trapp deutete mit dem Daumen auf Erwin und murmelte: »Schickt mal den grünen Jungen vor die Tür.«

Der gute Lehrer Preuß aber schlug seine pädagogischen Grundsätze in den Wind, er sagte: »Der Erwin hat gearbeitet wie ein Mann, soll er sich ruhig mal einen Männerwitz anhören.« Sie nickten und sahen mit Wohlwollen auf den Jungen, der verlegen an seiner Brille fingerte; sein blasses Gesicht rötete sich vor Stolz.

Dann kam Nikolaus mit der Kaffeekanne, Recha trottete hinter ihm her. Sogar Nikolaus nahm eine Zigarette. Nach einer halben Stunde gingen sie wieder an die Arbeit, aber ihre künstliche Frische hielt nicht lange an, sie waren nervös, Trapp fluchte laut und unflätig, weil das Licht in einer Neonröhre schwankte und zu erlöschen drohte. Recha saß auf einem Schemel, vor einem Hügelchen bräunlich verkrusteter Schrauben, die sie entrosten wollte; sie hatte den Kopf in die Hände gestützt und schlief.

»Laßt sie man schlafen«, sagte Preuß. »Sie ist ja noch 'n Kind.«

»Ein Mädchen«, ergänzte Erwin verächtlich.

Um vier war es Nikolaus zumute, als hätte es nie eine Pause gegeben, einen Becher Kaffee, eine Zigarette, und sein hartes blau-weiß bezogenes Bett war ein Wunschbild geworden, eine Fata Morgana, traumhaft und sehr fern. Einmal stand er auf und legte Recha seine Steppjacke um die Schultern; es war jetzt, vor der Morgendämmerung, noch kälter in der Halle als am Abend. Seine Hände schmerzten, als wären sie mit Brandblasen bedeckt, und der Schmerz kroch in die Handgelenke und bis zu den Ellbogen hinauf.

Einige Minuten lang schlief er mit offenen Augen und wachte dann vom Geräusch seiner eigenen Hammerschläge auf. Neben ihm wuchs der Stapel von Dichtungsringen. Hamann stellte sich zu ihm, die Arme über der Brust verschränkt; sein Gesicht war alt, mit Runzeln um die Augen, aber seine Stimme klang freundlich und verschmitzt wie immer, als er fragte: »Nun, wie fühlen wir uns, junger Athlet? Immer noch: ›na, na, nicht so wild‹?«

Nikolaus richtete sich auf und drückte die breiten Schultern zurück, er begriff auf einmal, warum Hamann ihm diese Arbeit gegeben hatte und daß er hier eine Art Examen ablegte; er sagte. »Immer noch, Meister, nicht so wild.« Hamann sah ihn mit einem Lächeln voll Sympathie an. »Ich schicke Ablösung«, sagte er.

Das war eine große Versuchung, und am liebsten hätte Nikolaus ja gesagt und das Stemmeisen weggeworfen und den Hammer, der ihm schwerer in der Hand lag als der gewichtige Vorschlaghammer am ersten Tag. Beweisen, dachte er aber, ich werde es euch schon beweisen, und seine schläfrigen blauen Augen hatten jetzt wieder einen Ausdruck verbissener Energie. »Nicht nötig«, sagte er. »Ich komme schon über die Runden, Tatsache.«

Er hatte es längst aufgegeben, die Uhr an der Stirnwand der Halle zu beobachten: auf keiner Uhr der Welt krochen die Zeiger mit solcher tückischen Trägheit, und niemals hatten sich die Minuten so endlos gedehnt, nicht einmal in jener qualvollen Viertelstunde beim Abitur, als er vor zwölf Lehrern und dem Prüfungsvorsitzenden seinen Vortrag über Saint-Just heruntergestottert hatte, schweißüberströmt, rot im Gesicht und ohne die Möglichkeit, den sechsundzwanzig Prüfaugen zu entwischen.

Er war in der Schule als mundfaul bekannt, und sein Gestammel schrieben sie seiner Schüchternheit zu, und so kam er mit einer schwachen Drei davon. Dabei wußte ich wirklich nichts von diesem Saint-Just ... dachte er mit verspätetem Triumph. Nur sein schönes Gesicht konnte ich mir vorstellen ... Ich hatte auf irgendeinen unerhörten Glücksfall gehofft, der mir den Zettel mit der Pariser Kommune in die Hand spielen würde; die Kommune konnte ich vor und zurück, mein Lieblingsthema ...

Es gelang ihm eine Weile, die bleierne Müdigkeit zu überlisten, indem er sich eindringlich und mit Vergnügen an das Mündliche erinnerte: die schreckliche Sekunde, als er den Saint-Just gezogen hatte, und die halbe Stunde in einem leeren Klassenzimmer, die der Vorbereitung diente; ihm gegenüber, vier Tischreihen entfernt, saß Albrecht, der wortgewandte Pfarrerssohn, der sich mit dem Kommunethema plagte. Und der Saint-Just war das Paradestück seiner Vortragskunst, dachte Nikolaus, noch nachträglich ergrimmt, und wenn wir nicht so blödsinnig durcheinander gewesen wären, hätten wir unsere Zettel verglichen, und sicher hätten wir einen Trick gefunden, sie zu tauschen. Der Lehrer Steffen stand die ganze Zeit am Fenster und trommelte gegen die Scheiben – ein netter alter Mann, er hätte nichts gehört und nichts gesehen ...

Dann verlor Nikolaus das Bild des juniheißen, sonnigen Klassenzimmers und Steffens greisenhaften Rücken und das Römerprofil des Klassen-Ciceros Albrecht; Eindrücke und Gedanken verschwammen ineinander, er spürte wieder den Feuerstreifen vom Handgelenk zum Ellbogen, und die kalte, dröhnende Halle war wieder da, das lilafarbene Licht der Neonröhren, die zähe Platte, schon zerstückelt und kleiner geworden (bis sechs habe ich es geschafft, ich komme schon über die Runden, Meister), die bekannten, befreundeten Brigadeleute und, vornübergesunken, der schwarzhaarige Kopf des Mädchens über der Steppjacke.

Pünktlich nach einer Stunde erwachte Recha, sie blickte sich verwirrt um und gähnte, sie sagte erstaunt: »Ich war einen Moment – einfach weg, wie?«

»›Moment‹ ist geschmeichelt«, sagte Jackmann, aber das war auch alles, es gab keinen Spott und keine Vorwürfe; die meisten erinnerten sich noch recht gut an ihre eigene erste Nachtschicht. Recha lief in der Halle auf und ab und fuchtelte mit den Armen, um sich zu erwärmen, und danach fühlte sie sich wieder ganz unternehmenslustig und begann das Hügelchen rostiger Schrauben abzutragen.

Die Himmelsstreifen in den Glasdächern wurden grau, und das künstliche Licht verblaßte, und neue lebendige Laute mischten sich in den Maschinenlärm: die Spatzen unterm Hallendach schilpten; sie wurden rüpelhafter, je höher der Morgen stieg, und sie flatterten plump zwischen den Stahlaufbauten und krakeelten.

Nikolaus ging zu Hamann. »Sieg und Triumph«, sagte er und blinzelte mit verquollenen Lidern, er schwankte ein bißchen und lachte.

»Fertig auf'm Docht, wie?« fragte Hamann mitfühlend.

»Ganz schön groggy«, gab Nikolaus zu. Es war kurz vor sechs. Er dachte: So froh war ich nicht mal, als ich mein Bild von dem lesenden alten Maurer fertig hatte. Er war aber, das versicherte er sich nachdrücklich, nicht deshalb froh, weil er endlich die Zeit herumgebracht hatte.

Preuß schüttelte ihm die Hand, sein braunes Vogelgesicht war fahl im Zwielicht; er sagte. »Ich hatte 'n bißchen Bammel, daß du nicht durchhältst.« Jackmann schlug ihm auf den Rücken, ohne diese gönnerhafte Herablassung, mit der er und manche älteren Kollegen sonst den Abiturienten begegneten. Sie standen noch herum und rauchten, sie sagten: »Hast ja mächtig rangeklotzt, Langer«, und: »Kommst du noch mit rüber, ein Bierchen trinken?«

Nikolaus drehte verlegen den Kopf. »Ach, Bier ... Aus Bier mach' ich mir eigentlich nichts.«

»Nun hört euch das an«, sagte Trapp; er blickte zu Nikolaus hoch. »Den kriegen wir auch nicht mehr groß ... Gut, ich gebe 'ne Flasche Milch für dich aus.«

Hamann dankte ihnen, feierlich stellvertretend für das

Kombinat, dem sie mit ihrem Einsatz einen Verlust von 6000 Mark erspart hatten.

Nikolaus, der den Meister zuweilen nur noch wie durch eine dicke, wellige Glasscheibe wahrnahm, entsann sich auf einmal seines unbeholfenen Versprechens am ersten Tag: »Wir werden uns Mühe geben«, und er dachte, glücklich erhoben trotz seiner Erschöpfung: Wir haben unser Versprechen gehalten, Recha und ich. Heute, zum erstenmal, fühle ich mich richtig zugehörig ... Und wenn du willst, sagte er sich, kannst du auch die Einladung zu einem Bierchen als eine Art Auszeichnung nehmen.

Hamann gab jedem die Hand. Seine Stimme klang dick und belegt. Er blieb noch, um die nächste Schicht einzuweisen, während die anderen zur Waschkaue hinübergingen. »Wir haben dir den Termin glatt unterboten«, brüstete sich Erwin, der breitbeinig und mannhaft zwischen den Älteren stapfte, die Hände in den Taschen vergraben und mit einer Miene, als sei dieser Erfolg ganz allein ihm zu verdanken: vergessen die Demütigungen, die er still und weinerlich ertragen hatte, vergessen die Zeit, als er für einen Fünfziger Trinkgeld Fahrräder geputzt und Schuhe zur Reparatur getragen hatte.

»Höchste Zeit, daß die Produktion richtig läuft«, sagte Trapp mürrisch. »Da haben wir nun die modernste Brikettbude von ganz Europa – aber alle naselang können wir umbauen.« Sie schimpften. »Wir liefern Krümelkäse statt Briketts.«

Jackmann streckte die Arme und gähnte laut. »Seit 'ner Woche trippt der Hahn im Badezimmer. Meine Frau macht mich schwach: ›Wozu hat man 'nen Rohrleger im Haus? Für die Familie bleibt keine Zeit‹, sagt sie.«

»Schick dein Küchenwunder mal auf Schicht, damit sie sieht, wie wichtig ihr Badezimmerhahn ist.«

»Was du auch redest, Mensch«, sagte Jackmann. »Sie ist doch seit August Bandwärterin draußen.«

Preuß grübelte: »Das Rohrsystem im Pressenkeller gefällt mir auch nicht. Ich hab' schon mit dem Meister gesprochen. Man müßte ...«

Nikolaus ging stumm neben Recha her, in einer gläsernen Überwachheit, die ihm Menschen und Gegenstände wie auf einer unnatürlich scharfen Fotografie erscheinen ließ, und die Stimmen der anderen kamen von weither. »Die Sonne geht auf«, sagte Recha.

Vor dem Tor zur Waschkaue blieben sie stehen, im kalten, morgenfeuchten Sand. In der Luft trieb der dumpfige Geruch von Beton und Ruß und, manchmal mit einem Windstoß vom Wald herübergetragen, ein schwacher Kieferndufl. Unter den Rohrbrücken war der Himmel rot. »Es dauert nicht mehr lange, und wir haben morgens Frost«, sagte Nikolaus.

Recha zog die Schultern zusammen und schob ihre erstarrten Finger in Nikolaus' Hand. »Es wird ein bißchen ungemütlich sein«, sagte sie, »aber im Januar können wir schon anfangen, uns auf den Frühling zu freuen.«

Der Horizont über dem Streifen Rot färbte sich apfelgrün, und ein rosiges Licht ergoß sich über den östlichen Himmel und seine stillstehenden kleinen Wolken. »Zu bunt. Technicolor«, sagte Nikolaus seufzend. Vor dem Himmel wehten die goldrot durchglühten Rauchfahnen vom Kraftwe-k. »Das glaubt dir kein Mensch, wenn du es malst.«

»Hoffentlich gibt es nicht so einen harten Winter wie letztes Jahr«, sagte Recha. »Als sie auf den Rohrbrücken geschweißt haben, sagt Hamann, mußten sie alle halbe Stunde abgelöst werden. Und die Schweißnähte sind gerissen wie Zunder.« Sie drückte erschrocken seine Hand, weil ihr einfiel, daß in diesem Winter auch Nikolaus zu denen gehören würde, die in Eiswind und Schneetreiben auf den Rohrbrücken stehen, unförmig vermummt und mit weißen Gesichtern hinter der Haube.

Sie sahen zu, wie die kalte rote Sonnenscheibe hochstieg. »Und was mich am meisten wundert«, sagte Nikolaus in einem Ton, als habe er die ganze Zeit über nichts anderes mit Recha gesprochen, »das ist die Alltäglichkeit der ganzen Geschichte. Wie ich gehört habe, wir fahren eine Sonderschicht ... Aber nein, es war gar nicht dramatisch oder romantisch oder sonst was, und ganz bestimmt hat sich keiner als Held gefühlt. Sie arbeiten die Nacht durch und schenken dem Staat einige tausend Tonnen guter Kohle, und hinterher gehen sie ein Bier trinken und unterhalten sich über tropfende Wasserhähne ... Aber es ist doch etwas Besonderes«, fügte er errötend hinzu, »man kommt sich vor, als hätte man was Besonderes getan; du nicht auch?«

»Ein bißchen«, sagte Recha. »Wenn ich auch keine rühmliche Rolle gespielt habe; zu spät gekommen, eingeschlafen ...«

»Man muß seinen Begriff von Heldentum korrigieren«, sagte Nikolaus ernsthaft und in Gedanken verloren, und Recha kniff ihm in den Arm und lachte, sie sagte spöttisch: »Sicher. Euer großmäuliger Siegfried mit seinem Lindwurm ist als Heldenideal hoffnungslos veraltet.« Drei Dumper ratterten wild hupend vorbei.

»Na komm«, sagte Nikolaus. »Ich fall' gleich um.«

Zehntes Kapitel

1

An einem Tag Mitte Oktober fuhr Hamann mit dem Dispatcherwagen zum Jugendheim hinaus, um endlich ein Versprechen einzulösen, das er sich selbst gegeben hatte, damals im September, als er dem schluchzenden Erwin eine Fehlschicht erlassen hatte.

Er war in grimmiger Laune, als er mittags zurückkam; er hatte sich bedächtig und gründlich umgesehen, und er war unzufrieden mit sich, weil er sich nicht eher darum gekümmert hatte. Im Speisesaal setzte er sich neben Nikolaus, er erzählte: »Sie haben Probleme, sagen sie. Wir haben natürlich gar keine Probleme ... Sie haben zuwenig Erzieher, sagen sie. Zwei sind den Weg des geringsten Widerstandes gegangen – mit dem Köfferchen zur Gartenpforte raus. Beide Genossen; verstehst du das? Aber die Genossen Kapitulierer werden sich die Nase wischen ... Und was machen die Bürschchen in der Freizeit, hm?«

»Ich weiß nicht«, sagte Nikolaus. »Im August haben sie noch Äpfel bei der LPG geklaut.«

»Ist ja prächtig. Und im Winter möchten sie sich vielleicht auf Geldschränke spezialisieren, wie? Ich schreib' einen Bericht für die Kreisleitung; das bringen wir schon in Ordnung, na freilich ...« Er schnupperte grämlich über seinem Teller. »Mandelblütensuppe. Noch was.« Er saß dann eine Weile schweigend am Tisch, mit schmerzverzogenem Gesicht, und rieb seine Knie; er war drei Nächte lang auf einer E-Lok mitgefahren, um einen seiner Verbesserungsvorschläge zu erproben – er wollte die Kohlenzüge, in denen winters die Kohle zu riesigen steinharten Brocken gefror, mit Propangas beheizen –, und nun hatte er Rheumatismus, und der tückische, hartnäckig ziehende Schmerz im Knie machte ihn nervös.

»Daß uns bloß der kleine Quark, der Erwin, nicht rückfällig wird«, sagte er.

»Schach kommt heute von der Schule zurück«, sagte Nikolaus. »Wir treffen uns nachmittags in der Rue Camping, Erwin ist auch dabei.«

»Gut, gut«, sagte Hamann. Er sah Nikolaus an. »Und der schöne Curt?«

Nikolaus hob die Schultern, er wiederholte unbewußt Rechas Worte: »Er läßt sich nicht agitieren.«

Hamann rieb sein Knie, er nickte. »Wie du so sprichst ... ich hab's versucht, ich hab' mir extra 'ne halbe Flasche Eau de Cologne auf die Tapete gekippt, ich hab' mir 'nen Schlips umgewürgt – der junge Gentleman geht mir aus dem Weg ... Ich stehe nicht auf seiner Bildungsstufe«, sagte er, ohne zu lächeln. »Aber du und die Recha und unser Student ...« Seine Stimme klang jetzt schärfer als sonst. »Heute nachmittag ist er dabei, und wenn ihr ihn schriftlich einladen müßt, auf Bütten, mit Goldrand. Haben wir uns verstanden?«

»Jawohl, Kollege Hamann«, sagte Nikolaus, er war ganz gleichmütig: Das hat mit unseren Privataffären nichts zu tun. Affären ..., dachte er belustigt. Wir haben uns nicht angerempelt, wir haben uns nicht beschimpft.

Sie brauchten jedoch keine schriftliche Einladung zu überreichen; Curt willigte gleich ein, als der Student Mewis ihn fragte, ob er nachmittags ins Lager käme. »Na schön, wenn die ganze Truppe versammelt ist ...«, sagte er; er meinte aber nur Recha. Trotzdem dachte er, unterwegs im Bus, es wäre deprimierend gewesen, wenn sie ihn nicht gebeten hätten, mochte das Mädchen nun dabeisein oder nicht – aber natürlich war es wunderbar, daß sie dabei war und daß er sie sehen konnte (sie wird ein buntes Kleid tragen, wünschte er, statt des dreckigen, abstoßend jungenhaften Schlosseranzugs) und daß er mit ihr sprechen konnte, allein, wenn er Glück hatte, und nicht wie sonst unter den wachsamen Augen der Älteren.

Er zog einen hellgrauen Popelineanzug an, obgleich es dafür schon zu kühl war, und den grauen Mantel, den ihm seine Mutter vorige Woche gekauft hatte, er dachte: Sie kaufen mir meinen Anspruch auf elterliche Liebe ab, manchmal, wenn ihnen einfällt, daß das letzte Weekend eigentlich mir gehört hätte.

Heribert lag auf seinem Bett und las, und über das Buch hinweg beobachtete er Curt. »Du grinst wie ein satter Faun«, sagte er.

»Ich dachte eben über das zarte Gewissen meiner alten Herrschaften nach … Das Schuldkonto wächst …«, sagte Curt dunkel.

Er begann zu lachen.

»Es reicht bald für eine Jawa.«

Heribert warf ihm einen giftigen Blick zu, und er legte die Hand vor den Mund und murmelte zwischen den Fingern: »Beachte bitte, daß ich dir keine Moralpredigt halte.«

»Die schöne Zwecklosigkeit deiner Predigten …«, spottete Curt. »Du überzeugst mich doch nicht davon, daß ich der undankbarste Sohn der Welt bin und daß ich mir die Maschine selbst verdienen muß und daß ich mir sowieso bei der ersten Fahrt den Hals brechen werde. Na? – Wir sind wie alte Eheleute: Wir haben uns schon alles gesagt.«

Heribert klappte das Buch zu und stützte sich auf die Ellbogen, er sagte: »Schade, daß ich so ’n friedlicher Mensch bin.«

Er lächelte genießerisch, mit halbgeschlossenen Augen, und die Sommersprossen auf seinem weißen Gesicht flossen auseinander.

»Aber eines Tages wird sich jemand finden, Verehrtester, der dir den Arsch vollhaut, und das wird ein herrlicher Tag für mich sein.«

Curt ließ die Mundwinkel sinken und schwieg; er wußte, daß dies, so harmlos und spaßig es klang, gar nicht harmlos und spaßig gemeint war, und Heriberts Geringschätzung bedrückte ihn. Er kämmte sich und staubte sich mit dem Taschentuch die Schuhe ab, und als er schon an der Tür war, sagte er: »Was glaubst du, wohin ich gehe?«

»Wohin soll so eine Heuschrecke schon gehen ...«

»Jugendgruppe«, sagte Curt pathetisch, »Versammlung, Kollektiv ... vom Ich zum Wir – du verstehen, Brüderchen?« Er hatte aber, während er sich um einen leichtfertig parodierenden Ton bemühte, ein flaues Gefühl von Unbehagen. »Ist doch irgendwie rührend, daß sie mich überhaupt eingeladen haben ...«

Er dachte verwundert, als fiele ihm das heute zum erstenmal auf: Sie haben mich die ganze Zeit links liegenlassen, seit damals schon, seit der Beratung über diesen kleinen Kretin Erwin. Auch Recha – sie ist einfach weggelaufen, als ob sie alles vergessen hätte, die Küsse im Hausflur, und ... Was habe ich denn bloß falsch gemacht?

Er nahm die Hand von der Klinke und stand einen Augenblick still und starrte auf seine Schuhspitzen, und dann sagte er:

»Man fühlt sich wie ... wie ein Outcast. Man kriegt Komplexe.«

»Komplexe – das gefällt mir«, sagte Heribert ungerührt. Er pfiff durch die Zähne. »Du rennst doch bloß wegen deiner ägyptischen Prinzessin hin.«

»Ach, was weißt du denn!« rief Curt gereizt, und er lief aus dem Zimmer und schmetterte die Tür hinter sich zu, und auf dem Korridor begann er schallend zu singen:

»Fuchs, du hast die Gans gestohlen ...«

2

Er hatte Herzklopfen, als er durch das Lager ging und die Baracke suchte, und als er sie gefunden hatte, am Waldrand, an der letzten Straße, und durch das offenstehende Fenster die bekannten Stimmen hörte, beschlich ihn Furcht, und er kehrte um. Er lief eine Viertelstunde die Straße auf und ab und versuchte beschäftigt auszusehen, und er malte sich aus, wie die unbekümmert lauten Stimmen und ihr Lachen verstummten, wenn er ins Zimmer träte; gewiß hatten sie gerade von ihm gesprochen: Er kommt nicht, der nicht, da könnt ihr lange warten …

Er blieb vor dem Laden, nahe der Lagerwache, stehen und überlegte; sein Gesicht hatte jetzt wieder den Ausdruck von Schläue und rechnerischem Geist. Er ging in den Laden und kaufte eine Flasche Wodka und Zigaretten und drei Tüten Gebäck – er kaufte sich Sicherheit und betrat wenig später Nikolaus' Zimmer strahlend und entschlossen, sich durch nichts beirren zu lassen.

»Na, wieder im Lande?« sagte er und schüttelte Schach die Hand, der am Spind lehnte, in seinen unvermeidlichen Niethosen und mit einer krachend neuen roten Lederjacke.

»Meinen Schweißerpaß hab' ich in der Tasche«, sagte Schach. Curt betastete das rote Leder, für sich belächelte er die Halbstarkenuniform, er dachte: Diese Leute haben einen unmöglichen Geschmack. »Such dir einen Platz«, sagte Nikolaus; er saß auf seinem Bett, neben Recha.

Curt stellte die Flasche und die Tüten auf den Tisch. Er war beinahe gekränkt, weil die anderen nicht, wie er es sich ausgemalt hatte, bei seinem Eintreten verstummt waren: sie hatten nicht von ihm gesprochen … Er glaubte Rechas Blick auf seinem Nacken zu spüren, und er wandte sich langsam um, mit gleichgültiger Miene. Recha hatte Nikolaus' Hand herumgedreht und fuhr mit dem Zeigefinger den Linien in der Innenfläche nach.

»Und hier ist die große Ruhmeslinie«, sagte sie, »immer aufwärts und aufwärts …«

Nikolaus legte ihr die Hand auf den Mund, er sagte lächelnd: »Vor den Erfolg haben die Götter den Schweiß gesetzt. Warte es nur ab, Schwarze, Ehrgeizzerfressene …«

»Ehrgeizig für dich«, sagte Recha und sah ihn an, als ob sie nicht wüßte, wovon sie sprach, und Curt stand daneben, unbeachtet außerhalb ihres spröde gezirkelten Kreises, er dachte: Früher habe ich mich amüsiert, wenn ich in einem Buch las: Sein Herz krampfte sich zusammen. Es ist nicht amüsant ... Er betrachtete Nikolaus, seine an den Knien ausgebeulte Kordhose und das verschossene Hemd, das über der breiten Brust spannte, und er hielt dagegen seine eigene Eleganz und Gewandtheit, er dachte: Das kann ihr doch nicht ernst sein; was findet sie bloß an ihm? Er hat eine Brust wie ein Gemeindestier, aber es soll ja Mädchen geben, die sich nur für den Typ Preisboxer erwärmen ... Es heiterte ihn ein bißchen auf, daß er sie wenigstens in Gedanken verspotten konnte.

Nikolaus stand auf, er nahm Curts Mantel und hängte ihn in das Spind, und Curt setzte sich schnell neben Recha.

»Deine Flasche nimm ruhig wieder mit«, sagte Rolf mit seiner heiseren Flüsterstimme. »Wir wolln bei unseren Versammlungen nicht mehr trinken.«

»Was redste von Versammlungen?« rief der feiste kleine Klaus, und er riß die Flasche vom Tisch und drückte sie an seine Brust. »Was redste von Trinken? Wir wolln bloß mal nippen, Rolf; das ist sowieso bloß für den hohlen Backenzahn.« Er entkorkte die Flasche und trank, und dann gab er sie an Erwin weiter, der seinen Stuhl unter die Landschaft mit dem blauen Karren gerückt hatte; er saß still, die Hände auf die Knie gestützt, und sein Gesicht lärmte vor Bescheidenheit: heute, ahnte er, würden sie sich wieder mit ihm befassen, und er durchforschte sein Gewissen nach neuen Missetaten.

Zuletzt kam der Student hereingestürzt, er hatte seine Mütze tief in die Stirn gedrückt und behielt sie auch im Zimmer auf. Sie konnten sich jetzt kaum noch aneinander vorbeizwängen, der schmale Raum war heiß und rauchblau, sie schwatzten durcheinander, und Schach drehte am Radioknopf und suchte Tanzmusik. »Du hast doch wohl keine Spatzen unterm Hut«, sagte Klaus und stieß dem Studenten die Mütze vom Kopf; er schrie vor Lachen. Mewis hatte sich eine Ponyfrisur schneiden lassen, und die fransigen Haare hingen wirr und kümmerlich in seine Stirn.

»Er hat sich auf ›verworfen‹ getrimmt«, sagte Curt.

Mewis fletschte die Zähne vor Verlegenheit, er sagte schnell, um die anderen von seiner Frisur abzulenken: »Was haben wir für eine Tagesordnung?«

»Die Tagesordnung umfaßt achtundneunzig Punkte«, sagte Rolf. »Punkt Nummer eins: Referat des Kollegen Sparschuh: Wo stehen wir bei der Verwirklichung der Beschlüsse der Gruppe im Hinblick auf den Kollegen Heimzögling?«

Schach drehte das Radio bis zum Anschlag auf, denn nun sang Elvis, der Hüftenschaukler, und sie hörten seiner Stimme zu und klopften mit den Fußspitzen den aufreizend langsamen Rhythmus. Recha gab die Flasche an Curt weiter, er berührte mit den Lippen den Flaschenhals und versuchte Recha in die Augen zu sehen, und er flüsterte ihr eine Zeile aus Elvis' Song zu: »... make my dreams come true ...«

Recha sagte. »Ich war leider niemals stark in Englisch.«

Auf einmal schob Hamann seinen Kopf durch den Türspalt und sagte: »Lieber Genosse Schachowniak, ich ziehe es vor, mir die Musik selber zu suchen, die ich nachmittags hören will.«

Schach schaltete das Radio ab und riß die Tür weit auf. »Komm rein, Genosse Hamann.« Sie waren einen Augenblick still und etwas unsicher; Curt stellte die Flasche unter den Tisch und rückte dichter an Recha heran, und Hamann setzte sich auf das ächzende Bett. Er blickte sich blinzelnd um und sagte mit strenger Stimme: »Man feiert Orgien, wie ich sehe.«

»Jawohl«, sagte Curt, er hielt Hamann eine Zigarettenschachtel hin. »'n bißchen Rauschgift gefällig? In der dritten von links ist Marihuana.« Er sonnte sich geradezu im Gelächter der anderen; er war ihnen dankbar, weil sie seinen dürftigen Witz belachten, und er begann sich wohl zu fühlen.

Der Student stieß Nikolaus an. »Er wollte gerade ein Referat halten.«

Nikolaus schüttelte den Kopf. »Ach, du Blödmann – kein Referat«, sagte er. »Es ist nur so ein Vorschlag von uns, von Recha und mir.«

Curt senkte den Kopf. Von uns ... dachte er. Sie machen zusammen Pläne ...

»Es handelt sich um Erwin«, fuhr Nikolaus fort. »Ich habe nachgedacht ...«

»Hört, hört!« rief Curt, in einem Ton, der ironisch klingen sollte, Klaus starrte ihn ausdruckslos an, und Schach runzelte die Stirn. Curt dachte. Ich habe schon wieder danebengehaun. Was ist mit mir los? So billig habe ich es früher nicht gemacht.

»... und ich glaube, wir können was dazu tun, daß Erwin operiert wird«, sagte Nikolaus, steif vor Befangenheit. »Er muß in die Charité, und wenn die Heimleitung nicht einwilligt, werden wir sie zwingen, Tatsache.«

Hamann lachte. Er hatte die Ärmel seines gelben Seidenhemds hochgestreift, und man sah seine muskulösen Arme und die schwarzbehaarten Handgelenke. »Und wie«, fragte er, »wie willst du sie zwingen, mein schlaues Kerlchen?«

»Man kann es auch feiner ausdrücken«, sagte Recha. »Wir überreichen eine diplomatische Note, wir bürgen für Erwin, daß er nicht noch mal nach Westberlin abhaut. Jeder unterschreibt, und – fertig.«

»So, fertig«, sagte Hamann und knöpfte nun auch den Hemdkragen auf. Er war verblüfft von der Schlichtheit ihres Gedankens. Auch die Jungen waren betroffen, und Klaus sagte: »Mann, das kann aber ins Auge gehen.«

»Wenn alle unterschreiben, wenn die ganze Brigade unterschreibt ...«, sagte Mewis vorsichtig, und er lispelte sehr. »Es ist ziemlich riskant, nicht wahr?«

Schach wiegte bedenklich den Kopf. »Er wird nie ein guter Facharbeiter, wenn seine Augen nicht in Ordnung sind.«

Curt dachte mit Anflug von Bitterkeit: Wie sie sich um ihn bemühen – einen Bengel von der Intelligenz eines Elfjährigen, um einen, der sitzengeblieben ist und gestohlen und sich rumgetrieben hat ... Wer bemüht sich um mich? Wer macht für mich Pläne ...? Freilich mußte er sich gleichzeitig gestehen, daß er sich hochmütig und entschieden dagegen verwahren würde, wenn etwa andere für ihn planen wollten.

Er saß so dicht neben Recha, daß er die Wärme ihrer Haut spürte, und wenn sie sich bewegte und seinen Arm berührte, klopfte ihm das Herz bis zum Hals, und er mußte sich zwingen, ihr nicht unverwandt ins Gesicht zu starren oder heimlich ihre Hand zu drücken. Er sagte unvermittelt, zu seiner eigenen Überraschung: »Ich unterschreibe. Warum denn nicht?«

Recha sah ihn an, und der Mund wurde ihm trocken. Er hatte sich gewünscht, daß sie ihn so ansehen möge, mit freundlichen dunklen Augen, und er wußte, daß er nur deshalb und ihr zu Gefallen für ihren bleichen bebrillten Schützling gestimmt hatte.

Er war plötzlich zornig auf sich und auf Recha mit ihrer unverbindlichen Freundlichkeit, und er kehrte seinen Zorn gegen Erwin, der schluckend und schnüffelnd vor der Wand stand und von einem Fuß auf den anderen trat. »Du wärst einfach ein Idiot, wenn du abhauen würdest«, sagte er scharf und verächtlich. »Drüben hast du keine Brigade, die dir goldene Brücken baut. Drüben landet so 'ne Type wie du auf der Straße.«

Erwin fuhr zusammen, und sein blasses Gesicht bedeckte sich mit roten Flecken. Klaus sagte: »Aber wenn du uns verrätst, Mann –«

Erwin hob beide Arme. »Nein, nein, ich verrat' euch nich«, sagte er schrill und beschwörend. »Ich hau nich ab, Ehrenwort. Ich bin doch kein Idiot, daß ich rübermach', wo ihr ...« Er schneuzte sich und nahm seine Brille ab und sah sich mit schwimmenden Augen um. »Ich wer' euch doch nicht verraten … Ich bezahl' auch das Werkzeug, das ich verbummelt hab' …«

»Flenn man nich«, sagte Klaus grob. »Wir unterschreiben ja.«

»Auf das Werkzeug kommen wir noch zurück«, sagte Hamann; er lachte in sich hinein. »Es möchte sein, ich nehm' dich beim Wort.«

Der Student schwankte noch. Er korrespondierte mit einem seiner Dozenten, der ihm Aufgaben schickte, und er hoffte, er werde sein Studium nun bald wiederaufnehmen dürfen. Diese Hoffnung aber machte ihn furchtsam, und er versuchte allem aus dem Weg zu gehen, was ihm bedenklich oder sogar gefährlich erschien; eine Bürgschaft, meinte er, sei etwas Bedenkliches.

Hamann beugte sich vor und legte ihm die Hand aufs Knie, er sagte: »Na, wie denn, Herr Sekretare? Kann man sich nicht durchringen?«

Mewis fletschte seine großen weißen Zähne. »Sie wollen ja nicht auf die Uni, Kollege Hamann.«

»Doch, ich will auch studieren. Na und? Weiter.«

»Wenn wir reinfallen … Ich habe was gutzumachen«, sagte der Student zögernd.

»Eben. Hier ist eine Gelegenheit.«

Der Student errötete; schließlich willigte er ein. Rolf sollte am nächsten Morgen den Text der Bürgschaft aufsetzen und jeden aus der Brigade unterschreiben lassen; später würde dann eine Delegation, feierlich und energisch, der Heimleitung die Note überreichen. Klaus angelte die Flasche unter dem Tisch hervor, er sagte frech: »Gucken Sie 'n Moment weg, Meister. Wir wolln mal am Korken lecken.«

»O Zeiten! O Sitten!« sagte Hamann wehmütig und nahm den ersten Schluck.

Während die anderen lärmend über den Text berieten, flüsterte Curt mit Recha; er neigte sich zu ihr, und seine lockeren blonden Haarsträhnen fielen nach vorn und in die Stirn und kitzelten sie an der Schläfe. »Ich muß mit dir sprechen.«

»Warum?«

»Warum, warum … Ich muß eben mit dir sprechen. Bitte«, fügte er hinzu.

Sie hob unschlüssig die Schultern. Es war nicht mehr hell im Zimmer, und in dem ungenauen, milchigen Licht des Spätnachmittags konnte sie Nikolaus' Züge nicht mehr sicher erkennen; er saß auf der Tischkante, mit dem Rücken zum Fenster, stämmig, schweigsam und friedlich. Seine Augen schienen jetzt schwarzblau unter den geraden schwarzen Brauen. »Ich warte draußen auf dich«, flüsterte Curt.

Nikolaus beobachtete sie nicht, und Recha dachte: Er ist selbst zu anständig, um mißtrauisch gegen andere zu sein. Curt stand auf und ging ohne Eile, mit gleichmütiger Miene, aus dem Zimmer. Niemand achtete auf ihn, sie hörten Hamann zu, der von seiner Gesellenprüfung erzählte, eine Zigarette im Mundwinkel, die kolossalen Arme auf die Schenkel gestützt. »Als ich so alt war wie ihr …«, begann er, und wenn jemand anders so begonnen hätte, wären sie hier schon ungeduldig geworden, weil sie wußten, daß nun wieder trockene Belehrungen darüber folgen würden, wieviel besser sie, die Jungen, es heute doch hätten. Bei Hamann aber wurde niemand ungeduldig; er erzählte bedächtig, mit vielen wunderlichen Wendungen, und er schmückte seine Geschichten mit Schnurren, die wenigstens zur Hälfte erdichtet waren.

Nach einer Weile ging Recha hinaus. Sie empfand es als eine lästige Pflicht, daß sie sich jetzt mit Curt vor die Tür stellen und ihm zuhören sollte; sie nahm nicht einmal ihre Jacke mit, sie dachte: Ich komme ja gleich wieder. Was wird es schon für Probleme zu wälzen geben? Irgendwelche dummen oder peinlichen Dinge … Aber es wäre unfair, ihn noch länger warten zu lassen – wir waren befreundet.

Curt stand neben der Tür. Er zertrat seine Zigarette, als Recha die Tür zuschlug. Hinter einem Barackenfenster brannte schon Licht. Zwischen den Bäumen schwamm dünner Nebel. Recha fröstelte. »Mach's kurz«, sagte sie.

Curt lachte. »Komm wenigstens die Treppe runter, du Schneekönigin.« Er war gut gelaunt; daß sie ihm überhaupt gefolgt war, rechnete er sich als einen halben Sieg an, er dachte: Heute abend wird Parzival ausgebootet ... »Wir müssen uns aussprechen«, sagte er, »ich ertrage es nicht länger.«

»Wir sind doch nicht mehr fünfzehn oder sechzehn, daß wir die berühmte letzte Aussprache veranstalten müssen«, sagte Recha. (Sie erinnerte sich noch an die drei Zettelchen in ihrem Physikbuch, die ein hartnäckiger Peter oder Jochen aus der elften Klasse geschrieben hatte: Komm in den Park ... Aussprache ... ich bin enttäuscht ... Besten Gruß Dein ...) »Wirklich, ich weiß nicht –«

Curt unterbrach sie, er sagte sehr von oben herab: »Liebe Recha, ich werde nicht kindisch; soviel Geschmack darfst du mir schon zutrauen.« Für wenige Sekunden war er wieder der große Mann Schelle, der Gentleman aus einem zweitklassigen englischen Film, kühl und selbstsicher gegenüber einem mageren Mädchen im kniekurzen, buntbedruckten Kleid, und Recha sah ihn erstaunt an, und plötzlich streckte sie ihm die Zunge heraus, sie sagte: »Ach, du Affe!«

Er war eigentlich ganz froh, daß sie ihn auf diese Weise von seiner tragischen Rolle befreite, die er hatte spielen wollen, und er riß sie am Zopf und sagte vergnügt: »Sie verwildern immer mehr, meine Dame ... Und nun sei nett und komm ein Stück mit.«

Sie gab nach, und sie ging neben ihm her, fröstelnd und unbesorgt, auf dem engen Weg, der in den Wald mündete.

Hamann war in einer großen Stadt in Schlesien aufgewachsen. Sein Vater, Autoschlosser und linker Sozialdemokrat, war viele Jahre arbeitslos gewesen, und seine Mutter verdiente ein paar Groschen als Waschfrau. Der Vater starb, bevor der Junge, fünfzehnjährig, in die Lehre kam. »Damals«, sagte Hamann, »war ich ein spillriges Männel, da mußte ich zweimal zur Tür reinkommen, damit ich einmal zu sehen war.«

Er lernte Autoschlosser im Maybach-Werk. Sein Lehrmeister war ein mürrischer alter Mann, der früher oft mit Hamanns Vater zusammengesteckt hatte; sie hatten sich aber bald nach der *Machtergreifung* durch die Nazis zerstritten. Er sprang mit dem jungen Hamann gröber um als mit den anderen, weniger geschickten Lehrlingen. Er hatte immer Scherereien mit dem Jungen, der den Dienst in der Hitlerjugend schwänzte, und er bestrafte ihn mehrmals, weil er an hohen Nazi-Feiertagen die braune Uniform nicht trug.

»Ich war ein zartes, anfälliges Kind«, sagte Hamann betrübt. »Wenn es große Aufmärsche und Weihefeste geben sollte, schlug mir die Vorfreude immer so auf die Verdauungswege, daß ich dann nicht teilnehmen konnte. Ich hatte auch öfter die Masern, ja ...« Die Jungen lachten, weil sie sich nicht ausmalen konnten, was ein Fünfzehnjähriger gelitten hatte, der, ganz allein auf sich gestellt, einen zähen und lautlosen Kampf gegen die Hitlerjugend geführt hatte – und Hamann malte es ihnen auch nicht aus: nicht die Beschimpfungen und die Prügel im Hof der Berufsschule und nicht die Angst seiner Mutter, die auf kariertem Rechenpapier Entschuldigungen für ihn schrieb.

Seine Gesellenprüfung bestand er mit Eins. Nachher nahm ihn sein alter Lehrmeister beiseite, der ihm mit verzwickten Fragen scharf zugesetzt hatte, und sagte ganz nüchtern: er, Hamann, habe freilich nur eine Zwei verdient; er habe die Eins für ihn durchgesetzt, weil unter allen seinen Lehrlingen Hamann der einzige sei, der morgens, wenn er in die Werkstatt kam, nicht mit »Heil Hitler« grüßte ... Am nächsten Tag war der Lehrmeister wieder so mürrisch und grob gegen Hamann wie immer. Bald darauf, bei Kriegsbeginn, wurde er in ein Flugzeugwerk dienstverpflichtet und zwei Jahre später wegen Sabotage hingerichtet.

Nikolaus hatte keinen Blick von dem gesunden rotbraunen Gesicht mit den breiten Backenknochen gewandt, er dachte: Das Porträt taugt nichts, weil ich nichts von Hamann wußte. Wie lange muß man über einen Menschen nachgedacht haben, ehe man versuchen darf, ihn zu malen? Er merkte auf einmal, als Hamann schwieg, daß Recha noch nicht zurückgekommen war. Er sah ihre rote Jacke am Haken hängen. Zuerst war er ganz arglos gewesen; er hatte sie nicht einmal vermißt, während er seine ungezügelte Neugier auf Hamann sammelte.

»Nun laßt man nicht den Kopf hängen, ihr kleinen Büffel«, sagte Hamann. »Hab' ich euch schon von unserem Chefkonstrukteur erzählt? Nein? Er war bloß ein verschrumpeltes Kerlchen, und seine Zimmerlinde war zwanzig Jahre jünger, so 'ne Industrieblonde, und wenn sie mit ihrem schwarzen Maybach in die Halle gerauscht kam ...«

Zwischen den Kiefernstämmen war der Himmel rot. Preiselbeergestrüpp und Heidekraut mit vertrockneten blaßvioletten Blüten bedeckten den Waldboden und strömten einen bitteren Duft aus. Curt ging einen Schritt hinter Recha, und nach einer Weile drehte sie sich um und sagte ärgerlich: »Als ob du mich abführst ... Willst du mir nicht noch Handschellen anlegen?«

»Das wäre nicht verkehrt.« Er riß ihr plötzlich die Arme auf den Rücken und preßte ihre Handgelenke zusammen. Sie bog den Kopf zurück, als er sie küssen wollte. Er ließ sie sofort los und sagte: »Entschuldige. Das war eine – Entgleisung. Soll nicht wieder vorkommen.«

»Was willst du eigentlich von mir?«

»Das weißt du doch.« Er blieb wieder stehen und blickte an ihr vorbei, er sagte mit spröder Stimme: »Du sollst zurückkommen. Ich liebe dich.«

»Du liebst immer nur das, was du nicht haben kannst«, sagte Recha.

»Du bist kalt wie ... weiß der Teufel, was. In zehn Jahren bist du eine widerwärtige eiskalte Intellektuelle.« Sie lachte, und Curt sagte, erbittert und wehleidig: »Du trampelst auf den Gefühlen anderer rum. Ich könnte auf den Knien vor dir rumrutschen, und es würde dich nicht rühren.«

»Das möchte ich erleben, wie du auf den Knien rumrutschst«, sagte sie, immer noch lachend, und Curt nachte eine Bewegung, als wollte er auf die Knie fallen; er hatte sich in seine Rolle eingelebt und spielte sie mit Hingabe, und er wäre vor ihr niedergekniet, auf dem steinigen Waldweg, in den bräunlichen Staub, und er bemitleidete sich sehr. »Nicht!« sagte Recha streng. »Später schämst du dich.«

»Verlang von mir, was du willst«, sagte Curt. »Ich tu's. Ich hab' mir tausend schöne Dinge für dich ausgemalt ...« Und während er ihren Arm ergriff und mit ihr weiterging, sprach er schmeichelnd auf sie ein: Er wird den Wagen seines Vaters bekommen, und sie werden ins Erzgebirge fahren oder nach Dresden, oder wohin sie immer will, und sonntagmorgens im Schloßpark von Pillnitz sitzen, wenn der Rasen noch feucht vom Tau ist, und abends im teuersten und elegantesten Café tanzen, und im nächsten Jahr, wenn er sein Motorrad hat, werden sie während der langen, heißen Sommernachmittage am Knappensee liegen und baden oder segeln. »Wir fahren nach Prag, im Frühling, wenn die Bäume blühen, und du kannst jeden Abend ins Konzert gehen, falls du dir was draus machst ...«

»Das Leben – ein Rausch«, sagte Recha spöttisch. »Nicht, daß ich mich nicht gern amüsiere ... Überhaupt können wir uns selbst ein Motorrad kaufen.«

»Parzival auf 'ner Rennmaschine«, sagte Curt und lachte, obgleich er ernüchtert und sehr enttäuscht war. Er hatte sich keinen bestimmten Plan zurechtgelegt; er war entschlossen, Nikolaus zu verdrängen, heute noch, in dieser Stunde, und er vertraute auf seinen Charme und seine Überredungskünste. Er glaubte immer noch, Recha sträube sich nur aus Starrsinn oder weil es ihr Spaß machte, ihn zappeln zu lassen, und jedenfalls nahm er den langsamen, schwerfälligen Nikolaus nicht ernst.

Sie hörten nicht mehr die Musik und die Lautsprecherstimmen vom Lager. Es war still, kein Vogel sang, nur ihre Schritte knirschten auf dem trockenen gelben Laub der Haselsträucher. Der Wald zur Linken war verwildert, Brombeerhecken kletterten über gestürzte Stämme, und die Kiefern mit ihren schweren, tiefhängenden schwärzlichen Zweigen rückten dichter zusammen, und der Blick verlor sich in blaugrüner dunstiger Dämmerung. »Ein richtiger Rotkäppchenwald«, sagte Recha.

»Hm. Und was machst du, wenn jetzt der Wolf kommt?«

»Ich reiße aus. ›Sie suchen ihr Heil in der Flucht‹, übersetzten wir aus dem Cäsar.«

Er sah sie von der Seite an. »Aber wenn er schneller ist als du?«

»Dann muß ich mich eben fressen lassen«, sagte Recha und versuchte zu lachen. »Aber du bist ja auch noch da.«

»Ja, ich bin auch noch da«, sagte Curt mit einer sonderbaren Stimme. »Und wenn –«

»Frag doch nicht so blöd! Hier gibt es ja keine Wölfe.« Ihre Zähne schlugen aufeinander. »Ich friere entsetzlich. Laß uns umkehren.«

»Fünf Minuten noch, bitte«, sagte Curt, und er sah so niedergeschlagen aus, daß er ihr leid tat.

»Na schön.« Sie standen sich einen Augenblick schweigend und befangen gegenüber. »Vielleicht gibt es noch Beeren«, sagte Recha. »Oder ... Ich wollte mir schon lange einen Strauß Heidekraut mit nach Hause nehmen.«

»Gut, pflücken wir einen Strauß«, sagte Curt gelangweilt. Wenige Meter weiter schlängelte sich ein Pfad in den Wald, und sie folgten ihm ein Stück. Sie spielten eine Weile gut Freund und pflückten zusammen Heidekraut; es war dürr, die Blüten fielen ab, wenn man sie berührte, und sie warfen die struppigen kleinen Zweige wieder fort. Dann fand Curt Sträucher mit Preiselbeeren; sie waren blaurot und sahen wie winzige Äpfel aus, und sie hatten auch den frischen, sauren Geschmack von unreifen Äpfeln. Er sagte:

»Weißt du noch, wie ich die Äpfel für dich geklaut hab'? Es ist noch nicht lange her.«

»Doch, sehr lange«, sagte Recha, die ihm gegenüber kniete und Beeren suchte. Er sah, als sie sich vorbeugte, eine dünne silberne Kette an ihrem Hals, und er fragte: »Was hast du dir da um den Hals gehängt?«

Sie wurde rot. »Ach, nichts.«

Curt zog die Mundwinkel herab. »Ich dachte, du wärst aus dem Kindesalter raus.«

»Es ist von Nikolaus«, sagte sie schüchtern, und er sah, wie sich ihr Gesicht veränderte; er dachte, daß ihr Gesicht, wenn er sie geküßt hatte, niemals so weich und zärtlich gewesen war wie jetzt, als sie nur den Namen dieses schlampigen Trottels aussprach, und er riß ihr die Kette vom Hals und schlenkerte höhnisch das kleine herzförmige Medaillon. »Süß«, sagte er und warf es weg.

»Curt!« rief sie. »Curt, bist du verrückt geworden?«

Sie wollte aufstehen. Er umfaßte ihre Schultern und drückte sie mit aller Kraft zurück, und er fühlte, wie sich ihre mageren Schultern krümmten und daß er ihr sehr weh tat.

Er sagte atemlos: »Nenn's, wie du willst ... Ich bin verrückt, ja ... ich liebe dich doch, Recha. Bitte –«

Sie dachte noch, er würde sich abschütteln lassen. »Laß mich los«, sagte sie, »oder ich schrei' um Hilfe.«

»Dazu bist du zu stolz. Du schreist nicht. Und – hier hört dich kein Mensch.« Im Zwielicht sah er dicht vor sich ihre großen zornigen Augen und das Weiße in den Augen, das bläulich schimmerte, und ihren Mund mit der vollen Unterlippe, und er roch ihre Haut, und sein Herz schlug gegen die Rippen. »Hör auf, Theater zu spielen«, stammelte er, er schluchzte vor Wut. »Hör endlich auf ... Du hast mich genug gequält. Du liebst mich doch auch ...«

Auf einmal fand sie das fremde schreckliche Gesicht wieder, und sie schrie: »Curt – Curt –« Er preßte ihr die Hand auf den Mund und riß den oberen Knopf an ihrem

Kleid auf, und er fühlte die kühle glatte Haut ihrer Brust. Sie biß ihm in die Hand, und er zerrte zitternd und halb besinnungslos an ihrem Kleid, und ein roter Knopf sprang ab und rollte ins Gras.

1943 wurde Hamann Soldat, ein Jahr später wegen Befehlsverweigerung zur Strafkompanie verurteilt und einem Beerdigungskommando zugeteilt. Zwei Monate lang begrub er die Leichen und die Leichenteile gefallener Soldaten, dann floh er, wurde auf der Flucht von Deutschen unter Feuer genommen und erreichte mit einem Schulterdurchschuß und Streifschüssen an Kopf und Hüfte die Schützengräben der Roten Armee.

Er kehrte 1945 nach Deutschland zurück und wurde Mitglied der KPD. Eine Zeitlang war er Bürgermeister in einem kleinen Ort in der Lausitz, dann berief man ihn in die Bezirkshauptstadt, wo er sich ein Dutzend Funktionen auflud, und eines Tages fand er, Mann der Praxis, er habe nun genug Versammlungen geleitet und Referate gehalten, und so zog er als Monteur von einer Großbaustelle zur anderen, bis er im August 1955 in die Trattendorfer Heide kam und hier hängenblieb. »Und jetzt wolln Sie studieren, Meister? Wirklich«, fragte Klaus ungläubig. »Ich mein' bloß … bei Ihrem Alter …«

»Ich bin achtzehneinhalb«, sagte Hamann. »Bis zum Diplom-Ingenieur möchten wir's noch bringen, na freilich.« Seine Zuversicht war nicht ganz echt; Erfahrungen und ein scharfes Auge halfen ihm, knifflige Probleme im Rohrleitungsbau zu bewältigen, aber gegen Theorien und all das, was er geringschätzig unter »Formelkram« zusammenfaßte, hatte er eine Abneigung, und er wußte, daß ihm noch schwere Jahre bevorstanden. Er hatte in seiner Jugend so viel versäumen müssen, er hatte so viel aufzuholen; in Mathematik konnte es jeder Schüler aus einer zehnten Klasse mit ihm aufnehmen.

Nikolaus stand am Fenster; er hatte den anderen den

Rücken zugedreht, er dachte, sie könnten die Unruhe von seinem Gesicht ablesen und sie komisch finden. Erst als die Lampen an der Lagerstraße aufflammten, merkte er, wie tief die Dämmerung schon war. Er lehnte die Stirn an die Fensterscheibe, unfähig, seine Aufregung zu verbergen. Er hörte nicht mehr darauf, was im Zimmer geredet wurde, er dachte: Seit wann ist sie weg? Es kann eine Stunde sein, es kann eine halbe Stunde sein, ich habe nicht zur Uhr gesehen, es war noch hell. Ihre Jacke … Sie muß doch frieren. Vielleicht hat er ihr seine Jacke gegeben … Und diese Vorstellung, das Mahagonimädchen, sein Mädchen, mit der hellgrauen Jacke von Curt über den Schultern, erregte ihn mehr als alle Bilder, die seine Phantasie malte.

Er wandte sich um, und es war ihm jetzt gleichgültig, ob sie ihn lächerlich finden würden; er sagte: »Geh mal Luft schnappen.« Er bildete sich ein, Rolf hätte ihn mitleidig angesehen; er wollte aber nicht bedauert werden. »Bin gleich wieder da«, sagte er und fühlte, wie eine dumpfe Wut in ihm hochstieg, und am liebsten hätte er sie alle aus dem Zimmer gejagt und sich auf sein Bett gelegt und geheult.

Hamann erhob sich ächzend, er sagte gemütlich: »Mein kleiner Erpel, der Heinz, bringt mir heut nachmittag sechs Blutwürste angeschleppt … Ich werde jetzt mein Wams abwerfen und Würste braten, und wer Appetit hat, möcht' mitkommen.«

Klaus schmatzte laut. »Okay, Meister, wir haben Appetit.«

»Ab geht die Post«, sagte Hamann. Sie drängten lärmend zur Tür. Nikolaus ging voraus, und Schach legte ihm die Hand auf den Arm und sagte leise: »Mach keinen Quatsch, Großer.« Nikolaus schüttelte stumm den Kopf.

Solange er von der Baracke aus gesehen werden konnte, schlenderte er gemächlich, die Hände in den Hosentaschen, über die Straße. Dann begann er zu rennen. Er hatte richtig den Weg eingeschlagen, den Curt und Recha vorhin gegangen waren, und er lief in seinem plumpen Trab, den Daumen in die Handfläche gedrückt, und seine Gedanken drehten sich im Kreis: Was mache ich nur, wenn sie –? Was soll ich nur machen, wenn sie –? Er rannte den Waldweg entlang, auf dem raschelnden dürren Laub, und keuchte und schwitzte, denn er war nie ein guter Läufer gewesen und wurde in der Schule wegen seiner Schwerfälligkeit oft belacht.

Es konnte nicht mehr weit sein bis zu dem Bahndamm, an dem er damals mit Recha gesessen hatte, und er glaubte, er habe seine sehr lange Strecke zurückgelegt. Das Blut hämmerte in seinem Kopf. Er war auf einmal entmutigt, er dachte, es sei doch eigentlich sinnlos, durch einen halbdunklen Wald zu stürmen und zwei Menschen zu suchen, die sich nicht finden lassen wollten. Er wäre an dem schmalen Seitenpfad beinahe vorübergelaufen.

Er sah das bunte Kleid, das durch die Dämmerung leuchtete, und blieb stehen. Er empfand zuerst nur Verwunderung, weil Recha nicht schrie. Ihr Kleid war hochgerutscht, und sie warf sich herum und stieß mit den Knien nach Curt, der ihre Schultern auf den Boden zu drücken versuchte, während er unaufhörlich vor sich hin flüsterte. Nikolaus ging stolpernd und langsam auf sie zu. Er hörte jetzt, als er hinter ihm stand, was Curt flüsterte, und wurde rot vor Scham, weil Recha dies mit anhören mußte und weil ihr Rock hochgerutscht war.

Er riß Curt an den Schultern hoch und drehte ihn herum. Curt duckte sich, sein Gesicht war ein bleicher Fleck über dem grauen Anzug. Nicht mal seine Jacke hat er ihr unterwegs gegeben, dachte Nikolaus. Er packte Curt am Nacken und schlug mit der Faust in den bleichen Fleck, der Curts Gesicht war, er sagte: »Das ist für Recha … Und noch eins für Recha … Und das, weil du ein Schwein bist, ein Schmarotzer …«, und dabei wußte er, daß es roh und unanständig war, einen Kleineren, Schwächeren zu verprügeln.

Curt trommelte mit den Fäusten auf Nikolaus' Brust und trat ihm tückisch gegen die Schienbeine; er hätte ebensogut gegen einen Stein treten können, und der kalte

Gleichmut, mit dem Nikolaus auf ihn einschlug, entsetzte ihn mehr als die Schläge selbst, die seinen Mund und seine Nase trafen und jeden Fleck Haut in seinem Gesicht. Seine rechte Augenbraue platzte auf, und über das Auge lief Blut. Er war sekundenlang geblendet, er dachte, überspült von einer Welle panischer Angst: Er schlägt mich tot.

Plötzlich hörte er Recha weinen. Er wurde schlaff und wehrte sich nicht mehr, in einer verschwommenen Empfindung, dies hier sei ein Strafgericht, das er verdient habe ... Unvermutet ließ ihn Nikolaus los, und er fiel hintenüber.

»Ich hoffe, du hast genug«, sagte Nikolaus. Er war nicht mehr wütend, sondern bekümmert und schon voll Reue. »Für dich hätte es auch genügt, wenn ich dir kräftig in den Hintern getreten hätte.«

Er wandte sich zu Recha um, und sie lehnte sich an ihn und weinte. Er strich ihr das zerzauste Haar glatt. »Es ist ja gut«, sagte er ungeschickt. »Komm. Halt dein Kleid vorn zusammen.«

Sie gingen zum Lager zurück, und Curt schlich mit Abstand hinterher. Recha hörte auf zu weinen, und Nikolaus spürte befremdet, daß sie sich nicht mehr auf seinen Arm stützte und ein Stück abrückte. Zwischen den Bäumen blinkten die Lichter vom Lager. Sie sagte. »Glaub bloß nicht, ich bin stolz auf dich, weil du den da zusammengehaun hast.«

Nikolaus lächelte verlegen. »Es war ein Rückfall in die Steinzeit, Tatsache.«

3

Sein Zimmer war dunkel. Auf dem Tisch lag ein Zettel von Rolf: »Bin mit H. in der Brikettbude, Trocknerband. Spätestens Mitternacht zurück. Tee ist in der Thermosflasche.«

Nikolaus goß für Recha einen Becher Tee ein und sah zu, wie sie trank. »Mach das Licht wieder aus, bitte«, sagte Recha, »ich seh' so wüst aus.«

»Curt steht draußen«, sagte Nikolaus nach einer Weile. »Ich bringe ihm seinen Mantel.«

»Gut«, sagte sie gleichgültig, und Nikolaus holte den Mantel aus seinem Spind und verließ das Zimmer.

Curt hätte sich gern auf die Treppe gesetzt, ihm war übel, und sein Kopf tat weh. Mehr als Schmerzen und Übelkeit aber quälte ihn das Bewußtsein seiner Demütigung: er, Curt Schelle, wie ein Schuljunge verprügelt, unter den Augen eines Mädchens ... Und er durfte sich nicht einmal als Opfer bedauern; er mochte die Sache drehen und wenden, wie er wollte – es fand sich keine Spur einer moralischen Rechtfertigung für ihn.

Er betastete sein zerschundenes Gesicht, er dachte: Sie brüllen vor Lachen, wenn ich morgen in die Brigade komme. Ob sie über Nikolaus auch lachen würden, wenn er so zugerichtet wäre? Er erschrak, als Nikolaus die Treppe herunterkam, und zog unwillkürlich die Schultern zusammen.

Nikolaus reichte ihm schweigend den Mantel und wartete, bis sich Curt angezogen hatte. Curt blickte unsicher zu ihm hoch, er bewegte seine geschwollenen Lippen. »Nikolaus«, sagte er leise.

»Was denn noch?«

»Sag Recha –«, er stockte. Nikolaus sah ihn an, und unter seinem Blick war Curt zumute, als fielen ihm alle Gedanken aus seinem schmerzenden Kopf, er stotterte: »Sag ihr ... es tut mir leid.«

»Das kannst du ihr selbst mitteilen.«

Curt blickte zu Boden. »Nein. Ich ...« Er konnte nicht weitersprechen, ein Schluchzen hob sich in seiner Brust, und er ließ Nikolaus stehen und lief mit halboffenem Mund die Straße hinab.

Nikolaus rief. »Curt!«

Curt kehrte gehorsam um.

»Du kannst nicht so in den Bus steigen«, sagte Nikolaus. »Wasch dir das Gesicht ab.«

Er führte Curt durch den langen, leeren Korridor zum Waschraum, und dann ging er in sein Zimmer zurück, um ein Handtuch zu holen. Recha saß noch in derselben Haltung wie vorhin am Fenster, im Dunkeln, und sie rührte sich auch nicht, als Nikolaus hereinkam und sein Handtuch vom Haken nahm.

Er sagte in einem Ton, als müßte er sich entschuldigen: »Er wäscht sich nämlich.«

»Mach die Tür zu.«

Nikolaus schloß die Tür. »Du mußt aber dort stehenbleiben«, sagte Recha.

Er sah die Umrisse ihrer Gestalt vor dem helleren Rechteck des Fensters.

Sie sagte: »Ich habe immerzu an dich gedacht, Nikolaus ... Manches kann man nur aussprechen, wenn es finster ist und wenn man sich nicht sieht, nicht wahr ...? Ich habe dich lieb, ich habe dich so lieb, daß ich es dir irgendwann später im Hellen sagen kann ... Geh jetzt, schnell. Nein, warte noch. Ich bin doch stolz auf dich. Nicht, weil du dich für mich rumschlägst, sondern – na, du weißt schon.«

Nikolaus lehnte an der Wand im Waschraum und sah zu, wie Curt sein Taschentuch in das kalte, trübe Wasser tauchte und sich behutsam das Gesicht abwusch. »Dein Anzug ist versaut«, sagte er.

»Macht nichts.« Curt zuckte zusammen, als er mit dem nassen Tuch seine rechte Augenbraue berührte, er sagte mürrisch: »Du hast ganz hübsch was in der Faust.«

»Falls du morgen nicht zur Arbeit kommst – soll ich Hamann Bescheid geben?«

»Quatsch, ich komme.« Er begann sich abzutrocknen, und Nikolaus ließ das Wasser aus dem Waschbecken ablaufen und drehte den Hahn auf, und der dünne, eisige Wasserstrahl spritzte auf seine Handgelenke. »Ich hab' eben kein Glück mehr«, sagte Curt unvermittelt.

»Glück ...«, sagte Nikolaus und zuckte die Schultern.

Curt stellte sich vor den Spiegel, der an einem dicken Nagel an der grüngestrichenen Bretterwand hing, und er musterte sich und sagte: »Junge, Junge …«

Über seinen Kopf hinweg sah auch Nikolaus in den fleckigen Spiegel, er murmelte: »Ich glaube, ich muß mich bei dir entschuldigen.«

Curt lachte auf. »Du bist und bleibst eben ein Trottel«, sagte er, und er beneidete ihn und wünschte, er hätte jemals einen verläßlichen Freund gehabt, der Nikolaus ähnlich war. »Na, dann – gute Nacht.«

»Bis morgen«, sagte Nikolaus.

Er ging in sein Zimmer zurück. Er blieb wie vorhin an der Tür stehen, unfähig zu sprechen und mit einem Gefühl, als habe er einen unbekannten Raum betreten, und er hörte, wie das Mädchen von dem Stuhl am Fenster aufstand und durch das dunkle Zimmer auf ihn zukam.

Elftes Kapitel

1

Eine halbe Stunde vor Feierabend wurden Nikolaus und Curt ins Meisterzimmer gerufen. »Antreten zum Hörnerputzen«, sagte Curt; ihm war unbehaglich zumute. »Wenn Napoleon fragt?«

»Ich sage nichts, was Recha peinlich wär«, erwiderte Nikolaus steif. Sie gingen zusammen durch die von Stimmen und Unruhe erfüllte Halle; nachher sollte eine Kundgebung mit japanischen Gewerkschaftern stattfinden, und die Schweißer und Monteure kamen schon von E-Lok- und Wagenbau herüber, um sich im Hallenschiff der Dreher zu versammeln.

Curt hatte seine Baskenmütze tief in die Stirn gedrückt und sah nicht nach rechts und nicht nach links. Sein rechtes Auge war durch eine grünliche Beule halb geschlossen und gab ihm einen verschmitzten Ausdruck, und es kränkte ihn, daß sein entstelltes Gesicht eine Quelle der Belustigung für andere war.

Im Meisterzimmer roch es nach Schmieröl und Papier und kaltem Zigarettenrauch. Hamann unterhielt sich leise mit Preuß, sie standen am Fenster, mit dem Rücken zur Tür, und am Schreibtisch saß Schach und füllte seine Arbeitszettel aus. Curt knallte die Eisentür hinter sich zu und schrie: »Glück auf!«

Hamann drehte sich um und winkte und flötete: »Nur näher, mein Kind, noch näher. Und du auch, Golem.«

Nikolaus schlappte in seinen schmutzbespritzten Gummistiefeln durchs Zimmer und stellte sich vor Hamann auf wie vor einem Klassenlehrer, von dem man einen Tadel oder eine Fünf im Mündlichen empfangen soll. Hamann kniff die Augen zusammen und sagte zu Curt: »Man hat dir die Tapete lädiert, wie?«

Nikolaus drehte seinen regennassen, abenteuerlich zerbeulten Seppelhut. »Wir hatten Streit«, sagte er sanft und starrte an Hamann vorbei durchs Fenster, hinter dem die Baubuden und das Verwaltungsgebäude in grauen Dunstschleiern hingen. Gegen die Scheiben strichelte Regen.

»So, ihr hattet Streit«, sagte Hamann, nicht laut, aber in einem Ton, bei dem Schach stutzte; er schrammte den Stuhl zurück und raffte eilig seine Arbeitszettel zusammen. »Du bleibst hier, Genosse Schachowniak«, sagte Hamann. »Das hier möchte auch die Jugendgruppe angehen. Setzt euch.«

Sie setzten sich auf die Drehschemel.

Schach raunte: »Ich hab' dir gesagt, Großer, du sollst keinen Quatsch machen.«

»Reifeprüfung habt ihr«, sagte Hamann, »studieren wollt ihr – und prügelt euch wie die Rowdys ... Das erstemal, daß in unserer Brigade so was passiert. Dazu müssen erst Abiturienten herkommen, Leute – sollte man denken –, die Bildung und Verstand haben. Westernhelden sind bei uns nicht gefragt, Sparschuh ...«

Nikolaus saß krummrückig auf dem Schemel, seine langen Arme baumelten zwischen den Knien, und er hörte die scharfe Stimme, die sogar ihre freundliche Dialektfärbung verloren hatte; er dachte bekümmert: Aber er muß doch wissen, daß ich mich nicht wie ein Westernheld benehme. Ich kann nicht mal eine Motte zerquetschen, Tatsache, und in der Schule habe ich mich lieber stundenlang aufziehen lassen, als daß ich jemandem eins hinter die Ohren gegeben hätte, schon weil ich stärker war ... »Wir hatten bloß Streit«, wiederholte er.

»Freilich, ich hab' ja Tomaten auf den Augen«, sagte Hamann. »Erst wie die Auerhähne um das Mädchen rumbalzen –« Er unterbrach sich; er hatte das nicht sagen wollen. Seine Entrüstung war nicht echt, und seine Vorwürfe hatten hohl und falsch geklungen; er wußte ja, daß der friedfertige Nikolaus kein Schläger war, er dachte: Wahrscheinlich hat dieser hochnäsige Himmelhund, der Curt, eine Schweinerei gemacht.

»Du hast doch 'nen Grund gehabt, Großer«, redete Schach ihm zu. »Ich kenn' dich doch. Sag schon, daß du 'nen Grund gehabt hast.«

Nikolaus schluckte, er dachte: Aber ich kann ihnen nicht erzählen, wie ich das Mahagonimädchen gefunden habe. Er schwieg.

»Na, wie denn, Schelle?« fragte Hamann, und Curt sah ihn aus seinem gesunden Auge treuherzig an, während er beklommen darauf wartete, daß Nikolaus nun doch noch auspackte. Er kann mich in die Pfanne haun, wenn er will, dachte Curt, und wenn ich an seiner Stelle wäre ... Zum Teufel, ja, ich würde mich rächen, für alles, ich würde ihn in die Pfanne haun ... Er schwieg.

»Das liebe ich«, sagte Hamann verächtlich. »Zeigen, was ihr für feine Kumpel seid, na freilich.« Er verschränkte die Arme vor der Brust; er hatte viel Geduld und konnte abwarten, er dachte: Aber irgendwann ist der Riemen runter. Immerhin, ich hätte mit dem Schelle längst mal reden sollen. Reden ... Haben wir so einem Bürschchen nichts Gewichtigeres entgegenzusetzen als Worte?

Stille. Curt brannte sich eine Zigarette an; er vergaß, sein silbernes Etui herumzureichen. Er war unruhig und aufgebracht, weil dies hier einem Verhör glich (aber Sherlock Hamann soll sich geschnitten haben – ich sitze auch noch eine Stunde und schweige ihn an) und weil er sich vor Nikolaus schämte, der seinetwegen einen Verweis bekommen würde, und weil er mit seinem verschwollenen bunten Gesicht für sie nicht beklagenswert, sondern lächerlich war – ein lächerlicher, trauriger, rundherum gescheiterter Held!

Einmal steckte Erwin den Kopf durch die Tür. »Nachher, Erwin!« rief Hamann, und zu Preuß: »Er will tatsächlich sein Werkzeug abstottern«

Curt dachte: Wenn es doch noch rauskommt und wenn

sie mich vor der Brigade fertigmachen, dann werde ich sie reinlegen. Ich werde ihr Protektionskind Erwin besoffen machen, am hellichten Tag, und ihn durch die Werkstatt schwanken lassen ... Dieser Gedanke erheiterte ihn für eine Sekunde; er verwarf ihn aber gleich wieder. Wozu eigentlich, fragte er sich. Wozu immer krumme Touren? Dem Kleinen schadet es, und mir ist nicht geholfen, ich falle doch dabei rein (solange ich hier bin, falle ich bei allem rein, was ich anfasse), und warum macht es mir überhaupt Spaß, das zu stören oder sogar zu zerstören, was andere aufrichten?

Plötzlich entsann er sich des Augenblicks gestern abend, als er aufgehört hatte, sich gegen Nikolaus zu wehren, in dem Empfinden, ein verdientes Strafgericht sei über ihn hereingebrochen ... Wenn ich ihnen nun doch erzählen würde, was gestern war? Napoleon ist kein Holzklotz, vielleicht versteht er es, vielleicht komme ich noch mal heil über die Runden.

Preuß, der die ganze Zeit kein Wort gesprochen hatte, deutete über die Schultern: »Sie kommen.«

Drei schwarze SIM waren vorgefahren und hielten in dem nassen, zähen Sand, und mehrere Männer stiegen aus – die Japaner waren dabei, in schwarzen Anzügen und mit runden, randlosen Brillen – und liefen eilig durch den strichelnden Regen zum Hallentor. »Wir kommen zu spät zur Kundgebung«, sagte Schach.

»Aber es sind doch Privatgeschichten«, murmelte Curt unschlüssig. »Ich weiß nicht, mit welchem Recht ihr –«

Preuß unterbrach ihn. »Wir haben einen Brigadevertrag«, sagte er, und sein braunes Vogelgesicht trug jetzt wieder den Ausdruck lebhafter Geduld, den Curt nicht ertragen konnte. »Wir haben unterschrieben, daß wir unser Privatleben sauberhalten wollen. Da steckt also gewissermaßen die juristische Berechtigung, verstehst du? Und dann: Heute übergehen wir stillschweigend eure Privatgeschichte. Gut. Morgen kommt einer zur Arbeit, hat 'nen Schnaps getrunken, sagt, wenn wir ihn ankriegen: ›Nu macht mal keine Zicken. Die Herren Abiturienten dürfen sich halb arbeitsunfähig haun, und ich darf nicht mal ...‹ Und so weiter. Übermorgen kommt einer, hat sechs Flaschen Bock getrunken, sagt: ›Na was denn? Na was denn? Privatsache. Hab' Kummer in der Familie. Und der Dingsda hat ja gestern auch ...‹ Immer stillschweigen? Immer drüber weggehen? Nein, Curt, das wird 'ne Kette ohne Ende.«

»Konstruktionen«, sagte Curt.

»Erfahrungen«, sagte Preuß.

»In der Schule mußtest du auch Disziplin halten«, sagte Schach. »Denkst du, im Betrieb kann jeder aus der Reihe tanzen, wenn's ihm paßt?«

»Schule ist was ganz anderes«, widersprach Curt, obgleich er es schon müde war, zu widersprechen oder sich herumzustreiten. »Ich war froh, daß ich den ganzen Krampf mit Schulaufgaben und Stundenplänen hinter mir hatte.«

»Aber wir haben genausogut unsere Pläne«, rief Preuß. »Wir haben unsere Aufgaben – das weißt du doch, Curt, das muß man dir nicht erklären, du bist kein politischer Abc-Schütze ...« Er begann es aber doch zu erklären, langmütig und weitschweifig, und Curt dachte: Jetzt habe ich was entfesselt ... Ich weiß das alles, Herr Studienrat Preuß, ich hatte eine Eins in Staatsbürgerkunde – wenn Sie gütigst in meinem Abizeugnis nachsehen wollten? –, und mein Vater ist eine wandelnde Planziffer.

Nikolaus betrachtete Schachs großnäsiges Profil, und dann zog er, in Gedanken versunken, Hamanns Terminkalender über den Schreibtisch zu sich heran und begann unter der Notiz »19 Uhr – Kammer der Technik« Schach zu skizzieren. Hamann streichelte sich das Kinn; um seine Augen standen Lachfältchen.

2

Sie kamen zwanzig Minuten zu spät ins Hallenschiff; der Genosse von der Kreisleitung, der die japanische Delegation durch das Kombinat geführt hatte, war schon bei seinem Schlußwort.

An der Stirnwand war ein Podium aufgebaut, gesäumt von roten Fahnen. Man hatte Lorbeerbäumchen herbeigeschafft, die verstaubt und kümmerlich wirkten in der lichtdurchfluteten Halle mit ihren modernen Maschinen und der riesigen Glasfront von Fenstern, durch die man die Brikettfabrik und die Stahlaufbauten für neue Werkstätten sehen konnte. Seitwärts saßen auf Holzschemeln die Musiker von der Bergmannskapelle. Alles erweckte den Eindruck von Eile und Improvisation, und die Stimme des Redners dröhnte vor einer Geräuschkulisse von Flüstern und Füßescharren. Dreihundert Schlosser und Schweißer und Monteure hatten sich versammelt, sie standen dicht gedrängt vor dem Podium, mit aufmerksam erhobenen Köpfen, und an den Rändern zerbröckelte der feste Block von Menschen in kleinere Gruppen. Hier stand Recha.

Nikolaus ging auf sie zu, und Recha drehte sich um und blickte ihm entgegen. Er stellte sich neben sie; ihre Schulter berührte seinen Arm.

Curt sah ihnen zu, und er fühlte sich ausgeschlossen und verlassen. Zehn Schritt weiter entdeckte er Leute aus seiner Brigade, Jackmann und Trapp und den alten Lehmann, und Curt schlich zu ihnen hinüber, sie trugen bekannte Namen, bekannte Gesichter, und er konnte sich Zugehörigkeit vortäuschen, wenn sie für ihn zusammenrückten. Er versuchte auf den Redner zu hören, aber seine Gedanken irrten immer wieder ab, und als um ihn herum Beifall geklatscht wurde, klatschte er mit, ohne zu wissen, warum.

Einmal bemerkte er, daß ihn eine blonde junge Schweißerin ansah; sie hatte ihre Schutzbrille um den Hals gehängt und trug ein rotes Kopftuch, das gleiche rote

Kopftuch wie Recha, und Curt lächelte ihr zu. Sie hielt die Hand vor den Mund. Alberne Gans, dachte Curt. Übrigens hätte ich mir besser eine dekorative Augenklappe umbinden sollen … Dann vergaß er die kichernde Blonde.

Er wünschte, die Versammlung wäre endlich vorbei und er könnte mit irgendeinem Menschen sprechen, er dachte: Aber ich habe keinen Freund. Ich habe kein Mädchen. Unter diesen dreihundert Leuten ist nicht einer, der Sympathien für mich hat. Niemand achtet mich. Die Jungs in meinem Block? Ach, was verstehen die schon … Für die bin ich auch bloß gut, wenn ich einen Kasten Bier bezahle und meine Tonbänder hergebe und Witze reiße … Und dann, von einem neuen unangenehmen Gedanken bedrängt, stellte er sich vor, er müßte mit ihnen zusammen arbeiten, bei den Eisenbiegern oder in einer Betonbrigade, wo einer auf den anderen angewiesen ist und sich auf seinen Nebenmann verlassen können muß. Aber auf ihn, Curt, konnte man sich nicht verlassen, und dieselben Jungen, die er insgeheim wegen ihrer groben Sitten und ihrer schlechten deutschen Sprache geringschätzte, würden ihn nicht einmal nach Feierabend in ihren Kreis aufnehmen, wenn sie ihn erst einmal auf der Baustelle kennengelernt hätten.

Wenn ich zu meinem Vater fahren würde? Nonsens. Entweder hat er keine Zeit, oder er schimpft mich wieder Kleinbürger, oder er erzählt aus seiner ruhmreichen Vergangenheit: In deinem Alter habe ich … Kennen wir. Dennoch, mit Schuldbewußtsein, verbesserte sich Curt: Wenn du gerecht sein willst, mußt du zugeben, daß Vater mit seiner Vergangenheit nicht prahlt, und wenn er wirklich einmal ein Beispiel berichtet, knüpft er keine erbaulichen Lehren daran.

Wieder gab es Beifall, und wieder klatschte Curt teilnahmslos mit. Er blickte zum Podium. Die Fahnentücher bewegten sich leise im Luftzug. Ein Arbeiter überreichte dem japanischen Delegationsleiter einen Strauß roter Rosen, schüttelte ihm die Hand und sagte etwas, und dann wurde es still, und die Bergmannskapelle begann die Internationale zu spielen. Zuerst war nur der Baß des Genossen zu hören, der eben gesprochen hatte, dann fielen andere Stimmen ein, es klang dünn und noch unsicher, und nun pflanzte sich das Lied von den ersten Reihen fort bis zu den kleinen Gruppen am Rand und erfüllte das Hallenschiff: »Wacht auf, Verdammte dieser Erde ...«

Curt hatte oft genug die Internationale gehört, im Rundfunk und von geschulten Chören, und er hatte irgendwann in der Schule den Text gelernt und bis auf wenige Zeilen wieder vergessen. Heute, zum erstenmal, hörte er sie in einer Werkhalle gesungen, von Arbeitern, denen er äußerlich glich, ölverschmiert, im blauen Schlosseranzug und mit geschwärzten Händen, und er sah, wie die Älteren ihre Mütze abnahmen und in der Hand hielten. Auch der alte Lehmann neben ihm nahm seinen Hut ab.

Curt zog verspätet und hastig seine Baskenmütze vom Kopf, er sang nun mit, sehr leise und mit starr zu Boden gerichtetem Blick, und er schämte sich seiner Ergriffenheit.

Sie stimmten die zweite Strophe an, und Curt bewegte die Lippen, er sang aber nicht. Er hatte sich niemals so unwichtig und erbärmlich gefühlt wie in diesem Augenblick. Er stand ganz ruhig zwischen den anderen, mit einem Gesicht, das nichts verriet, und dachte an seinen Vater, der ihm auf einmal nahegerückt war – nicht als der müde, eilige, schon beleibte Werkleiter, den er kannte, den er manchmal bewunderte und oft haßte, sondern als Mann, dessen Bild er sich erst zusammensetzen mußte: Er sah den jungen Textilarbeiter Schelle, der hinter der roten Fahne marschierte, beim Klang der Schalmeien; der im Sturmlokal der SA-Männer verprügelt wurde und unter ihren Stiefeln Blut spuckte; der, nach jahrelanger Haft aus dem Zuchthaus entlassen, den Kampf wiederaufnahm, sich einer illegalen Gruppe anschloß und nachts Flugblätter druckte ...

Was aber habe ich getan? fragte sich Curt. Und was werde

ich jemals tun? Er hörte die letzten Takte des Liedes und den Nachhall der Stimmen unter dem Dach, Atmen und Räuspern in der Stille und dann das Scharren vieler Füße auf dem Betonboden. Er stülpte seine Baskenmütze auf und drängte sich an den anderen vorbei und lief zum Hallentor.

Der alte Lehmann sagte unzufrieden. »Die können's nicht abwarten, die jungen Bengels, die können nicht schnell genug weg ...«

3

Am nächsten Morgen kam Curt eine Viertelstunde zu früh zur Arbeit, er war auch deshalb früher gefahren, damit er Recha nicht an der Bushaltestelle begegnete. Er hatte in der letzten Nacht ein paar gute Vorsätze gefaßt, und obgleich er skeptisch gegen seine eigenen Vorsätze war, dachte er, es müßte ihm doch gelingen, seine Kollegen zu gewinnen – nicht durch Nettigkeit und Zigaretten; er müßte ihnen zeigen, daß er Fähigkeiten besaß und arbeiten konnte.

Er seufzte. Zehn Monate noch, Tag für Tag, pünktlich sein, gewissenhaft arbeiten, bescheiden, zurückhaltend ... Mein lieber Junge, sagte er sich, das glaubst du dir selbst nicht. Das ist einfach Überschwang, und du solltest auch bei deinen edlen Vorsätzen klein anfangen, und – lieber Himmel, wenn ich wenigstens in der Kfz-Werkstatt wäre, wenn ich unter einem Auto liegen dürfte und Motoren auseinandernehmen – ich hätte hundertmal mehr Spaß als bei diesem mechanischen Krempel hier.

Preuß war überrascht, Curt schon in der Schlosserei zu finden, er sagte kurz angebunden, aber nicht unfreundlich: »Du arbeitest heute mit mir.«

»Jawohl, Brigadier.« Curt streifte seine Ärmel hoch, er lachte. »Na, dann – wo stehen die Klaviere?«

»Du wirst dich noch austoben können«, sagte Preuß. »Wir kriegen heute 'n dicken Brocken vom Kraftwerk rüber.«

»Soll mir recht sein.«

Preuß, kleiner als Curt, blinzelte zu ihm hoch, er sagte aber nichts; er mißtraute noch diesem großsprecherischen Eifer.

Ein Wagen brachte die acht Zentner schwere Absperrarmatur in die Halle. Curt spazierte um den gewaltigen Schieber herum; sein Interesse erwachte, als er den Motor am Oberteil bemerkte. »Hübsches Kaliber. Sogar Elektroantrieb.«

»Für Fernbedienung. Menschliche Kraft würde nicht ausreichen, ihn zu bewegen. Was du hier siehst«, sagte Preuß in seinem Lehrerton, »ist ein Hochdruckschieber für Heißdampf und heiße Gase über vierhundert Grad. Wenn wir die Flanschschrauben rausgewürgt haben, werden wir uns die Sache von innen besehen.«

»Du könntest mir mal ein Schema aufzeichnen, Preuß«, sagte Curt, um ihm eine Freude zu machen.

»Klar, gern. Gleich. Ich hol' bloß noch Recha dazu, ich wollte ihr das schon lange zeigen.«

Curt hielt den geschäftigen kleinen Mann am Ärmel fest, er sagte hastig: »Es muß ja nicht gleich sein. Laß schon, Preuß. Vielleicht nachher in der Mittagspause ...« Preuß sah ihn an. »Ach, so«, sagte er. »Natürlich, es muß nicht gleich sein.«

»Herrgott, mach nicht so 'n diskretes Gesicht«, fuhr Curt ihn an; der Name des Mädchens, von einem anderen genannt, spülte seine schmerzliche Enttäuschung wieder hoch. »Wer mit einer zerschlagenen Fresse rumläuft wie ich, pfeift auf das Taktgefühl seiner Nachbarn.«

Preuß preßte die Lippen zusammen.

Wieder mal eine Chance vermasselt, dachte Curt und bedauerte schon, daß er den wohlmeinenden Preuß gekränkt hatte. Wo sind meine hochtrabenden Besserungsvorsätze? Nun ist es wieder wie alle Tage ... Er bemühte sich aber, nicht nach dem roten Kopftuch auszuspähen und mit dem flinken, kräftigen Preuß Schritt zu halten, als sie mit Ringschlüssel und Vorschlaghammer die Schraubenverbindung lösten; er schwitzte, obgleich es sehr kühl in der Halle war. Nach einer halben Stunde sagte Preuß: »Du kannst ruhig mal 'ne Pause machen.«

Curt zündete sich eine Zigarette an, er zögerte geschickt, dann fragte er mit einem gewinnend schüchternen Lächeln: »Würdest du heute eine von mir annehmen?«

»Ehe ich mich schlagen lasse«, sagte Preuß.

Sie saßen hinter der Armatur, auf einem Balken, und rauchten. Curt blickte Preuß von der Seite an, betrachtete sein dunkelbraunes Gesicht und die wie ein Vogelschnabel gebogene Nase und die fingerlange Narbe unterhalb des Halses. Nach einer Weile fing er an:

»Wir haben mal über meinen Vater gesprochen, erinnerst du dich?«

Preuß nickte.

»Gestern«, fuhr Curt fort, »habe ich über ihn nachgedacht ... einfach so, ohne besonderen Anlaß. Wir kommen nicht gut miteinander aus, weißt du.«

»Vielleicht solltest du öfter über ihn nachdenken.«

»Er ist nicht mehr wie früher.« Aber wie ist er denn jetzt? dachte Curt; er suchte nach Worten, endlich sagte er, unbeholfener als sonst: »Irgendwie ... braucht man ein Vorbild, nicht wahr, jemanden, von dem man denkt: Teufel, das ist ein Kerl ...« Er lachte. »Wär' doch angenehm, wenn man so was in der eigenen Familie hätte ... Übrigens sterbe ich nicht vor Verzweiflung, weil Vater nicht der strahlende Held ist, an dem ich mich entzünden könnte. Nur, manchmal wünschte ich, er wär' nicht so seriös geworden, und immer zerstreut, mit Tabletten in jeder Tasche, und mit Bauch, und ewig Konferenzen, und: das Werk, das Werk ...«

Preuß legte seine kleine dunkle Hand auf Curts Knie, er sagte: »Nun mal langsam, Junge, du schmeißt ja alles durcheinander. Dein Vater tut heute nichts anderes, als was er vor zwanzig Jahren getan hat – er kämpft ... Na, zieh kein Gesicht, Curt, ich weiß auch so, daß ihr 'ne Abneigung gegen gewisse Wörter habt ...«

»Kämpfen«, sagte Curt ungeduldig. »'n komischer Kampf: am Konferenztisch, in seinem Büro.«

»Sicher, es ist nicht so spannend wie vor dreiunddreißig und während der Nazizeit. Es sieht nicht nach Heldentum aus. Es ist kein bißchen romantisch. Aber es ist auf 'ne andere Art spannend, das wirst du merken, wenn du selbst als Ingenieur in einem Betrieb arbeiten wirst. Du willst doch Ingenieur werden?«

»Ja. Autoindustrie ... Du mußt mir glauben, Preuß, daß ich mir einen Helden nur mit Maschinenpistole vorstellen kann statt mit 'nem Zeichenstift. Aber – sehr aufregend ist das Leben bei uns nicht.«

Preuß zerrieb mit der Stiefelspitze seinen Zigarettenstummel, er sagte langsam: »Ich weiß nicht, was du unter ›aufregend‹ verstehst. Dein Vater hat sicher Aufregung genug.«

Curt schwieg. »Wahrscheinlich werde ich mich nach dem Studium ins Ausland melden«, sagte er schließlich. »Indien, China, Ägypten – irgendwo werden wir was bauen; man kommt in der Welt rum, erlebt was, sieht höhere Berge als den Harz und größere Meere als die Ostsee ...« Er warf seine Zigarette weg und erhob sich seufzend. »Zukunftsmusik. Tralala.«

Preuß sagte: »Denkst du, wir schicken einen ins Ausland, bloß weil er Appetit auf Tigerjagden hat? Da mußt du schon was geleistet haben.«

Curt hob die Schultern. »Wird sich finden«, sagte er in gleichgültigem Ton; in Wirklichkeit war er schon wieder unzufrieden, er dachte gereizt: *Wir* schicken dich ... Er nimmt sich verdammt wichtig, der Herr Brigadier.

Dann wurde Preuß ans Werkstattelefon gerufen; als er zurückkam, eilig, schon mit der Werkzeugtasche über der Schulter, sagte er: »Ich muß zum Kondensatkeller rüber. Du wirst ja ohne mich fertig. Nach der Mittagspause holen wir uns den Hallenkran und lassen die Eingeweide rauszerren und sehen uns die Dichtungsplatten an. Du schaffst es doch bis zur Pause, ja?«

»Natürlich«, sagte Curt, er dachte: Du wirst dich wundern, was Hilfsarbeiter Schelle schafft – auch ohne dich, auch ohne Aufsicht.

Bevor Preuß mit Recha und Jackmann die Halle verließ, brachte er Curt zwei große honiggelbe Äpfel. »Eigene Ernte.«

Um halb zwölf, als die Brigadeleute zur Zentralküche hinübergingen, war Curt mit seiner Arbeit fertig, und er wusch sich mit Sand und grober Seife die Hände, und dann aß er die süßen mürben Äpfel und betrachtete die Armatur und den Haufen rostigbrauner Schrauben. Die Werkstatt war leer und still. Curt dachte: Schade, daß die Krandame weg ist. Ich könnte die Innereien schon rausholen ... Kein Kunststück. Ich werde Herrn Studienrat mal zeigen, wo der Hammer hängt ... Er lachte, der Gedanke gefiel ihm.

Er ging in die Dreherei, um eine Kranführerin zu suchen, und unterwegs sang er vor sich hin, auf die Melodie eines populären alten Schlagers: »Herrn Studienrat mal zeigen, wo der Hammer hängt ...« Er winkte die Kranführerin herunter, ein ganz junges Mädchen mit einem Wölkchen winziger Locken über der runden Stirn, er sagte: »Sei nett, komm mit rüber, hilf mir.«

Sein verschüttetes Selbstbewußtsein regte sich wieder, als er das Mädchen anwies; hier gab es endlich einmal eine Aufgabe für ihn, bei der er nicht von anderen gegängelt wurde, und während er den Stahlschlupp um den Bockaufsatz schlang und am Kranhaken befestigte und der Kranführerin signalisierte, hatte er beinahe ein Gefühl wie damals in der Schule, wenn er bei seinen Schülerfesten Regie führte, schreiend, gut gelaunt und ungeheuer geschäftig.

Er schrie: »Abfahrt! Los geht's!« Er stand, die Hände auf die Hüften gestützt, eine Zigarette im Mundwinkel, neben der Armatur und sah zu, wie sich das Oberteil mit der stählernen Spindel und dem Motor hob, schwankend ein Stück durch die Luft schwebte und dann auf den Betonboden aufsetzte. Auf seinen Wink ließ die Kranführerin das

Stahlseil nach, die Spindel stand einen Augenblick auf der Spitze, und dann kippte sie um, und das zentnerschwere Oberteil zermalmte den Motor und den Getriebekasten unter sich.

Betäubt von dem Getöse, das die Hallenwände vierfach zurückwarfen, und von dem Knirschen des zerspringenden Metalls, verharrte Curt ein paar Sekunden reglos, mit einem Empfinden, als habe ihn ein Faustschlag in die Magengrube getroffen, und in seinem Kopf summte die alte populäre Melodie: Herrn Studienrat mal zeigen ... Er spuckte die Zigarette aus. Wie kann so was bloß passieren? dachte er. Der Motor ist hin. Wie kann denn so was bloß passieren?

Die Kranführerin sprang die klirrenden Stufen hinab, und sie lief zu Curt und fuhr schimpfend und jammernd auf ihn los. »Winkt mir ... so ein Dussel! Ich kann doch da oben nicht sehen, ich muß mich doch drauf verlassen, daß du absicherst.« Ihre Löckchen wippten über der runden roten Stirn. »Winkt mir, der Dussel! Was denn nun?«

»Ach, halt den Mund«, sagte Curt müde. Auf einmal gaben seine Knie nach, und er mußte sich auf das Gehäuse setzen; er dachte, es sei einfach eine Niedertracht und Ungerechtigkeit, daß ihm dies gerade an dem Tag widerfahren mußte, als er sich Besserung gelobt und als er es gut gemeint hatte ... Er beachtete das Mädchen nicht mehr und wartete ergeben auf Preuß. Sein Herz sank, als er Hamann durch den Gang zum Meisterzimmer kommen sah.

Hamann hörte sich mit unbewegter Miene das Geschimpfe des Mädchens an, dann sagte er: »Schon gut, Kindchen. Du hast keine Schuld, du kannst abziehen.« Er ging bedächtig um die Armatur herum und streichelte sein Kinn, er murmelte: »Ist ja prächtig«, und, ohne Curt anzusehen: »Hattest du einen Auftrag vom Kollegen Preuß?«

Curt schluckte. »Nein. Nicht direkt.«

Hamann sagte ruhig, wie beiläufig: »Du hast nämlich vergessen, Kanthölzer unterzulegen.«

»Das konnte ich nicht wissen«, sagte Curt in gereiztem Ton; er hatte einen Hagel von Vorwürfen erwartet, er dachte: Das macht dir Spaß, Dicker, was? Katz und Maus spielen und auf einmal die Krallen zeigen. Den Schelle mürbe klopfen, damit er endlich mal Männchen vor dir baut.

»Nein, das konntest du nicht wissen, mein Superschlauer«, sagte Hamann. Obgleich er sich ärgerte, daß der Brigade ein beträchtlicher Schaden zugefügt worden war, hätte er eine Dummheit ohne viel Aufhebens entschuldigt, wenn er nur sicher war, sie sei in jugendlichem Eifer begangen worden. Er kannte aber Curt und dessen Leichtfertigkeit, und er sagte. »Schwer, Ersatz zu kriegen. Ist es dir klar, daß du haftpflichtig bist?«

»Jetzt ist es mir klar«, sagte Curt. Er dachte flüchtig, es wäre gescheit und fast ehrlich, wenn er dem Meister versicherte, er bedaure seine Voreiligkeit, er habe es jedoch gut gemeint. Aber: Nein und nein. Darauf wartet Napoleon doch bloß, daß ich ihm 'ne hübsche runde Selbstkritik hinlege ... Lieber bezahle ich das Zeug.

Hamann blickte in das dreiste und verlegene Jungengesicht, und es kostete ihn Mühe, seine erprobte Geduld und Ruhe zu bewahren. Er wünschte wirklich, Curt hätte ein Einsehen, und er sagte: »Es möchte sein, du hast in der Schule gefehlt, als ihr über Volkseigentum gesprochen habt, und vielleicht hast du auch bei der Planwirtschaft gefehlt –«

Curt unterbrach ihn. »Ich weiß Bescheid. Mein Vater ist Werkleiter.«

»Geschenkt!« sagte Hamann, und seine Stimme klang jetzt eine Spur schärfer. »Die Walze kennen wir ... Dein Leichtsinn kostet uns vierhundert bis sechshundert Mark –«

»Wieso denn euch?« sagte Curt; er reckte hochmütig das Kinn. »Nicht nötig. Ich kann den Kram selbst bezahlen.«

Hamann trat einen Schritt auf ihn zu, er war außer sich vor Zorn, und er packte den erschrockenen, feige geduckten Jungen an der Brust und schüttelte ihn. »Du Lump«, flüsterte er, »Du dreckiger kleine Parasit – bezahlen willst du, aus Vaters Tasche, wie? Auf die Arbeiter scheißen, auf die Idioten, die für deinen Bockmist auch noch gradestehen wollen … Du kannst es dir ja leisten, na freilich. Ach du –« Er ließ ihn los, er brüllte: »Verschwinde! Mach, daß du rauskommst!«

Curt ging langsam durch die Halle und zum Tor, und er sah durch die Torwölbung, in dem harten weißen Mittagslicht, die vertraute Landschaft mit Kränen und Derricks und der von Gerüsten umsponnenen Waschkaue und mit Sand und trägen kleinen Wolken. Er hörte Hamanns Schritte hinter seinem Rücken und zwang sich, nicht den Kopf nach ihm zu drehen. Hamann sagte mit einer trockenen, sachlichen Stimme: »Heute abend haben wir Brigadeversammlung. Du wirst dich vor der Brigade verantworten. Haben wir uns verstanden?«

»Ja«, sagte Curt. Er dachte: Nein, nein, nein. Er lief.

Zwölftes Kapitel

1

Der Zug nach D. fuhr in eineinhalb Stunden.

Wenn ich den Wagen hätte, würde ich die hundert Kilometer in einer Stunde runterpeitschen. Wenn ich den Wagen hätte, würde ich – Gut, daß ich ihn nicht habe. Ich würde ... irgendwas, zum Teufel, ich weiß nicht. Anderthalb Stunden. Den Zug schaffe ich noch ... Curt hatte schon den schwarzen Lederkoffer aus der Abstellkammer geholt. Er war allein in der Wohnung.

Er riß die Spindtüren auf und zog die Schubkästen aus dem Nachttisch und warf Anzüge und schmutzige Schuhe, die gestärkten Oberhemden und ein paar Bücher in den Koffer. Er hielt sonst mit peinlicher Sorgfalt auf seine Sachen, er dachte jetzt aber nur daran, daß er fort sein müßte, bevor sein rothaariger Nachbar von der Arbeit zurückkäme.

Abmeldung? Ach was, sie werden schon merken, daß ich nicht mehr da bin. Das Geld kann ich überweisen. Er klappte den Koffer zu und zog die gelben leinenen Vorhänge vor dem Fenster zur Straße zusammen und setzte sich auf sein Bett; er fühlte sich auf einmal leer und müde.

Während der halben Stunde Busfahrt vom Kombinat bis hierher in die H.-Straße hatte Curt, von Panikstimmung ergriffen, nicht darüber nachzudenken vermocht, wie es nun weitergehen sollte, nur: Weg. Sofort. Ich lasse mich nicht fertigmachen. Weg, für immer ... Als er jetzt auf dem Bettrand saß und noch einmal das öde, in gelbliches Dämmerlicht getauchte Zimmer überblickte, versuchte er zum erstenmal, weiter als bis zur nächsten Stunde zu denken und sich Mut zu machen und vor sich selbst zu prahlen: Kein Problem. Vater wird mir einen anderen Job verschaffen. Ich kenne ihn. Das Schlimmste, was mir passieren kann: er läuft raus und knallt die Tür zu und würdigt mich drei Wochen lang keiner Anrede …

Es war leicht, allein für sich und in einem dämmrigen Zimmer, zu prahlen und Illusionen wie bunte Bälle zu jonglieren – draußen aber, im nüchternen Tageslicht und, später, unter den Augen des unbestechlichen Schelle, würde alles ganz anders aussehen.

Dann nahm Curt seinen Koffer und warf den Campingbeutel über die Schulter, und er verließ die Wohnung und das Haus. Er ging die Straße entlang, die um diese Zeit sonnig und still war. Er blieb einen Augenblick vor Rechas Haus stehen (… die Glastür, durch die ich sah, wie sie den Kopf nach mir drehte; ich habe sie im Treppenhaus geküßt, und sie hat mir eine runtergehauen, und dann lief sie die Treppe rauf und drückte ihr Gesicht gegen die Geländerstäbe und lachte …), und dort war ihr Zimmer, ihr Fenster; abends, wenn es milchiges Licht streute, hatte Curt manchmal Schatten, ihren Schatten, auf dem dünnen Vorhang zu sehen geglaubt. Er dachte: Vorbei. Finger verbrannt. Und, sein geschwollenes Auge betastend: »Finger verbrannt« ist gut. Na dann: Buona sera, Señorita. Goodbye, darling. Ihre Augen … Ich darf mir ihre Augen nicht vorstellen … Er lief die Straße hinab, er pfiff gellend.

Der Bahnhof war grau und kalt. Zwischen den Fenstern hingen zerrissene Plakate und der Kinospielplan von der vergangenen Woche. Curt hatte noch eine halbe Stunde Zeit, und er setzte sich in den kleinen Wartesaal, in den Winkel neben der Tür, immer in Furcht, der Zufall könnte ihm in letzter Minute einen seiner ehemaligen Kollegen in den Weg führen. (Und wenn Napoleon mir jemanden hinterhergeschickt hat? Und wenn –?) Die Gardinen waren bräunlich von Tabakrauch.

An der Theke standen Bauarbeiter. Curt trank einen Kaffee und schnell hintereinander drei Schnäpse, die ihn zuerst angenehm erwärmten und, selbst in diesem kahlen, bierdunstigen Raum, einen trügerischen rosigen Schleier über Dinge breiteten, die Curt zu vergessen oder wenigstens zu verklären wünschte. Später wurde ihm übel, denn er hatte seit dem Morgen nichts gegessen außer dem mürben süßen Apfel von Preuß, und der Wartesaal erschien ihm nun noch abstoßender und bedrückender als vorher. Er zuckte zusammen, als die Lautsprecherstimme seinen Zug ausrief. Er ging zur Sperre.

Schon eingekeilt in den langsam vorrückenden Block von Reisenden, versuchte Curt noch einen letzten Blick zurückzuwerfen auf die Stadt, aber die breite Brust eines Zimmermanns verdeckte ihm die Aussicht auf den heiteren Platz mit seinen Terrassen und den graziösen Balkongittern.

Er stand steif, mit abwesendem Gesicht, auf dem Bahnsteig und blickte gleichgültig über die Wartenden hinweg. Ein Mädchen in flauschigem blauem Kostüm schlenderte an ihm vorbei, dessen Rock fast eine Handbreit über dem Knie abschloß, und er sah ihr ins Gesicht, er dachte aber an Recha, und: Verflucht, du kannst doch nicht dein Leben lang alle Mädchen mit Recha vergleichen.

Der Zug nach D. lief ein. Aber es ist ja zu früh, dachte Curt erschrocken, der Zug kommt ja viel zu früh. Ich dachte, ich hätte noch ein paar Minuten Zeit. Vielleicht – nein, nach den paar Minuten wäre es auch nicht anders … Die anderen waren schon eingestiegen, und die Leute, die mit dem Zug angekommen waren, hatte der Tunnel verschluckt, und Curt stand noch immer neben seinem Koffer, von einer zitternden Spannung erfüllt, sein Blick hetzte über den Bahnsteig, und plötzlich wußte er, daß er wünschte, irgend jemand käme die Treppe heraufgestürzt und riefe ihn – einer, den Napoleon ihm hinterhergeschickt hatte, vielleicht Heinz, vielleicht Nikolaus, dessen Freundschaft er versäumt hatte … Es kam aber niemand, der Bahnsteig war jetzt fast leer, und die Lautsprecherstimme drängte: »… und die Türen schließen!«

Curt wurde es kalt vor Enttäuschung. Eine unsinnige Idee, Napoleon könnte jemanden auf seine Fährte gesetzt haben (er hat mich *Parasit* geschimpft ... wer läuft denn einem Parasiten nach, Dummkopf?), und die zwei Minuten wilder Hoffnung mußten ausgestrichen werden. Er stieß seinen Koffer in die nächste offenstehende Tür und sprang auf, und als die Tür hinter ihm zufiel, schlug seine Stimmung um. Er triumphierte, er war in Sicherheit; er hatte sich schon eingeredet – wie immer gewandt auf der Grenze zwischen Lüge und Wahrheit balancierend –, er habe niemals ernsthaft damit gerechnet, Napoleon würde ihn durch einen versöhnenden Boten zurückrufen lassen; das Gescheiteste, was er in seiner Lage tun konnte, war, sich leichtherzig und mit seiner geübten Ironie über *diese Leute* und über seine Hoffnung und Angst hinwegzusetzen und so schnell wie möglich die Viertelstunde mit dem plötzlich veränderten, plötzlich fremd gewordenen Hamann zu vergessen. Er ging durch den Wagen, bis er ein Abteil fand, in dem er allein war.

Gegen seinen Willen drehte er den Kopf zum Fenster, als der Bahnhof vorüberglitt, mit winkenden Frauen und dem Gegenzug auf dem zweiten Gleis und mit teerpappebedeckten Schuppen, und dann tauchte hinter entlaubten Bäumen der Wasserturm auf und das wunderliche, ermutigende Nebeneinander von hellen großfenstrigen Wohnblocks und den narbigen Häuschen der Altstadt.

Ich habe immer auf dieses Kaff geschimpft, dachte Curt, und ich habe über die komische Hauptstraße mit ihren engen Läden gelacht. Ein Präriedorf ... Ich glaube wirklich, ich habe mich an mein Präriedorf gewöhnt. Sentimental, mein Freund? Noch was. Du solltest aufatmen, weil du diese ruhmreiche Etappe hinter dir hast ... Aber als ich vorhin durch die Straßen ging, waren schon so viele Erinnerungen da: an der Haltestelle, wo wir zu dritt auf den Schichtbus warteten; im Hauseingang mit dem Glasdach, unter dem wir manchmal standen, wenn es regnete, und meine Eisenbieger ließen ihre Anodenkoffer jaulen, jeder einen anderen Sender. Und – Ach, hör schon auf, darin rumzukramen. Erinnerungen … nach zwei Monaten, nur zwei von zwölf Monaten.

Er begann sich in seinem Abteil einzurichten; er hatte zwei Stunden Fahrt bis D. Er hängte seinen Mantel auf und holte aus dem Campingbeutel Zigaretten und eine Schachtel Keks und ein Buch über technische Errungenschaften von morgen, das er sich neulich gekauft hatte.

Der Zug holperte über Weichen und wand sich aus dem vielsträngigen Gleisgewebe des Verladebahnhofs, und hier war die Stadt schon zu Ende; verstreute Anwesen noch, Felder, verdorrte Heide, und dann Wald, Kiefern und dazwischen Birken, die Stämme leuchtendweiß wie im Frühling, und die Blätter fielen wie ein braungoldener Regen.

Auf einmal war Curt zumute wie damals im Juni, als er das Abitur hinter sich hatte und nicht mehr zur Schule zu gehen brauchte. Es war wie Ferien und doch ganz anders als Ferien: Er lag bäuchlings im Bett, auf der grünseidenen Steppdecke, es war am frühen Morgen schon drückend heiß, Sonnenlicht fiel streifig durch die Jalousiespalten, und er las oder sah zu, wie die Sonnenstreifen über die Tapete krochen, und dabei wußte er, daß irgend etwas Schönes und Bedeutsames zu Ende gegangen war – nicht für heute und morgen und einen Sommermonat, sondern endgültig und unwiederholbar …

Er hatte hundertmal geseufzt: Wenn ich bloß endlich aus der Penne raus wäre … Aber dann war der Tag, an dem er zum letztenmal nach zwölf Jahren die gewichtige Schultür hinter sich zuschlug, nicht leicht und glücklich wie vorher in seinen Phantasien, und an den schwülen Junimorgen, wenn er faul und unruhig durch das Haus streifte oder in seinem Boot auf dem Fluß trieb, dachte er mit Bedauern und Neid an die anderen Schüler, an die »Kleinen«, die in ihren hohen, kühlen Klassenzimmern saßen oder auf dem Schulhof durcheinanderwimmelten, die in der Pause ihre russischen Übersetzungen verglichen oder sich gegenseitig abhörten für die Physikarbeit in der nächsten Stunde.

Aber es stimmt ja gar nicht, es ist ja gar nicht wie nach dem Abi, dachte Curt. Er hauchte gegen die Fensterscheibe und versuchte, den runden, von seinem Atem feucht beschlagenen Fleck blankzureiben, obgleich er wußte, daß man von der Bahnlinie aus die bunte Neustadt und das Kombinat nicht sehen konnte und nicht einmal die schweren graubraunen Rauchwolken, die träge über die große Baustelle zogen ... Immerhin hatte man was zuwege gebracht und glorios das Mündliche hingelegt, und es gab einen ordentlichen Schlußpunkt mit Zeugnis und Händeschütteln und allerlei feierlichem Lärm. Aber heute ... Ach was, denk nicht dran!

Er dachte aber doch daran, auch als er das Buch aufschlug und zu lesen begann oder so tat, als lese er. Er blätterte um und überflog die nächste Seite und blätterte um und wußte nicht, was er gelesen hatte, und er kehrte wieder zur ersten Zeile zurück und betrachtete mit einem Gefühl von Trostlosigkeit und Leere das Feld der schwarzen Buchstaben.

2

Der Zug hielt: eine kleine Station, auf dem Schild der deutsche und der sorbische Name. Ich könnte ja aussteigen. Ich könnte ja noch umkehren, dachte Curt. Er lachte in sich hinein. So verrückt, mein Lieber. Du wirst so verrückt sein und dich fertigmachen lassen, wie ...? Warum habe ich Napoleon nicht erklärt, daß ich es nur gut gemeint habe, daß ich Preuß nur die Arbeit abnehmen wollte? Drei Sätze hätten genügt. Hätte, hätte ... Ich hätte überhaupt alles ganz anders machen müssen.

Ein Stoß ging durch den Zug, und vorbei die Station, vorbei das Schild mit den beiden Namen und der kurze, unüberdachte Bahnsteig, ein blühendes Beet und die weißen Kieselbuchstaben im Sand: GUTE FAHRT. Vor den Fenstern Wald, der sich plötzlich dunkel und glatt wie eine Mauer gegen eine offene, grasbewachsene Ebene abgrenzte, sumpfiges Land mit trüben Lachen und Tümpeln, umkränzt von winddurchfegtem braunem Schilf; knorrige Weiden bückten sich über das Wasser.

Und dann, fremd und kühn in der schwermütigen Herbstlandschaft, hob sich am Horizont ein Kraftwerk; es war weit weg und deutlich und weiß vor dem wolkigen Himmel, mit Schornsteinen und Kühltürmen. Curt lehnte die Stirn an die schmutzige Fensterscheibe, sein Herz klopfte, er dachte: Es sieht aus wie »Schwarze Pumpe« ... Ob sie morgen auf mich warten werden? Napoleon weiß Bescheid, er wird sich Vorwürfe machen, ich gönne es ihm, er hat mich vertrieben ... Nein, auf mich wartet niemand. *Und keiner weint mir nach* ... Vielleicht ein Schulterzucken: Was dachtet ihr denn? Den sind wir los. Na und? Dann wird es wieder wie alle Tage sein.

Er legte das Buch auf die Knie, und zwischen den Zeilen fand er die Gesichter der Leute, vor denen er geflohen war – denn das war eine Flucht, die sich nicht nachträglich in einen Protest umlügen ließ oder in dieses »Habe ich das nötig, mich zu verantworten?«.

Ich habe es wirklich nicht nötig, mich zu verantworten und Asche auf mein Haupt zu streuen, versicherte sich Curt. Mein Vater – Aber: Hör doch endlich auf, mit deinem mächtigen Vater zu operieren. Neuen Job verschaffen – das glaubst du ja selbst nicht mehr ... Er versuchte sich den Augenblick auszumalen, wenn er vor seinem Vater stand; seine prahlerische Zuversicht war schon brüchig geworden. Er holte den Märzabend in sein Gedächtnis zurück, als er bei seiner Mutter auf der Sessellehne gehockt und unbewegt dem Streit seiner Eltern zugehört hatte (»Ich möchte wissen, warum gerade mein Sohn wie ein Kleinbürger reagiert ...«), sein Vater hatte dann das Zimmer verlassen, er hatte kapituliert vor dem fremden Jungen und der fremden, gepflegten Blondine, die früher einmal seine mutige Gefährtin gewesen war.

Das Bild des müden alten Mannes verblaßte jedoch hinter dem neuen Bild, das Curt gestern gefunden hatte, in dem menschenvollen Hallenschiff, unter den großen getragenen Klängen der Internationale. Er dachte ganz nüchtern. Zwecklos, auf seine Hilfe zu spekulieren. Zum zweitenmal kapituliert er nicht. Er wird mir keinen Unterschlupf in einem anderen Werk verschaffen. Er wird mir nicht mal das Geld geben, das ich ihnen hinschmeißen wollte – und ich bin imstande, ihn dafür zu bewundern ... Und mit einer Zuneigung, wie er sie niemals sonst für seinen Vater empfunden hatte: Er ist in seinem ganzen harten Leben nicht vor Schwierigkeiten ausgerückt. Er verzeiht es mir nicht, daß ich ausgerückt bin.

Er achtete nun nicht mehr auf die Stationen, an denen der Zug hielt, und er blickte auch nicht aus dem Fenster, er saß zurückgelehnt, das aufgeschlagene Buch auf den Knien, und spürte die Schienenstöße im Hinterkopf und hörte den Fahrtwind und das Klirren der Fensterscheiben. Einmal sah er auf die Uhr. Er erschrak, als hätte ihn jemand an der Schulter gepackt. Es war halb vier, und die Schicht ging jetzt zu Ende.

Er wußte mit solcher Sicherheit, was die anderen in diesem Augenblick taten, als stünde er daneben und sähe ihnen zu, wie er ihnen jeden Nachmittag zugesehen hatte. Sie stehen noch ein paar Minuten zusammen und rauchen eine Zigarette – verschwätzte, vertrödelte, bedeutsame Minuten, die manchmal über die Stimmung des ganzen Abends entscheiden –, sie träumten ihren Feierabend vorweg, einen Film, ein Fernsehspiel, den Geburtstag der Frau, und sie erzählen von den Streichen des Fünfjährigen und von den neuen Wohnzimmermöbeln.

Recha streift das rote Kopftuch ab und schüttelt ihr Haar, Hamann geht durch die Halle, mit dem leichten Zehenspitzengang korpulenter Männer, er gibt jedem die Hand, erzählt noch einen Witz, gemächlich und augenzwinkernd, sie lachen; Nikolaus in seinen hohen Gummistiefeln schlappt durch das Tor, neben dem grämlichen groben Lehmann (aber denk auch zurück an die feierlich ergriffene Bewegung, mit der er seine Mütze vom Kopf nahm, als sie im Hallenschiff die Internationale sangen); Preuß läuft herum, eilig und streng, und kontrolliert die Arbeit (er hat ganz lustige Augen, aber in der letzten Zeit, wenn er mit mir sprach, waren sie nicht mehr lustig).

Und ich bin ihnen davongelaufen, dachte Curt. Wenn ich nicht ... Sie hätten mich fertiggemacht, heute abend, auf der Brigadeversammlung. Ich habe Napoleons Gesicht gesehen, ich habe seine Stimme gehört, ich kenne ihre Härte, ihre Unbarmherzigkeit ... Ja, ja, ja, ich habe Angst vor ihnen ... *Trotzdem.*

3

Als der Zug langsamer fuhr und zwei sauber ausgerichtete Zeilen würfelförmiger Häuschen sich am Fenster vorbeidrehten und eine Landstraße und ein Pferdefuhrwerk hinter der geschlossenen Schranke, stand Curt auf und zog seinen Mantel an.

Er steckte das Buch und die Keksschachtel in den Campingbeutel und schnürte ihn zu, und dann hob er seinen Lederkoffer aus dem Gepäcknetz und stellte sich dicht an die Tür, eine Hand auf der Klinke wie einer, der weit gereist ist und die Ankunft nicht erwarten kann.

Er empfand den kurzen Ruck, mit dem der Zug hielt, wie einen freundlich-derben Stoß, der ihn ermutigte auszusteigen. Für die wenigen Sekunden, die er brauchte, um die Tür zu öffnen und auf den Bahnsteig zu springen, war Curt stolz auf sich, und er wünschte, er hätte ein Publikum für seinen Entschluß – oder wenigstens einen einzigen Menschen, der ihn lobte und ihm gut zusprach.

Er wußte nicht, wo er sich befand. Er ging langsam über

den kiesbestreuten öden Bahnsteig. Auf dem Schild las er: *Corna Woda.* Schwarzbach. Es war ihm gleichgültig, wie das Dörfchen hieß, er hatte sich die Station nicht ausgesucht, er dachte nur, er müßte so schnell wie möglich weg von hier, ehe es ihm leid tat, daß er ausgestiegen war.

Der Gegenzug fuhr in zwei Stunden; Curt würde zur Brigadeversammlung noch zurechtkommen.

Er setzte sich auf eine Bank am Ende des Bahnsteigs, in die blasse Herbstsonne. Es war kühl und windig, und Curt stellte den Mantelkragen hoch. Er blickte geradeaus, mit kaltem, ruhigem Gesicht, auf ein von Weinlaub umranktes Haus, das kümmerliche, staubige Weinlaub der kleinen Bahnhöfe, schon versengt vom ersten Frost, und auf die drei oder vier Apfelbäume im Garten, mit feuchten schwärzlichen Ästen, und über die Apfelbäume hinweg auf die Hügel von wildweißen leuchtenden Wolken.

Er holte eine Zigarette aus der Manteltasche und zündete ein Streichholz an, und der Wind blies es aus. Curt starrte auf das angekohlte Hölzchen und auf seine Hände. Er sah verwundert, daß seine Finger zitterten. Er warf das Hölzchen weg und drehte sich langsam seitwärts und legte den Kopf auf die rauhe braune Banklehne, er dachte: Was soll ich ihnen nur sagen? Und wie soll es dann weitergehen?

Er hatte noch zwei Stunden Zeit, darüber nachzudenken.

Brigitte Reimann:
»Die Ankunft schließt immer schon den Abschied mit ein.«

Ich bedaure nichts
Tagebücher 1955–1963
»Ein Parlando, in dem der Odem großer Literatur weht. Ich kann mich nicht erinnern, das Buch einer Frau in deutscher Sprache gelesen zu haben, in dem die Sehnsucht nach Liebe mit einer solchen Sinnlichkeit und Intensität gezeigt wurde. Dieses Buch hat die Qualität eines Romans und die Vorzüge eines Tagebuchs. Es hat mich ergriffen.« Marcel Reich-Ranicki im Literarischen Quartett
Herausgegeben von Angela Drescher. 429 Seiten. AtV 1536-3

Alles schmeckt nach Abschied
Tagebücher 1964–1970
Es war der scharfe, auch gegen sich selbst unerbittliche Blick der Schriftstellerin Brigitte Reimann, der uns mit den Tagebüchern ein einzigartiges Lebenszeugnis hinterlassen hat: die beeindruckende Biographie einer leidenschaftlichen, extravaganten Frau und zugleich ein Zeitdokument, das Geist und Stimmung einer ganzen Periode der ostdeutschen Nachkriegsgeschichte einfängt.
Herausgegeben von Angela Drescher. 464 Seiten. AtV 1537-0

Franziska Linkerhand
Zehn Jahre schrieb Brigitte Reimann an diesem Roman über eine lebenshungrige, kompromisslose, von einer Vision und einer Liebe besessenen Architektin. Obwohl unvollendet, zählt er zu den wichtigsten und schönsten Büchern der deutschen Gegenwartsliteratur. Die ungekürzte Ausgabe zeigt eine freimütigere, illusionslosere Franziska – radikal wie ihre Autorin in den Tagebüchern. »Ein aufregendes, aufwühlendes Buch.« F.A.Z.
Roman. Ungekürzte Neuausgabe. 639 Seiten. AtV 1535-6

Ankunft im Alltag
Gleich nach dem Abitur gehen Curt, Nikolaus und Recha für ein Jahr in einen Großbetrieb, in eine für sie fremde, aufregende Welt. Ein bisschen Trotz ist dabei im Spiel, viel Idealismus und noch mehr Abenteuerlust. Wie schwierig es werden wird, sich zu behaupten, ahnt am Anfang keiner, und dass beide Jungen sich in Recha verlieben, macht es nicht leichter. Ein legendäres Buch, das die »Ankunftsliteratur« begründete.
Erzählung. 260 Seiten. AtV 2592-8

Brigitte Reimann:

»Sie bricht radikal mit Tabus.« TAZ

Brigitte Reimann
Aber wir schaffen es, verlaß Dich drauf!
Briefe an eine Freundin im Westen
Selten sind eine Jugend und die Aufbau-Euphorie der fünfziger Jahre so plastisch geschildert worden wie in diesen Mitteilungen eines jungen Mädchens, in denen man die Schriftstellerin schon ahnt. 1952 brach die Korrespondenz plötzlich ab - man hatte sich auseinandergelebt. Als 1972 der Kontakt wieder aufgenommen wurde, konnte Brigitte Reimann nur noch ein bitteres Resümee ihres Lebens ziehen.
»Ein kleines Ereignis, als Buch veröffentlicht.« DER SPIEGEL
Herausgegeben von Ingrid Krüger. 174 Seiten. AtV 1531-8

Brigitte Reimann
Irmgard Weinhofen
Grüß Amsterdam
Briefwechsel 1956–1973
Die Briefe, die Brigitte Reimann und Irmgard Weinhofen einander in bösen wie in guten Zeiten schickten, zeugen von einer besonders innigen Freundschaft, der auch die räumliche Entfernung nichts anhaben konnte. Diese Korrespondenz fügt bisher unbekannte Bausteine zur Biographie Brigitte Reimanns hinzu.
Herausgegeben von Angela Drescher und Dorit Weiske. 344 Seiten. AtV 1937-8

Brigitte Reimann
Hermann Henselmann
Mit Respekt und Vergnügen
Briefwechsel
Für ihren Roman »Franziska Linkerhand« fand Brigitte Reimann einen kompetenten Gesprächspartner in Hermann Henselmann, dem renommiertesten und streitbarsten Architekten der DDR. Zwischen beiden entwickelte sich eine Freundschaft, die vom Respekt für das Metier des andern und vom Vergnügen an Disputen getragen war.
Herausgegeben von Ingrid Kirschey-Feix. 120 Seiten. AtV 1539-4

Brigitte Reimann
Christa Wolf
Sei gegrüßt und lebe
Eine Freundschaft in Briefen
Brigitte Reimann und Christa Wolf lernten sich 1963 kennen. Es war der Beginn einer Freundschaft zweier eigenwilliger Frauen, die sich in ihrem Anderssein akzeptierten. Für beide waren es krisenhafte Jahre, durchzogen von persönlichen Konflikten, bedrohlichen Erkrankungen und politischen Spannungen. Vom Tod überschattet, handelt ihre Korrespondenz gleichwohl vom intensiven Leben. *Herausgegeben von Angela Drescher. 186 Seiten. AtV 1532-5*

Mehr unter
www.aufbau-verlag.de
oder bei Ihrem Buchhändler

aufbau taschenbuch

WERNER
BRÄUNIG
RUMMELPLATZ
ROMAN
»EIN GROSSES BUCH.«
»EINER DER BESTEN DEUTSCHEN NACHKRIEGS-ROMANE. SENSATIONELL!«
»EIN EREIGNIS.«
aufbau

Barbara Frischmuth:
»... vielschichtig, humorvoll und zauberhaft verspielt« Die Presse

Die Mystifikationen der Sophie Silber
Die märchenhafte Welt der Feen und Waldgeister ist in diesem phantastischen Roman auf wunderbare Weise mit der Geschichte Sophie Silbers verwoben. Die Schauspielerin ist der einzige menschliche Gast eines merkwürdigen Kongresses, auf dem die Geister den Dialog zu den Menschen suchen.
»... vielschichtig, humorvoll und zauberhaft verspielt, zugleich aber auch voll Dramatik und voll wunderbarer Intensität.« Die Presse
Roman. 318 Seiten. AtV 1795-4

Amy oder Die Metamorphose
Eines Tages erwacht die Fee Amaryllis Sternwieser, die man bereits aus dem Roman »Die Mystifikationen der Sophie Silber« kennt, als junge Frau. Von nun an heißt sie Amy Stern, ist Studentin, jobbt als Serviererin und möchte unbeteiligte Beobachterin der Menschen bleiben. Bald jedoch verstrickt sie sich in eine Liebesbeziehung und die Schicksale anderer. Eine Frau, erkennt sie, teilt ihre Probleme mit allen Frauen.
Roman. 298 Seiten. AtV 1826-5

Kai und die Liebe zu den Modellen
Als Amy Stern schwanger wurde, entschied sie sich, ihr Kind zu bekommen. Jetzt lebt sie mit Kai weitgehend allein, denn sein Vater ist einer der Männer, die meinen, daß ihnen ein landläufiges Familienleben zu wenig Spielraum bietet. Amy hat sich eingerichtet in der Situation, zufrieden ist sie nicht, und so denkt sie sich Modelle aus, wie man auf neue Art zusammenleben könnte.
Roman. 217 Seiten. AtV 1914-9

Herrin der Tiere
Die junge Frau vom Gestüt hat den verwegenen Traum, in eine Männerdomäne einzudringen, Rennen zu fahren und Trainerin zu werden. Dafür hat sie alles aufgegeben, nur die unbewußte Sehnsucht nach einer neuen Liebe läßt sich nicht unterdrücken. »Diese Geschichte der Emanzipation einer Frau, die mit der ihr eigenen Bockigkeit ihren Weg geht, wird unprätentiös erzählt, doch zugleich geht von ihr eine magische Ausstrahlungskraft aus.«
Mannheimer Morgen
Erzählung. 136 Seiten. AtV 2043-5

Mehr über Barbara Frischmuth unter www.aufbau-verlag.de oder bei Ihrem Buchhändler.

aufbau taschenbuch

Barbara Frischmuth: »Eine außergewöhnliche Menschengestalterin.« N.Z.Z.

Hexenherz
Wenn in diesen 13 Erzählungen etwas wie verhext erscheint, dann ist es das Schicksal. Manche überrascht es in Momenten der Verzagtheit, manche genau in dem Augenblick, in dem sie sich geborgen fühlen. Doch Ängste, Enttäuschungen und Verletzungen können auch stark machen und ungeahnte Fähigkeiten wecken oder zu überraschenden Unternehmungen führen.
»Außergewöhnlichen, starken, sensiblen und sinnlichen Frauen ist Barbara Frischmuths Erzählband gewidmet.« Kurier
Erzählungen. 184 Seiten. AtV 2308-5

Die Schrift des Freundes
Unter merkwürdigen Umständen lernt Anna, eine eher nüchterne junge Computerspezialistin, Hikmet kennen. Als er plötzlich verschwindet, will niemand ihn gekannt haben. Es scheint, daß seine Zugehörigkeit zu den Aleviten, einer antidogmatischen islamischen Glaubensgemeinschaft, mit dem Verschwinden zusammenhängt und daß Anna irgendwie schuldig ist. – Ein »High-Tech-, Wien-, Liebes-, Gesellschafts- und Kriminalroman, voll von neuer Alltagsrealität«. Die Zeit
Roman. 352 Seiten. AtV 1387

Der Sommer, in dem Anna verschwunden war
Anna ist verschwunden, weder ihr Mann noch ihre Kinder oder Freunde können es sich erklären. Ist ihr ein Unglück geschehen, oder hat sie sich davongestohlen, um ein bißchen Leben nachzuholen?
Aus den mal irritierten, mal sorgenvollen, mal ironischen Stimmen von vier Beteiligten entsteht das lebendige Bild einer Frau, die auf ihrem Glücksanspruch beharrt.
»Ein großer, vielstimmiger Roman.« Salzburger Nachrichten
Roman. 364 Seiten. AtV 2246-0

Die Entschlüsselung
Das mysteriöse Päckchen ist ein Flohmarktfund. Es soll den Briefwechsel einer Äbtissin, die vor 700 Jahren im Salzkammergut lebte, mit einem ketzerischen türkischen Dichter enthalten. Als die Schrift zum Vorschein gebracht ist, gilt es, die geheimnisvollen Spuren zu deuten, die sich zwischen Traumzeit und Zeitgeschichte, zwischen Mythos und Poesie bewegen.
»Barbara Frischmuth ist ein literarisches Kabinettstück gelungen.« Hannoversche Allgemeine Zeitung
Riman. 195 Seiten. AtV 1943-9

Mehr über Barbara Frischmuth unter www.aufbau-verlag.de oder bei Ihrem Buchhändler.

Hermann Kant:

»Seine Sprachmacht wird ihm keiner nehmen können.« F.A.Z.

Hermann Kant wurde 1926 in Hamburg geboren. Nach einer Elektrikerlehre war er Soldat, von 1945 bis 1949 in polnischer Kriegsgefangenschaft Mitbegründer des Antifa-Komitees im Arbeitslager Warschau und Lehrer an der Antifa-Zentralschule. Ab 1949 studierte er an der Arbeiter- und Bauernfakultät in Greifswald, 1952 bis 1956 Germanistik in Berlin. Danach war er wissenschaftlicher Assistent und Redakteur, von 1978 bis 1990 Präsident des DDR-Schriftstellerverbandes.

Ein bißchen Südsee

»Ein bißchen Südsee« war das vielversprechende Debüt, mit dem sich Hermann Kant als origineller Autor einprägte. Wer den wortgewandten, ausschweifenden Romancier Kant schätzt, wird ihn in diesen Geschichten als pointierten Erzähler entdecken.

»Kant ist ein exakter Beobachter und ein vorzüglicher Spaßmacher.«

Marcel Reich-Ranicki

Erzählungen. 192 Seiten. AtV 1191

Der Aufenthalt

»Der Aufenthalt« ist eine Passionsgeschichte mit Humor und ein Schelmenroman mit tragische n Zügen ... Wir haben Hermann Kant ein aufschlußreiches, ein witziges Buch zu verdanken.« Marcel Reich-Ranicki, F.A.Z

Roman. 567 Seiten. AtV 1037

Die Aula

Diesen Roman über einen jungen Mann, der eine Abschiedsrede halten soll und darüber ins Erinnern gerät, haben Leser und Kritiker sofort nach Erscheinen als großen Spaß gefeiert. Ein »Geschichts- und Geschichtenbuch« über die Anfänge der DDR, ohne die man ihr Ende nicht verstehen kann.

Roman. 464 Seiten. AtV 1190

Kormoran

Nach seinem streitbaren wie umstrittenen Erinnerungsbuch »Abspann« hat Hermann Kant mit diesem Buch den aktuellen Nachwende-Roman geschrieben, der von ihm erwartet wurde, amüsant, bissig, zeitkritisch und selbstironisch, einen Roman »von allerlei Leben und allerlei Sterben«.

Roman. 270 Seiten. AtV 1192

Hermann Kant:

»Der Kerl steckt noch immer voll Geschichten.« BERLINER ZEITUNG

Hermann Kant, geb. 1926 in Hamburg, war nach der Elektrikerlehre Soldat, von 1945 bis 1949 in polnischer Kriegsgefangenschaft. Ab 1949 studierte er an der Arbeiter- und Bauernfakultät in Greifswald, 1952 bis 1956 Germanistik in Berlin. Danach war er wissenschaftlicher Assistent und Redakteur, von 1978 bis 1990 Präsident des DDR-Schriftstellerverbandes.

Das Impressum
David Groth hat allen Grund, stolz auf den Aufstieg vom Laufburschen zum Chefredakteur zu sein. Aber wieso sollte einer wie er Minister werden? Plötzlich fällt ihm vieles ein: seine Einblicke in die Kunst des Überlebens während des Krieges, eine maßlose Wette und die Chancen, die ihm der junge Staat bot.
Roman. 458 Seiten. AtV 1195

Abspann
Erinnerungen an meine Gegenwart
»Man schreibt im Schutz von Tatsachen, wenn man von seinem Leben schreibt«, behauptet Hermann Kant. Er weiß, daß er mit seiner Darstellung der Tatsachen provoziert. Tatsachen aus erster Hand über Privates wie Öffentliches bieten diese Erinnerungen und – wie immer bei Kant – eine heitere, bissige, virtuose Gegenrede.
543 Seiten. AtV 1017

Okarina
»Ein Zeitdokument von hohem Wert« nannte die Süddeutsche Zeitung den jüngsten Roman Hermann Kants. Der Autor läßt die zuweilen wilden und widrigen Jahre der DDR Revue passieren. Wo in dieser teils wehmütigen, stets aber kurzweiligen ›Halbmär‹ Erlebtes und wo Erdachtes sich findet, kann man mit großem Vergnügen selbst zu enträtseln versuchen. »Ein starkes Buch voller Anspielungen, Gescheitheiten, Widersprüche, Schnurren und wirklich schöner Erzählstücke.« NEUES DEUTSCHLAND
Roman. 463 Seiten. AtV 1194

Kino
An einem regnerischen Oktobertag sitzt ein bejahrter Mann, der es nicht nötig hätte, im Schlafsack auf einem Hamburger Boulevard. »Es ist Kunst!« erklärt er seine Aktion den Vorübergehenden. Gerade aus dieser ungewöhnlichen Beobachterposition gewinnt Hermann Kants Held überraschende, amüsante und geistvolle Einsichten über zeitgenössische Befindlichkeiten und kommt sich vor wie in einem Kinostück.
Roman. 203 Seiten. AtV 1197

Mehr Informationen unter
www.aufbau-verlag.de
oder bei Ihrem Buchhändler

aufbau taschenbuch